プリズン・ドクター

岩 井 圭 也

幻冬舎文庫

目次

序章

松木一郎は必死で駆けていた。

背後から怒号が迫ってくる。踏み固められた雪は氷面のように滑る。薄汚れたスニーカーの底で踏ん張り、身体を前に押し出す。自分の呼吸の音がうるさい。札幌ドームにほど近い札幌市豊平(とよひら)区福住(ふくずみ)の路上。昼下がりの住宅街のなかをでたらめに逃げ回る。捕まれば何もかも終わりだ。

塀を飛び越え、民家の庭に降り立つ。自転車を目で探したが、見つからない。家の正面に回り、表玄関を出て、再びでたらめに走り出す。

警察官に怯(おび)えるようになったのは、いつからだ。

路地裏を走りながら、詮無いことを考えた。

離婚してから？　息子が生まれてから？　結婚してから？　いや、もっと前だ。思い出せないほど昔。十代のころから、この日が来ることを恐れていた。
自分だけは絶対に大丈夫という自信があった。歳を重ねるごとに、その自信は深まっていく一方だった。五十を過ぎると、自信を通り越して運命すら感じるようになった。

――その俺が。

無意識に舌打ちが出る。自分だけは絶対に下手(へた)を打っていないという確信があった。他の誰かが油断して、拠点の在り処を警察に教えてしまったのだろう。松木の頭にあるのは逃げ切ることだけだ。自分さえ助かればそれでいい。責任を持つのは自分の人生だけで間に合っている。

刑務所は御免だ。酒も煙草も女も、賭け事もろくな食事もない。何より刑務所にはまともな医者がいない。刑務所帰りの連中は口を揃えてそう言う。確かに、進んで刑務所で働くような医者はよっぽどの変わり者に違いない。

細い路地裏を抜けて丁字路に出た松木は、迷わず右手へ駆け出した。福住駅の方向だ。雑踏に紛れようと思った。ドームでイベントがある日など、駅周辺はうんざりするほどの人混みだ。

雪に足を取られながら表通りを目指した。しかし、たどりついた駅周辺は閑散としている。十二月の平日午後。札幌ドームは休館だった。

当てが外れたことを悟った松木は立ち止まった。闇雲に駅へ飛びこめば逃げ場を失う。逃走に使えそうな自転車や自動車も見当たらない。息はとっくに上がっている。両脚の疲労は限界に達していた。

見晴らしのいい表通りは追っ手にとって好都合だ。途方に暮れている間にも怒号は接近してくる。私服の警官が二人。

松木は別の路地へ逃げこもうと急転換したが、凍った雪面に足を滑らせ、無様に転んだ。顔を滑り止めの小石で擦り、痛みが走る。身体が泥と雪で汚れる。両手を突っ張って起き上がると、目の前に警官がいた。背後にもう一人。彼らの呼吸は乱れていない。正面の警官が穏やかに言った。

「ちょっと、いいですか」

抵抗する術(すべ)はない。返事の代わりに道端に唾を吐いた。警官が顔をしかめる。

詐欺罪の量刑はどれくらいが相場だろうか、と松木は場違いなことを考えていた。

第一章　見えない病

是永史郎は必死で駆けていた。

医務棟を出て、工場と呼ばれる職業訓練場の一つを目指す。史郎が向かっているのは製本作業を行う工場だった。刑務官とともに駆け込むと、建屋の内部は騒然としていた。深緑色の作業服に同色の作業帽をかぶった受刑者たちが、作業場の隅にわらわらと集まっている。若い刑務官が懸命に受刑者たちを持ち場へ戻そうとしているが、多勢に無勢か、野次馬たちは図太く居座っている。

「ほらどいて、道を空けて」

先導する刑務官に続き、受刑者たちの視線を浴びながら、史郎は倒れた男のもとへと駆け寄る。人の輪の中央には意識を失った男が仰向けに寝かされ、ＡＥＤの処置を受けていた。年齢は七十に近い。痩せた胸に、電極パッドが貼り付けられていた。

名前を呼びかけたが、反応はない。

「救急要請は」

「二、三分前に」

話しながら、刑務官は除細動が終わったことを確認し、胸骨圧迫をはじめた。横たわる男の胸が上下する。史郎は途中で交代しながら、心肺蘇生を続けた。

この受刑者には狭心症の基礎疾患がある。あらかじめ検察にも報告してあるが、これほど早く心筋梗塞が起こるとは思わなかった。胸骨を圧迫する手の甲に、こめかみから汗が流れ落ちた。

千歳刑務所では、受刑者たちの平均年齢は四十代。多くの受刑者は不規則な生活を送っていたこともあり、何らかの持病を持っている。高血圧、高血糖、高脂血症、頭痛、関節痛、リウマチ、皮膚炎、肝炎、痛風、性病、喘息、歯周病、うつ、認知症……数え上げればきりがない。

史郎はこの刑務所の医務課に所属する矯正医官――簡単に言えば『受刑者の医師』として働いている。数百、数千の人間が収容される刑務所では、多くの病人が生活を送っている。矯正医官は受刑者たちを診察し、必要に応じて医薬品を処方したり、追加で検査を行う。今回のように刑務作業中に倒れる者がいれば、その対処も行う。普段は医務棟に詰めているが、工場への回診もする。

じき、救急車の到着が伝えられた。敷地内に乗り入れた救急車から救命士が飛び降り、手際よく受刑者をストレッチャーに乗せる。ここぞとばかりに受刑者たちが見物に集まるが、刑務官たちがどうにかせき止めてくれた。

男が運ばれた後の工場は、嵐が去った後のように静寂を取り戻した。先ほどまで私語であふれていた場内は、製本機の機械音で満たされる。

——間に合わないかもしれない。

史郎は重い足取りで医務棟への道を歩きながら、運ばれていった狭心症患者のことを思い返していた。まだ矯正医官になってひと月。急患の対応をしたのは初めてだ。もしあの患者が亡くなったら、史郎が赴任してから初の死者ということになる。

改めて振り返れば、たちの悪い患者だった。しきりに眠れないと言っては睡眠導入剤を求め、処方を拒むと激昂した。同室の受刑者から話を聞いてみると、毎晩ぐっすり眠っているらしいことが判明した。男は嘘をついていたわけである。

そんなことを日常的に繰り返していたため、初めて狭心症の発作が起こったとき、周囲の受刑者たちはまともに取り合わなかったらしい。今度は痛み止めが目当てか、とからかう者までいたという。口の端から唾液の泡を吐き、手足をばたつかせる様子に、同室の受刑者がようやく異変を覚え、慌てて看守を呼んだそうだ。呼ぶのがあと少し遅れれば、とっくに亡くなっていただろう。

思わずため息が出た。はじまったばかりだというのに、縁起の悪い。そこまで思って、ひどく不謹慎な考え方であることに気がついた。さっきの患者がまだ亡くなったと決まったわけではない。

史郎は運ばれた男のカルテを見返した。

窃盗罪で懲役二年。自宅から近い書店や家電量販店で万引きを繰り返し、執行猶予の最中に逮捕された。

受刑者の過去を知るたび、気が滅入る。自分が毎日向き合っている相手は、一人の例外もなく罪を犯している。もちろん、全員が狂暴というわけではない。むしろ、罪状とは似つかわしくないほど大人しく過ごす受刑者のほうが多い。だからといって気が晴れるわけでもなかった。

首筋から冷気が忍びこんできて、反射的に身震いをした。北海道の五月はまだ寒さが尾を引いている。

——こんなところ、一日も早く出ないと。

塀の外へ思いを馳せつつ、史郎は空咳（からぜき）を一つした。

その日の夕刻、男が亡くなったと連絡があった。史郎が千歳刑務所医務課に赴任してから、初めての死者だった。

思わず頭を掻いた。頭を掻くのはうんざりしたときに出る癖だ。生まれつき毛量が多いため、すぐに指がからまる。

診察室の椅子に座った史郎は医者で、目の前には患者が座っている。ここまでは一般的な病院と同じだ。違っているのは、患者の背後に厳しい顔をした刑務官が控えている点だった。五十代と思しき刑務官は、年季の入った制服をきっちりと着こなし、患者の一挙手一投足に目を光らせている。万一暴れ出すようなことがあれば、すぐさま取り押さえられるよう。

患者は灰色の舎房衣を着ている。貧相な男性受刑者は、背中を丸めて椅子に腰かけていた。上目遣いの目は忙しなく左右に動き、坊主頭が小刻みに揺れている。

史郎は頭を掻いていた手を下ろし、徒労感を押し隠して尋ねた。

「どうされましたか」

「あのう、胃が痛くて」

胃痛自体はよくある症状だ。だが、大事なのはここからだ。

「どの辺が痛みますか。押さえてみてください」

「えっと、このあたりかな。多分」

「そこは腸ですよ」

「あ、間違えた、間違えた。ここだ」

「間違えた？」

受刑者は史郎の顔色をうかがいながら、少しずつ手を動かす。この時点で怪しい。

「本当に胃が痛いんですね？　食事は普通に取っているようですが」

「いや、我慢して食べてんだよ。残すともったいないから」

「胃の痛みなら胃薬を出しますが」

「胃薬？　痛み止めじゃなくて？」

相手は当てが外れたような顔をしている。垂れ下がった眉が情けない。

「そうですよ。胃酸の分泌を抑える薬です」

史郎が言うと、受刑者はしばし考えこむように押し黙った。

「あ、さっき言い忘れたんだけど、何となく膝も痛くて」

「……胃痛はいいんですか」

「胃痛もあるよ。あるけど、今は膝のほうが痛むっていうか」

その割には元気そうに歩いていた。とってつけたような言い方に、史郎はため息をつく。どう好意的に見ても詐病としか言いようがない。

受刑者の背後では、刑務官の滝川が微動だにせず注視している。滝川は保健助手と呼ばれる刑務官の一人で、東京の八王子にある医療刑務所での研修を受け、准看護師の資格を取得している。

このベテラン看守は史郎の指導係のような役目を果たしていた。医療現場の経験においては、所内で滝川の右に出る者はいない。五十歳を過ぎても残業や夜勤を厭わず、刑務官からの人望も篤い。指導係には適任だった。心なしか、大学での初期研修で出会った救急科の指導医と雰囲気が似ている。滝川より若いが、生真面目さや感情が表に現れにくいところが似ていた。

「少し様子を見ましょうか」

「いや、でもね、本当に膝が痛いんだって。痛み止めがもらえれば……」

「いい加減にしろ」

滝川が低い声で叱りつける。

「膝のことなんか何も言っていなかったくせに、今さら言い出すんじゃない」

「はあ、まあ。すみません」

「戻るぞ」

男は未練がましく史郎のほうをちらちらと見ていたが、滝川が「おい」と言うと、そそくさと診察室から出て行った。史郎の両肩に、徒労感がどっとのしかかる。

――何件目の詐病だよ。

詐病とは、病人のふりをすることである。

刑務所では刑務作業を休むため、あるいは医薬品を手に入れるための詐病が多い。医薬品で最も人気があるのは向精神薬や抗うつ薬。睡眠薬や痛み止めを欲しがる者も多い。これらの医薬品は精神的な安らぎや気分の高揚を与えるため、受刑者のなかにはちょっとした『クスリ』として服用したがる者が少なくなかった。みずから服用することもあれば、他の受刑者との取引に使おうとする不届き者もいる。

――それにしても。

医局にいたときから詐病を申告する受刑者が多いという噂は聞いていたが、ここまでとは思っていなかった。一般社会でも詐病がないわけではない。近くにいる人間の気を引くため、休学や休職の理由を作るため、保険金を騙し取るため、など理由はさまざまだ。しかし、刑務所での詐病率の高さは一般社会の比ではない。診断の前にまずは詐病かどうかの判断が必要なくらいだった。

次の受刑者は、一週間前から頭痛がひどいと訴えた。四十代のがっちりした体格の男性だ。元暴力団関係者。覚せい剤使用で懲役二年半。

本人いわく偏頭痛持ちで、昔から痛み止めが手放せなかったのだという。入所時健診の結果によれば、〈持病なし〉ということだった。詐病と判断した史郎が痛み止めの処方を拒むと、受刑者の人相が変わった。それまでの淡々とした表情から一変し、顔全体で敵意を示す。舎房衣からはみ出た手首の皮膚には、和柄の刺青が刻まれていた。

「なんで出せねえんだよ」

すがすがしいほど、自分の主張に一片の疑念も抱いていない。史郎が思わず上体を引くと、すかさず滝川が間に入った。

「凄んでも無駄だ。それが効くのは外だけだ」

やんわりと肩を押し返す。鼻を鳴らした受刑者は頭痛の演技も忘れて、ふてくされたようにそっぽを向いた。

その次の受刑者は夜どうしても寝付けないという。すでに睡眠薬を処方しているが、まだ効かないのだと訴えている。三十代の男性で、なで肩が目についた。元自治体職員。業務上横領罪で懲役三年。

「目が冴えて、なかなか寝付けなくて。昨夜も明け方に一時間寝たくらいです」

アルミフレームの眼鏡をかけた男は、目の下に影のような隈(くま)をつくっていた。黒ずみ、遠目からでも尋常ではないことがわかる。入所してから、常に不眠を訴えている患者だ。薬を変えても、量を増やしても、一向に不眠が改善される気配はない。

「やっぱり、ゾピクロンが一番合ってるみたいです。もう少し増やしてもらえますか」

声音はしっかりしている。そのまま一般社会でも通用しそうだ。しかし表情はひどく虚(うつ)ろで、目の焦点が時々合っていない。悩みながら、史郎はうなずいた。

「……わかりました。増やします」

男の背後で、滝川があからさまに顔をしかめた。納得していないらしい。しかし史郎も、ここまで言われたら出すしかなかった。拒否したら、この受刑者はいったいどんな反応を示すだろう。

受刑者を連れて行き、診察室に戻ってきた滝川は受刑者を連れていなかった。

「是永先生、あとは午後にしますか」

三十歳近くも年上の刑務官から敬語を使われるのは、まだ面映(おもはゆ)い感じがする。

「そうしてもらえると助かります。記録も整理したいので」

午前九時から診察をはじめて、もう十一時半をまわっている。そろそろ昼食だ。あっという間だった。史郎は午前中に診た受刑者のカルテを見返した。

「胃が痛いとか言っていた人は、嘘をつくにしてもちょっとひどかったですね」

「常習犯ですよ。全然、演技が上手くなりませんけど」

滝川は壁にしつらえた薬品棚から、昼食の前後で受刑者に配る薬を取り出している。受刑者は一部の持病の薬を除いて、基本的に自分で医薬品を管理することはできない。服用するタイミングごとに刑務官から与えられる薬を飲む。

滝川は仕切りのついた箱のなかに手早く薬を整理した。

「では、いったん失礼します」

「午後もよろしくお願いしますね」

史郎が声をかけると、滝川は慇懃（いんぎん）に頭を下げ、診察室から出て行った。

「ふう」

部屋に一人きりになると、自然とため息が漏れる。

新千歳空港や自衛隊駐屯地を有する北海道千歳市の郊外。札幌の中心部から道央自動車道でおよそ一時間の距離に、千歳刑務所はある。

受刑者約六百名に対して、常勤の医師は史郎一人だ。医務課には准看護師資格を持つ四人の刑務官がいる。彼らは保健助手と呼ばれ、受刑者の訴えを聞いたり、医務棟の受刑者の世話をしたり、投薬の管理をしている。外部からは毎週水曜に歯科医が来るが、千歳刑務所に所属はしていない。必然的に、診療は史郎一人で受け持つことになる。

自然と、何度目かのため息が漏れる。

――ここは、俺のいるべき場所じゃない。

本来なら、今ごろは神経内科の専門医としてスタートを切っているはずだった。

「何で俺が」

独り言をこぼし、書類の山と再び格闘をはじめた。

午後も診察希望の受刑者が途切れることはなかった。

ここでは高い専門性より、さまざまな症状に対応できる『何でも屋』が求められる。受刑者の症状は多彩だ。咳が止まらない。肌がかゆい。熱が出た。眠れない。腰が痛い。高血圧や高血糖、アトピー性皮膚炎、喘息などで継続的な治療を要する受刑者もいる。狭心症や認知症など手厚いケアの必要な者もいる。

その受刑者たちへの治療を、基本的に史郎一人で担う。

――ここじゃキャリアを積めない。

それが史郎の悩みだった。

医師は研修を終えると、特定の分野に進んで専門性を高めていくことが多い。史郎の希望は神経内科だった。脳や脊髄、末梢神経などの病に内科的な方法でアプローチするのが神経内科である。病名で言えば認知症やパーキンソン病、脳卒中、てんかんなどを扱う。史郎が神経内科を希望するのは、認知症の専門家になるためだった。

しかし二年間の初期臨床研修を終えて、すぐに千歳刑務所で働きはじめた史郎には専門医としての経験がない。ここで働いている限り、神経内科医としてのキャリアを積むことは難しい。

期限は三年と決まっている。矯正職員の前ではとても言えないが、史郎は受刑者と同じくこの刑務所に閉じこめられているような気分だった。

この五月で、働きはじめてようやくひと月が経った。主に過ごすのは医務棟の一階にある診察室か、回診で訪れる工場である。受刑者は保健助手に連れられ、史郎のもとへとひっきりなしにやってくる。

ほとんど休憩を取らずにその日の仕事を終えた史郎は、午後五時半に職場を後にした。史郎の職場では残業がほとんどなく、当直もない。ハードワークが当然とされる医師業では異例と言っていい待遇だった。

車の運転席に腰を下ろした史郎は、フロントガラスに張り付いた桜の花びらに気づいた。千歳刑務所の駐車場に植えられた桜が満開だった。ゴールデンウイーク真っただ中の北海道には、遅まきながら桜のシーズンが訪れている。

先月、所長の山田から聞いた説明を思い出した。

駐車場の桜は半世紀前に刑務官と受刑者が協力して植えたものらしい。小太りの身体を揺らしながら、山田は得々と語った。

「実は桜そのものにはあまり意味がなかったんですね。では、なぜわざわざ植樹なんて面倒なことをしたかというと、受刑者たちへのアピールのためだったのです。刑務官は君たちの敵ではないというアピール。さらには、模範的な受刑者になれば塀の外に出て作業することもできる。そういうメッセージを伝えるために、手間暇をかけて桜の植樹をしたそうです。樹種は桜でも梅でも、何でもよかったということですね」

果たして、そのメッセージは受刑者たちに伝わっただろうか。受刑者と刑務官が別方向に綱を引き合っているような現状からは、残念ながら伝わっているようには見えない。

史郎の自宅は、職場から車で五分の距離にある、マンション一階の２ＬＤＫだった。二つの個室のうち一つは史郎が、もう一つは母の博子（ひろこ）が使っている。二人で暮らすにはちょうどいい広さだった。

玄関の鍵を開けて足を踏み入れると、室内に焼け焦げた匂いが漂っていた。

「母さん？」

鞄を放り出し、キッチンへ続く短い廊下を進む。ガスコンロの火にかけられた鍋から白い煙がもうもうと立ち昇っていた。換気扇はついているが、吸いこみきれない白煙がダイニングまで立ちこめている。史郎はすぐに火を切り、換気扇の勢いを強めた。ベランダに面した窓を開け放つと、煙は屋外へと逃げていく。

鍋をのぞくと、ひからびた豆腐やワカメが張り付いていた。味噌汁を作っていて火をかけっぱなしにしてしまったのだろう。史郎が研修医のころにも同じようなことがあった。そのときは生臭い煙が部屋に充満して、フライパンではアジが黒焦げになっていた。

母はダイニングにもリビングにもいない。史郎は玄関から入って左手にある母の部屋の引き戸をノックした。

「今、帰ったけど」

応答はない。引き戸を開けると、ベッドに横たわった博子の視線はテレビに釘付けだった。上下のパジャマは朝出勤したときと同じものだ。放映されているニュース番組は、この時間帯に必ず母が見る番組だ。

語気を強めて「母さん」と呼ぶと、ようやく博子は振り向いた。櫛の入っていない白髪が顔に垂れる。

「なんだ、帰ってきてたの。声かけてくれればいいのに」

史郎は反論もせず、ベッドの脇に立つ。

「コンロの火、つけっぱなしだったろ。危ないよ」

「消しちゃったの？　せっかくお味噌汁作ってたのに」

「煙出てたぞ。火事になる寸前だった。火にかけてるときはコンロから離れないで」

「だって、番組がはじまったんだもん」

博子は子どもじみた口調で言い、テレビを指さす。このニュース番組を視聴するのは、博子の日課の一部だ。番組が特別好きというより、『この時間になったらニュースを見る』というのが彼女の意識に刷りこまれている。

「じゃあ、この時間になったらもう料理はやめて。それか、火だけは消して」

「だから、お味噌汁作ってたんだからしょうがないでしょう！」

へそを曲げた博子は、史郎のほうを見向きもしなくなった。身体を横たえ、商店街を食べ歩くグルメ特集から目を逸らそうとしない。史郎は密かにため息を嚙み殺した。

母の博子が認知症と診断されたのは二年前、五十歳のときだった。

認知症といってもさまざまなタイプがあるが、博子が診断されたのは『前頭側頭型認知症』という病名だった。ピック病とも呼ばれ、患者は認知症全体の一割前後といわれる。

症例の多いアルツハイマー病では記憶力が低下する一方、人格は保たれる。しかしこの病ではまず人格の変化が起こる。博子の場合は四十代後半から怒りっぽくなり、仕事や家事の出来が急に雑になった。

症状は、この二年で確実に進んでいる。怒りっぽさに拍車がかかり、些細なことへの執着が強くなっている。

史郎は枕元に置いてある与薬トレーをのぞいた。昼に飲む薬はちゃんとなくなっている。博子の場合は日課へのこだわりが強い分、薬の飲み忘れもほとんどない。

前頭側頭型認知症には、確立された治療法がない。症状を改善するどころか、進行を防ぐ手立てすらない。それでも有用性が報告されている医薬品はあって、不安障害などに使われるフルボキサミンはその一つである。

ただし、史郎はフルボキサミンを認知症の薬とは言わない。博子には『血圧の薬』と言って飲ませていた。

博子は徹底して、自分が認知症であることを認めない。精神科で最初に診断を下されたときは、その場で医師に怒鳴り散らした。「バカにするな。嘘つくな」という怒声が響き、異常を察知した男性看護師が診察室に飛んできた。

認知症の薬を与えられていると知れば、博子はまた怒り狂うだろう。嘘をつくことへの罪悪感はあったが、他に方法もない。嘘をついて薬を処方されようとする患者たちと何が違うのか。そんなことを考えて一人で憂鬱になる。

神経内科――とりわけ認知症の専門家を目指すことに決めたのも、博子の影響だった。認知症の母を持つ当事者としての使命感が、神経内科という分野へ向かわせていた。

史郎は夕食の支度をするため、キッチンへと向かった。引き戸を閉める前に母の様子をうかがったが、その顔は頑なにテレビへ向けられたままだった。

札幌市中央区すすきの。

北日本最大の繁華街には人があふれている。観光で訪れた者、飲み屋の従業員、出張で訪れた会社員、飲み歩く学生、巡回の警察官、素性の知れない風体の者、その他諸々。

雑踏のなかに建つ何の変哲もない飲食店ビルの地下に、その居酒屋はある。

入口に掛けられた木の看板には『ピリカ』と刻まれていた。アイヌ語で「良い」とか「美しい」という意味の言葉だ。

階段を降りて古びた扉を開けると、庶民的な居酒屋が現れる。奥に細長い形の店内は、手前にカウンター席があり、奥の小上がりは襖で仕切られている。その襖の奥から、男女の笑い声がさざめいていた。男性はスーツ、女性はドレスに身を包み、各々で話に花を咲かせている。

掘りごたつの卓を囲む男女の一人は史郎だ。一際大柄な男がその頭を茶化す。

「史郎さ、結婚式に出る日くらいはその髪、何とかしろよ」

右隣に座る大柄な男は、野久保遼。医学部柔道部にいただけあって、体格がいい。研修医のころは体力にまかせて、誰よりも当直バイトをこなしていた。

「うるさいな。切りに行く時間がなかったんだよ」

「ただでさえ髪の毛多いのに、そんな伸ばしたら鳥の巣だろ」

野久保の指摘に、史郎は頭を掻いた。毛髪に指が引っかかる。

つい一時間前、大学同期の結婚披露宴が終わったばかりだ。飲み足りない出席者たちが、こうしてすすきのの居酒屋で集まって飲んでいるわけである。

　ここに集まった面々は、北洋大学で六年間の学生生活を共にした同期たちだった。現在では総合病院に勤める者もいれば、実家の個人病院へ戻った者もいる。医局に残った者もいれば、他の大学へ転出した者もいる。研修が終わってから二か月も経っていないのに、卓を囲む顔ぶれはすでに懐かしく感じられた。

『ピリカ』は北洋大学医学部の出身者にとって、おなじみの居酒屋だった。医学部の学生や研修医たちは揃いも揃って『ピリカ』の常連で、すすきので飲むとなると決まってこの店が会場になる。値段は手ごろで、食事もうまい。おまけに日本酒も揃っている。一度通うと誰もがこの店の虜になり、二度、三度と足を運ぶのである。

　そういうわけで、史郎にとっても『ピリカ』はおなじみの店だった。

　料理をつつきながら、史郎と野久保は会話に興じる。

「そういえば、珍しいチャペルだったよな。真ん中に署名する台があってさ。それを参加者がぐるっと囲む形だったじゃん。俺、ああいうタイプのやつ初めて。ちょっとオペ室っぽくなかった？」

「雰囲気台無しだろ」

「でも、外科のオペ見学するとき、あんな感じだったよな。周りを学生が囲んで」

「やめろって」

野久保の軽口に、史郎はいちいち突っこみを入れる。

「あ、出た。野久保と史郎の漫才」

左隣に座る井口純が笑った。小柄な井口は高校生と言っても通じるくらいの童顔だが、かわいらしい顔に似合わず、彼が同期一の毒舌家であることを史郎は知っている。

早々にグラスを空にした野久保が、ウエイターにビールを注文して言う。

「医学部一の秀才は、今も健在だな」

思わず史郎の口元がゆがむ。ビールの苦みが増した。

大学にいた間ずっと、史郎は〈医学部一の秀才〉という面倒なレッテルを貼られていた。そもそものきっかけは、入学試験での順位が医学部一位だったせいだ。入学後の成績も軒並み上位をキープした。ただ、それは授業料の全額免除欲しさに努力しただけだ。史郎は自分の地頭がいいとは思っていない。

閉めていた襖が開き、鉢巻きをした角刈りの男がぬっと顔を出した。その両手には大ぶりの鍋がつかまれている。皆が通り道を空けると、湯気の立つ鍋が卓の中央に置かれた。男は無言でカウンターの内側へと去っていく。

「オヤジさんの顔見るのも、久しぶりだな」

井口がぼそりとつぶやく。

この店のマスターは、皆から〈オヤジさん〉と呼ばれていた。先輩も、長年の常連である教授すらも、彼の本名を知らない。誰もが、初めて訪れたときから〈オヤジさん〉と呼んでいた。白髪に角刈り、紺の作務衣に白の鉢巻きという出で立ちは、いかにも頑固オヤジといった風情だ。

鍋をのぞきこんだ野久保の顔がほころんだ。

「うわ、三平汁。うまそう」

オヤジさんが運んできたのは、『ピリカ』の名物ともいえる糠ニシンの三平汁だった。主役は輪切りの糠ニシン。その他にダイコン、ニンジン、ジャガイモがゴロゴロと入っている。三月から五月ごろまでの期間限定だが、『ピリカ』に来た医学生は必ずと言っていいほど注文する。素朴な味だが塩気があるため、酒のあてにもいいし、締めにもいい。

皆が我先に取り皿へ具材をよそう。史郎もめぼしい具を確保した。

汁をすすると、糠の香りを帯びた昆布だしが胃腸に染み渡る。魚の脂や野菜のエキスがよく馴染んだ極上の旨さだ。ニシンに歯を立てると、口のなかでほろほろと崩れる。だしと混ざり合った身は柔らかく、あっという間に溶けていく。

「うまいなあ」

しみじみと野久保が言う。

「おっ、史郎じゃん。飲んでんの？」

トイレから戻ってきたショートカットの女性が、史郎と井口の間に割りこんだ。女性のなかでは身長が高く、オールインワンのドレスを着こなしている。井口が「デカいからって場所取らないでよ」と言うと、「ごめん、小さくて見えなかった」と言い返してきた。

彼女は有島紗枝。

有島は工学部から転身してきた変わり種で、年齢は四つ上だ。研究医の道を選んだ彼女は旭川の大学で博士課程に進み、大学院生をやりながら非常勤の内科医としても仕事をしている。工学部出身という経歴を活かし、今は感染症診断機器の開発を研究テーマにしている。

専門は細菌学で、興味の方向性も選んだ進路もまったく違うが、学生のころから史郎とはなぜかウマが合った。一時期、しょっちゅう二人で飲みに行っていたせいで付き合っているという噂まで立った。実際は、恋愛に発展したことは一度もない。少なくとも史郎はそう思っている。

「有島、もう相当飲んでるだろ」

「まだまだ。『ピリカ』に来たのに飲まなかったら損だよ」

赤ら顔の有島は誰かの猪口を奪い取り、手酌で冷酒を注いだ。彼女の酒の強さは、同期の連中がこぞって恐れるほどだ。三平汁と酒を交互にすすりこむ。

何となく、史郎と野久保、井口、有島の四人で会話の輪ができた。

「それで、どうよ。千歳刑務所の仕事は」

ニシンの身を口に運びながら、野久保が尋ねる。

「やってることは総合医だよ。残業とか当直とかないのは助かるけど」

「何年働けば、奨学金がチャラになるんだっけ」

「三年」

史郎が矯正医官として刑務所で働いているのは、奨学金の返還免除のためだった。学生時代、史郎は『矯正医官修学資金貸与制度』を利用した。医学部の第三学年以上が対象で、大学卒業まで、法務省から月額十五万円の修学資金を借りることができる。

この制度のユニークなところは、臨床研修の後、そのまま矯正医官として三年間働けば返還責務が免除される点だ。矯正施設と呼ばれる刑務所や拘置所は、法務省矯正局の管轄である。もちろん働いている間、矯正医官としての給与は支払われる。

矯正施設の常勤医は十年以上連続で定員割れしている。医師不足に悩んだ法務省が打ち出したのが、この制度だった。

史郎が制度を知ったのは学部の掲示板だった。当時、どうしても生活費が必要だった。博子が体調を崩しがちになり、大学をやめて働くかの選択を迫られていた。そんな史郎にとって、当座の生活費を貸してくれるこの制度は天恵だった。

申請は受理され、医学部三年生からの四年間、アルバイトをする必要もなく、医学部を卒業することができた。四年間で借りた総額は七二〇万円に上る。

研修中から、最初の三年は矯正医官をやるつもりだった。医師の収入なら普通に返還することも不可能ではないが、要介護の母と同居し、決して楽とは言えない暮らし向きの史郎に他の選択肢は選べなかった。自分を医学生でいさせてくれた、国への恩返しの気持ちもささやかながら、ある。それに、研修医の時期に遭遇したある出来事も、背中を押した。

ただ、三年を超えてまで続けるつもりはない。

「この先もずっと、刑務所で働くつもりなの」

「それはない。三年したら、刑務所は終わり」

「なんで?」

「キャリアにならないから」

——わかりきったこと訊くなよ。

史郎の目標は神経内科医になることだ。認定医や専門医になるためには、特定の診療科で修業を積む必要がある。矯正医官として働いても、神経内科の専門医になるうえではまったく役に立たない。刑務所で三年も総合医をやることは、医師としてのキャリアを考えれば不本意だった。

「患者に思い入れとかないの」

「ないよ。全然ない」

答えながら、史郎の脳裏には一年前の出来事が去来していた。研修医二年目の春。当直の夜。運ばれてきた患者が着ていた、灰色の服。指導医の怒声。震える指先。悲惨な情景を懸命に頭から追い出す。

「次はどこで働くんだよ」

「品定めしてるところ。札幌に戻るのがいいかなと思ってるけど。それより、みんなの仕事はどうなの」

史郎は無理やり話題を変えた。もう、矯正医官の話はしたくない。

「まあ、まだ見習いって感じだよな。戦力になってないっていうか」

野久保の診療科は、最初から脳神経外科と決まっていた。父親の跡を継ぐためだ。研修が終わってからは実家の個人病院で働いている。札幌と千歳の間、北広島市にあるそのクリニックは、なかなか評判がいいらしい。

「うちも同じ。後期研修って、まだ下っ端って感じだよね。指導医の手駒みたいな」

井口は大学の医局に残り、麻酔科医への道を進んでいる。医師不足は長らく叫ばれているが、特に麻酔科は人手が大幅に足りていないといわれる。井口は同じく人手不足で知られる小児科や産婦人科と悩んだ末、痛みの専門医となることを選んだ。

「だから、まだ後期研修医なのに現場でガンガン活躍してる史郎は偉いと思うよ」

珍しく、毒舌の井口から褒められた。史郎は黙って酒を飲む。自分だって、まだ一丁前の戦力になっているとは言いがたい。一人ではまともに詐病も見抜けない。現場のことは、保健助手のほうがよほど理解している。

それまで黙って酒を飲んでいた有島が「そういえばカノジョは？」と訊いた。

「何だっけ、あの薬剤師のカノジョ。一年くらい前から付き合ってんでしょ？」

有島はテーブルに肘をつき、身を乗り出した。顔色は変わっておらず、酔っているように見えないのがまた、たちが悪い。

「普通に……続いてるけど」

「ああ、お嬢様だっけ？」

井口が横から茶々を入れた。

「別にお嬢様じゃないって」

史郎が美波と付き合いはじめて、もうすぐ一年になる。

知り合ったのは、研修二年目の春だった。友人の紹介で一緒に飲み、二人で会うようになり、自然と交際がはじまった。とりたてて語るほどの出会いでもないと史郎は思っている。美波は出会ったときから今まで、ずっと北洋大学の近くの調剤薬局で働いている。

「結婚とか、どうなん」

有島は追及の手を緩めない。

「まだ考えてない」

「今夜は？　会いに行くんでしょ？」

「いや。もう少ししたら千歳に帰る。母親の食事とか用意しないといけないし」

史郎が仕事をしながら博子の介護をしていることは、ここにいる三人とも知っている。何となく会話が途切れた。

史郎は披露宴の様子を思い返す。高砂に並ぶ新郎新婦は、入れ替わり立ち替わりやってくる招待客に笑顔で応じていた。弾けるような笑顔は、幸せの絶頂を見せつけるかのようだった。

——結婚ねえ。

史郎にはまだ、美波との結婚生活を思い描くことができない。美波にも母の介護の一端を担ってもらいながら、三人で一緒に暮らす？　それとも、母は施設に預けて美波と二人で暮らす？

今の生活は仕事と介護で手一杯で、正直言って、美波との時間が入る余地はほとんど残っていない。それに、これからの生活のことも決まっていない。自分のキャリアのために、数年おきに美波に転職させるのも申し訳ない気がした。

美波のことは好きだ。だが、結婚となるとピンとこないのも事実だった。

満面の笑みを浮かべていた新郎に、史郎は尋ねてみたい。

——結婚の決め手って、何？

＊

「はい、口を開けてください。大きく」

診察室に連れられてきた三十代の受刑者は素直に口を開いた。史郎はヘラのような舌圧子で舌を押さえつけ、喉の様子を観察する。喉の痛みがあると言う割には、見た目はきれいなものだ。

「ええと、風邪っぽいんですよね」

「はい。喉が痛いし、熱があるみたいです。あと、咳も止まらなくて」

受刑者はえずくように咳をした。ずいぶん演技じみている。

「喉は特に腫れていませんね。熱もない」

「でも、咳が止まらないんですよ。ほら」

再び嘘くさい咳。どうすべきか史郎が悩んでいると、病人らしからぬ勢いで受刑者はまくしたてる。

「風邪薬飲むと、結構よくなるんです。市販のやつでいいんです。風邪薬もらえませんか。ダメなら咳止めシロップでもいいんですけど」

「静かにしろ」

滝川が叱責した。さすがに喋りすぎだ。

史郎は悩んだ末、咳止め薬を処方することにした。熱や喉の痛みはともかく、咳は気管支が原因の場合、見ただけではわからない。詐病かどうかの判断が難しいのだ。

受刑者は「ありがとうございます」と何度も言った。

　受刑者を工場の持ち場に連れて行き、戻ってきた滝川は淡々とした口調で言う。

「あの患者は詐病だと思いますよ」

「……そうでしょうか」

「先生のお気持ちはわかります。塀の外では患者には薬を出すのが普通ですから。しかし、ここは普通の病院とは違います。それに医薬品は無尽蔵にあるわけでもない」

　史郎はふてくされたように黙りこんだ。薬が目当てだという可能性くらい、史郎も考えていた。

　咳止めに使われる一部の成分には興奮作用と依存性が報告されている。先ほどの受刑者もそれが目当てだったのかもしれない。ただ、それは大量に摂取した場合の話だ。市販の錠剤ならひと瓶一気に飲むくらいでないと、彼が期待する効果は得られない。普通に服用している範囲なら、安全性には問題ない。

「あまり演技がひどいようなら、毅然とした態度も必要です」

　滝川は次の受刑者を連れてくるために部屋を出て行った。史郎は背もたれに体重を乗せて、伸びをする。

　――こっちだって確信があるわけじゃないよ。

百パーセントの確信をもって鑑別できることなど、まずない。ましてや史郎は研修医を卒業してひと月の駆け出しだった。圧倒的に経験が不足している。判断に迷えば、患者の利になるほうに動くのが医師の原則だと史郎は思う。詐病か否か迷ったときは、受刑者の訴えを信じて薬を処方する。

――ただ、さっきのはさすがに嘘くさかったかな。

反省する暇もなく、次の受刑者を滝川が連れてくる。

身長は一七〇センチくらい。舎房衣がぶかぶかなのは痩せているせいだ。頬はこけ、肉が落ちた顔に濁った眼球がはまりこんでいた。血色の悪い唇はかさかさに乾いている。皺の寄った皮膚は老人のようだった。

称呼番号二七〇二番。作田良平。二十九歳。詐欺罪で懲役二年。

史郎の手元には身上調査書の写しがある。

新たに受刑者が入所する際、刑務官は身上調査書を作成する。そこには受刑者の氏名、生年月日、本籍、裁判記録の概要、犯罪の概要や犯罪性の特徴、成育歴や職業歴などが記される。作成後は地方更生保護委員会と保護観察所へ送付され、帰住予定地の調整などに活用されるが、同じ内容の写しは刑務所に残しておく。

身上調査書を読めば、受刑者がどういう経緯でここにやってきたかがわかる。

作田良平は特殊詐欺――いわゆる振り込め詐欺で〈掛け子〉と呼ばれる役目だった。

一年間、札幌市内のアパートに数名で寝泊まりし、朝九時から夜九時まで電話をかけ続けた。支給された携帯電話と名簿を使い、さまざまな理由をつけて高齢者から資産を騙し取った。宝くじの高額当選。アダルトサイトの料金未納。医療費過払い金の還付。その他、理由は無数にある。作田による被害総額は一億五千万円に上るという。振り込め詐欺グループの犯行では中心的な役割を担ったとされ、実刑判決を受けた。

作田は丸椅子に腰かけると、はあ、と重い息を吐いた。疲労がにじんでいる。史郎は彼に対して、どうしても『詐欺犯』という印象を拭うことができない。公平に診察しなければならないのに、作田が嘘をついている可能性ばかり考えてしまう。

「作田は縫製工場での作業中、椅子から転げ落ちてそのまま作業を中断しました。全身の痛みに耐えられなかった、と言っています。入所以降、同様の訴えが頻繁にあります」

外傷のない痛みや痺れは判断が難しい。それが『アリ』になれば、他の受刑者たちが続々と真似をする可能性もある。作業を怠けたり、必要以上の医薬品を手に入れる口実になりかねない。だからこそ、安易に『アリ』という判断を下すことはできない。

「痛みは入所前からあったんですか」

「はい。痛み止めをいただきたいんです」

作田が受刑者として入所したのは今年二月。この三か月間、特に医薬品は処方されていない。入所時健診の記録を見ると、『全身の痛みを訴えるが、詳細不明』と記載されていた。診察したのは、史郎が赴任するまで週に二日来ていた内科医だ。

「私はたぶん、多発性硬化症だと思うんです」

おや、と史郎は思う。

多発性硬化症というのは、そこまで知名度の高くない病名だ。それを正確に知っているということは、思いつきで全身が痛いと訴えているわけではなさそうだった。ただ、詐病の疑いが晴れたわけではない。たまたま知識があっただけかもしれないし、誰かに知識を吹きこまれたのかもしれない。

多発性硬化症は国から指定されている難病で、国内の患者は一万人前後といわれる。脳や脊髄といった中枢神経に病変が起こることで、手足の痺れ、視力低下、感覚麻痺などが生じる。

神経内科医を目指す史郎にとっては専門領域だ。刑務所で多発性硬化症の患者と遭遇する機会はそう多くない。経験を積むための、またとないチャンスだった。

史郎は身を乗り出した。

「なぜそう思うんですか」

「もう、ずっと身体が痛いんです。十年くらい前から。全身、特に足と顔が痛いんです。調べてみたら多発性硬化症っていう病気があるって知って、大学病院に行ったんですけど、よくわからないって言われてしまって。精密検査をしたんですけど、それでもよくわからないみたいで。でも、痛いのは本当なんです。燃えるみたいにめちゃくちゃに痛くて、それで作業ができなくなったんです。嘘じゃないんです」

「いい加減にしろ」

滝川が言うと、作田はのろのろと振り向く。

「先生からの質問にだけ答えるように」

「……すみません」

作田は一瞬恨めしそうな顔をしたが、すぐに真顔に戻った。史郎は入所時健診のカルテに目を落とす。みすみす多発性硬化症の患者を逃すつもりはない。もう少し問診を続けることにした。

「全身の痛さについて、もう少し詳しく教えてもらえますか」

「ええっと、顔とか、あとは膝とかの関節のあたりが痛みます。痺れるような感じで、最初はちょっとピリピリするくらいかな、という程度なんですが、じきに痺れが強くなってきて、ひどいときは動けなくなります」

「他の症状は？」

「よく力が入らなくなります。脱力感というか、身体がものすごくだるいんです。ちょっと動くと、すぐに疲れてしまうんです。視力も落ちましたが、それはだいぶ前からなんで、関係があるのかはわかりません」

病院ですでに何度か説明しているのか、作田の説明はよくまとまっている。しかも視力低下が多発性硬化症の有訴であることまで把握している。今のところ、作田の訴えに破綻はない。

「以前はどちらの病院に行ったんですか」

「北洋大病院です。四年くらい前かな」

ちらりと滝川が視線を向けた。史郎が北洋大出身であることを知っているらしい。

「どんな検査をしましたか」

「いろいろと検査はしました。よく覚えてませんけど」

「検査の結果、多発性硬化症ではないと診断されたんですね」

「そうです。画像に異常がなかったとか、何とか。細かいことは忘れました」

多発性硬化症で重視されるのはＭＲＩだ。脳や脊髄のＭＲＩ画像で異常所見がなければ、診断基準には合致しない。作田が言っているのは、おそらくＭＲＩに違いない。しかしそうだとすれば奇妙な話だ。典型的な多発性硬化症の症状を示しながら、ＭＲＩでは病変がなかったということになる。これまで聞いたことのない事例だった。

　ここにきて、急に詐病の疑惑が頭をもたげる。

「あのう、リリカをもらえると嬉しいんですが」

　作田は探り探り、申告する。

「リリカは効いたんですか」

「割と効くほうです」

　史郎は腕組みをした。リリカは神経性疼痛（とうつう）に効果があり、多発性硬化症の治療に用いられる。やはり、辻褄（つじつま）は合っているのだ。しかし作田の話をどこまで信じていいかわからない。

「残念ですがリリカはありません」

　作田はあからさまに肩を落とした。リリカは依存性が報告されていることもあり、そもそも納品希望を出していない。

　前任者が『詳細不明』と書いた理由がよくわかった。自己申告では限りなく多発性硬化症に近いが、確信が得られない。すでに大学病院の診断でも否定されている。作田の説明が事実なら、おそらくＭＲＩ画像では病変が見られなかったのだろう。

──どういうことだ？

ここにきて、作田の特殊詐欺犯という犯罪歴が思い起こされる。相手が騙しのプロだとすれば、これくらいの作り話はお手の物ではないか。色眼鏡は禁物だが、どうしても意識せずにはいられない。

頭の整理が追いつかなかった。

滝川が腕時計を指さす。体調不良を訴える者は跡を絶たないため、史郎は一日に数十人の受刑者を診なければならない。実務上、作田のためだけにじっくりと時間を使うことはできなかった。

「とにかく、もう少し様子を見ましょう」

「もう少し、というのはどれくらいですか」

「……一週間ほどしたら、また病状を教えてください」

作田は骨の浮き出た頬を不満そうにゆがめたが、何も言わず、滝川に連れられて診察室を後にした。

その日の終業直前、史郎が診察記録をつけているときだった。

「作田という男がいたでしょう。全身が痛いと言っていた」

滝川は医薬品の整理をしながら言った。夕食の時間が近くなると、受刑者に与える薬を揃えなければならない。

「ええ。多発性硬化症と言っていた」

「熱心に診ている先生には申し訳ないですが、詐病も考えたほうがいいと思います」

何も言い返せない。薄々、史郎も考えていたことだ。

無駄かもしれないと思いつつ、反論を試みる。作田を診ることは、神経内科医としてステップアップするための貴重なチャンスかもしれないのだ。

「一応、話の筋は通っていましたけどね。検査をすれば新しいことがわかるかもしれない」

「仮に作田が事実を話していたとしても、病院で検査をした結果、病気ではないと診断されたんでしょう。それならやはり病人ではないのでは」

「病人ではない、というか……多発性硬化症ではないということです」

滝川は一拍置き、語気を強めた。

「私には、精密検査をされたくないという意図が見えてしまうんです。検査を受ければ嘘をついていることがばれるから、そうならないように仕向けているんですよ。彼の言っていることは矛盾しています。そもそも全身が痛いなんて、誰だって言えることですよ。痛み止め目当てでしょう。作田に薬を出したら他の受刑者も真似をしかねない。そうなったら、本当に痛み止めが必要な受刑者に出せなくなります」

史郎が悩んでいるのはまさにそこだった。

医薬品には限りがある。仮に作田が詐病だったとき、彼に医薬品を処方すれば、それが他の受刑者の不利益になる可能性がある。そもそも詐病の診断をすること自体、時間の無駄だ。史郎が診察できる時間は決まっており、その限定された時間内で大勢の患者を診なければならない。

滝川は軽く息を吐き、シートから錠剤を分ける作業へ戻った。手を動かしながら、口も動かす。

「先生は、今ここにいる受刑者のうち何割が心を入れ替えると思いますか」

考えたこともなかった。答えられずにいると、滝川が再び口を開く。

「質問を変えましょう。出所後、十年以内に再入所する受刑者の割合はどのくらいだと思いますか」

「……わかりません」

「約半分です」

史郎がぼんやりと想像していた割合より高い。統計をそのまま当てはめるなら、作田も二分の一の確率で刑務所へ舞い戻ってくることになる。

「この割合をどう思うかは人それぞれでしょうが、個人的な意見を言わせていただけるなら高いと思います。再入していない残り半分の元受刑者にしても、前科があることが周知されれば生活の立て直しは厳しくなる。結果、グレーゾーンの仕事に手を出す。つまり一度罪に手を染めれば、そこから抜け出すのは非常に難しいということです」

滝川はあくまで淡々と言う。これが現実。そう言い聞かせられているようだった。作業を終えた滝川は慇懃な態度で診察室を立ち去った。

「では、明日もお願いします」

扉が音を立てて閉まる。

ピリピリした空気から解放され、思わずため息が出た。保健助手のリーダーとして、滝川が史郎に刑務所のルールを教えようとしているのはわかる。しかし、「疑わしきは詐病」としてしまうのはどうなのか。矯正医官の仕事に慣れきるあまり、一般病院で働く医師の感覚を失うのはごめんだった。

仕事を終えた史郎は車の運転席に乗りこむ。駐車場の桜は早くも散っていた。この桜は、受刑者への協力姿勢をアピールするために植えられたのだと所長の山田は言っていた。しかし刑務官との意思疎通すら上手くいっていないのだから、受刑者との相互理解に至る道のりはなお険しい。

ハンドルを握ったとき、史郎は一年前に救急科研修で指導医から告げられた言葉を思い出した。

――肩書きに怯えるな。

矯正医官になることを後押しした出来事を思い出す。知らず、手に力が入った。あんな無様な真似は、二度としない。そう決意して刑務所へ来たはずだ。それなのに、作田が元詐欺犯だという先入観に囚われそうになっていた。

見るべきは病であり、患者の肩書きではない。

――作田を信じる。

アクセルを踏みこんだ史郎の目に迷いはなかった。

一年前の春、研修医の史郎は救急科での当直についていた。

救急医療には症状と緊急性から一次から三次まであり、北洋大学病院は一次や二次では対応できない重症患者に対する三次救急医療を担当する。そのため自力で病院へ来るケースは少なく、ほとんどの患者は救急車両で搬送されてくる。

状況はさまざまだ。交通事故で多発外傷の場合もあれば、自宅で心停止となった場合もある。全身性の熱傷を負った患者がいれば、原因不明の感染症に苦しむ患者もいる。救急科ではそれらの重症患者に対する急性期治療を行う。

当直自体は研修一年目から経験していることだった。もちろん専門医や指導医に比べれば未熟だが、同期たちに比べればそつなくやっているという自負があった。四月からはじまった救急科の研修では、続々と運ばれてくる重症患者に当初は面食らったが、汗みどろになりながらもどうにか診療をこなすことができた。

その夜も、いつもと同じように現場は慌ただしく動いていた。史郎はPHSでスタッフと連絡を取り、専用の端末に指示箋を入力し、担当患者の容体を確認していた。

ホットラインが入ったのは午前零時。搬入が決まった直後、指導医は史郎に告げた。

「刑務所からだ。脳卒中の可能性が高い」

「刑務所ということは、受刑者ですか」

聞きなれない言葉に、史郎はつい反応した。その口ぶりに、批判するような調子がなかったとは言えない。

「そういうことだ」

指導医は平然と答える。じきに到着した救急車から降りてきたのは、救命士らの他、制服を着た二人の刑務官だった。彼らの所作によそよそしさを感じたのは、史郎の先入観のせいだったかもしれない。すでに翌年から矯正医官として働くことは決めていたが、その前に受刑者と顔を合わせることになるとは思っていなかった。

患者は六十代の男性。灰色の簡素な服を着た患者だった。昏睡状態に陥り、頭部CTで血栓を認めた。脳梗塞で一分一秒を争う状況である。指導医が付き添いの刑務官たちに患者の医療情報を尋ねたが、はっきりとした答えは返ってこなかった。

「高血圧と不整脈は確認できています。医師がいないので、詳細はちょっと」

年嵩のほうがそう答えた。思わず指導医が訊き返す。

「医師がいない？」

「うちは内科と皮膚科の先生に通いで来てもらっていますが、常勤医はいません。矯正施設なんてそんなものですよ、どこも」

刑務官はどこか投げ遣りに言った。すぐそばで会話を聞いていた史郎は、そのことを知っていた。法務省からの修学資金貸与を受ける際に読んだパンフレットで知った。矯正医官は慢性的に不足し、常勤医は定員の八割を切っている。

脳梗塞の状態を確認した史郎は、指導医にｒｔ‐ＰＡ（アルテプラーゼ）の静脈内投与を提案した。ｒｔ‐ＰＡは血栓溶解薬の一種で、日本で臨床的に使用可能な唯一の薬である。

「血圧が高すぎないか」

「先週、似たようなバイタルの患者が搬送されました。そのときもアルテプラーゼで対処しています」

その際はｒｔ‐ＰＡ投与が奏功し、患者に後遺症も残らなかった。最終的に指導医はゴーサインを出し、史郎自身が投与を行った。病床に戻ってきた史郎に、すかさず付き添いの刑務官が告げた。

「部屋を用意していただくことは可能ですか」

怪訝（けげん）そうに振り向いた史郎に、刑務官は真顔で言った。

「脱走防止のためです。それに、我々がいつまでもここにいると皆さんの邪魔になると思いまして。我々はどうしても受刑者から離れることができません」

彼らの言い分はもっともだった。ここにいるのは普通の患者ではない。罪を犯し、刑務所に収容されている受刑者だ。彼が今、所外の病院にいるのは〈特例〉なのだ。万が一、脱走が起これば取り返しがつかない。史郎は改めて、受刑者という立場の特異さを思い知った気がした。指導医の許可を取り、患者と刑務官を空いていた病室へ案内した。

急ぎの作業を済ませ、ロッカールームで汗の染みた服を着替えた。仮眠室に入ったのは午前三時半。疲労は極限に達している。昨日の午前七時から一睡もしていなかったせいか、備え付けの寝台に横になると間もなく眠りが訪れた。

およそ二時間後、史郎は身体を揺さぶられて目覚めた。ぼやけた視界のなかで必死に揺すっているのは同年代の看護師だった。

「起きてください！　脳出血！」

その一言が意味するところを直感し、一気に覚醒した。脳出血はｒｔ‐ＰＡの副作用だ。血栓が溶けたことで血流が急速に改善し、血管壁が破れて出血を起こす。灰色の衣服を着た受刑者の顔がよぎる。ｒｔ‐ＰＡ投与を提案したのは史郎だ。

「ＰＨＳ、気づかなかったんですか」

容体が急変すれば、担当医のＰＨＳへ連絡が入ることになっている。早口で指摘され、ようやく史郎は着替えのときにＰＨＳをロッカーに置き忘れたことを思い出した。顔がさっと青ざめる。

「とにかく戻ってください。早く！」

看護師の声に押されるように、病室へ駆けた。部屋へ飛びこむと同時に、刑務官と目が合う。物言わぬ刑務官たちは、冷静にこちらを責めているように思えた。

病床ではすでに他の医師や看護師が対応していた。指導医が患者に胸骨圧迫を施しているが、固く閉じられた両目が開かれる気配はない。

「あの、すみません」

消え入るような史郎の謝罪は、立ち働く職員たちの物音にかき消された。指導医の背後に立ち、意を決して頭を下げた。

「PHSを手放していました。仮眠室で気づかず……」

きっと振り向いた指導医は憤怒の形相だった。胸骨圧迫を続けながら怒鳴りつける。

「お前が寝過ごしたとか、どうでもいいんだよ！　体面気にする前にやることあるだろ！」

指導医が声を荒らげたのは初めてだった。縮み上がった史郎に、看護師が「そこ、どいてください」と言い放つ。返答する前に身体を壁際に寄せられていた。萎縮しきった史郎はしばらくの間、呆然と室内を見ていた。

自分がどう思われるか、そればかり考えていたことに気づいて恥ずかしくなる。ふたたび年嵩の刑務官と目が合う。今度は責められているとは感じなかった。ただ、失望されているとしか思えなかった。

六十代の受刑者は脳出血が止まらず、意識が回復することは一度もないまま亡くなった。その死顔は、いやに生々しく記憶の底に張り付いた。遺体はそのまま地下の安置所へと運ばれ、救急科は死の余韻に浸る暇も与えられず、職員たちは忙しく立ち働いていた。

患者の死後も、刑務官たちは表情を変えなかった。一人は病院の固定電話を使ってどこかへ連絡し、もう一人は指導医と打ち合わせをしていた。死の間際まで奮闘したその横顔は、やつれて影が差している。

慌ただしさの波が落ち着いた朝、史郎は指導医に呼ばれた。顔つきから叱責を受けるのは間違いないと思っていたが、疲れた声で「PHSは持っとけ」と言われただけだった。

史郎はおずおずと、もう一つの気がかりを口にした。

「rt-PA投与を提案したのは間違いだったかもしれません」

「いや。たぶん、俺でもそうしてたよ」

指導医は即座に否定した。

「お前が言ってるのは結果論だ。百パーセント正しい医療なんてあり得ない」

そう答えてくれたが、史郎には後悔が残っていた。あのとき、指導医は血圧が高すぎると言っていた。再検討するチャンスはあったのだ。それにもかかわらず、史郎はrt-PA投与の正しさを最後まで疑わなかった。

「あの患者、殺人犯だったらしい」

ぽつりとこぼされた言葉を、史郎は聞き逃さなかった。だからどうということでもないだろうが、指導医は首を振って会話を打ち切った。

他人の命を奪った人間が、命を落とした。その引き金を引いたのは自分だ。

──自業自得。

一瞬でも、そんなことを考えてしまった。人を殺したからといって、死刑でもない人間から命を奪っていいことにはならない。罪を犯した人間にも医療を受ける権利はある。医師でありながら、そんな当然のことすら疑ってしまった。

──俺は、刑務所の医師になってもいいのか。

矯正医官という仕事への戸惑いを、初めて感じた。

今でもあの出来事を思い出すたび、受刑者の死顔と刑務官の冷静な目を思い出し、暗く深い淵に立つような心細さを覚えるのだった。

富良野から札幌への帰り道は、ほぼ同じ風景が延々と続く。

道の両側には初夏の新緑が鮮やかに繋る。対向車も後続車もほとんどない国道を、アクセルを踏んで進む。北海道では都心部でなければ、帰省シーズンにぶつからない限りは気持ちよく運転することができる。ただし、あまりにも同じような風景が続くので、眠気には注意しなければならないが。

「それでね、なんかおかしいなって思ったの。周りの人たちも、何となく気まずそうにしてる感じで」

助手席の美波は史郎の眠気覚ましのためか、あるいは久しぶりに会うことで興奮しているせいか、最近あった話を次々に披露している。運転席の史郎はミントガムを噛みながら、それに相槌を打つ。

「そしたら、とんとんって肩叩かれて。通りすがりのおばあさんだったんだけど。あなた、それ逆じゃないの、タグが出てるよって。私、家出たときからずっと表裏逆にブラウス着てて、もうめちゃめちゃ恥ずかしくて！」

「それは恥ずかしいね」

ほとんど条件反射のように答える。美波は何か言いたそうに史郎の顔をうかがったが、結局何も口にしなかった。

愛想のない反応だということは史郎自身もわかっていた。しかし、溜まりに溜まった疲労が心の余裕を削っていく。慣れない仕事に苦労していることもあるが、何より母の介護がしんどかった。研修医のころは札幌の実家にいたおかげか病状も落ち着いていたが、千歳に転居してからは怒りっぽさに磨きがかかった。

美波が気を遣ってくれているのはわかるが、うまく乗れない。

一人の時間が欲しかった。

「綺麗だったね。富良野って中学生以来だからびっくりした。来年もまた来たいなあ」

「そうだね」

他人事のような相槌だが、言い足すのも不自然な気がした。

天真爛漫なところのある美波は、「お嬢様」と呼ばれるのがよく似合う。史郎と同じ二十六歳だが、今でも北洋大の近くを歩いていると学生と間違われる。どこかのほほんとした空気が、いわゆる社会人らしくないのかもしれない。

実際、美波の実家は裕福だった。父親は不動産会社の代表で、母親は札幌市議の娘だ。兄は東京の大学を出てドイツで働いている。実家は高級住宅街の宮の森で、何度か近くまで送っていったことがある。たまたま見かけたその家は、大邸宅と言っていい規模の屋敷だった。庭は史郎が住むマンションが建ちそうなほど広い。

美波自身はお嬢様扱いされることを嫌っていた。今も実家暮らしでお小遣いをもらっているという実態はさておき、自立した職業人であろうと努力している。薬剤師の仕事も腰かけのつもりではなく、生涯の使命だと捉えている。史郎に言わせれば、そういう思いこみの強さこそ「お嬢様」らしいのだが。

お嬢様である美波が、お世辞にも裕福とは言えない家庭で育った自分と付き合っていることが、史郎にはずっと不思議だった。彼女には、両親が離婚したことも、多額の奨学金を借りたことも、その返還責務を免除してもらうために刑務所での仕事を選んだことも、すべて話した。それでも彼女は幻滅する素振りも見せず、こうして助手席ではしゃいでいる。

最初は医師という肩書きのせいかと思ったが、どうやら美波は史郎の家柄や仕事で付き合うことを決めたわけではないらしい。それは素直に嬉しかった。

「仕事はどう？　大変？」

「まあね。医局とは全然勝手が違うから、色々と疲れる。でも三年の我慢だよ」

「我慢、か」

美波は難しい顔を作って腕を組んだ。

「どうしたの」

「私、刑務所のドクターって悪くないと思うけどな」

頬が引きつりそうになる。史郎は無理やり笑顔を作った。

「どういう意味？」

美波は史郎の言葉に込められた棘には気がつかないのか、前を向いたまま訥々と語る。

「だってドクターってみんな激務だもん。身体壊してる人もいるし。でも刑務所のドクターは基本、定時で帰れるんでしょ。異動もないし。すごく生活しやすいじゃない。史郎くんが死にそうになりながら働いてたら、私不安だよ」

「でも俺がやりたいことは、矯正医官じゃないから」

「私だって、別に最初は薬剤師になるつもりなんてなかったの」

美波の口調が強くなる。

「親に薬剤師になれって言われて、他にやりたいこともなかったから、そうしただけ。潰しが効く資格職だっていう、それだけの理由。旦那さんがどこに転勤しても働けるようにって。別に薬剤師として人を助けたいとか思ってなかった。でも今はちょっと違う。調剤薬局の薬剤師にしかできないことがあるって、本気で思ってる」

やめてくれ、と言いたくなるのを飲みこんで、ハンドルを強く握る。史郎は苛立ちを自覚していた。疲れがさらに史郎の気を短くしている。

「だから史郎くんも、三年働いたら違う感想を持つかもしれない。刑務所のドクターも悪くないなあ、続けてもいいかもなあって思うかもよ」

「一緒にするなよ」

もう我慢できなかった。無意識とはいえ、美波は史郎の『地雷』を踏んでいた。

「美波は目標がなかったけど、俺には神経内科医っていう明確な目標があるんだよ。同じテンションで話されると違和感ある。だから一緒にするなよ」

史郎は憤りにまかせて、わっと早口でまくしたてた。

しまった、と思ったときにはすべて言ってしまっていた。助手席の美波は口を固く結び、目尻を下げてうつむいている。今にも泣きそうだ。

「そうだよね。ごめんね」

「……いや、こっちこそ、ごめん」

――最悪だ。

車内は気まずい沈黙で満たされた。さっきまでとめどなく話していた美波は押し黙り、一言も発しようとしない。停滞した雰囲気とは裏腹に、車は快調に飛ばしていく。

「次、どこ行こうか？」

　どうにか絞り出した話題がそれだった。

　史郎が母親の介護をする都合上、なかなか遠出はできない。日帰りで行けそうな場所は、札幌市内も、小樽も、余市も、富良野も行ってしまった。デートの行き先はそろそろネタ切れだ。

　美波は顔を上げようとせず、すねた声で言った。

「行き先提案するの、いつも私じゃん。史郎くんの行きたいところにしよう」

「……わかった」

　それからパーキングエリアでソフトクリームを買ったり、しきりに話しかけたりしたが、美波の機嫌は最後まで直らなかった。へそを曲げると長い。

　車は美波の家の近くの郵便局で停めた。まだ午後四時だったが、これから千歳に帰ってデイサービスから帰ってきた母に夕食を食べさせなければならない。時刻はぎりぎりだった。

「じゃあ、また」

　助手席を降りる間際に史郎が言うと、美波はささやくような声で「うん」と答えた。家の方角へと遠ざかっていく後ろ姿を見送ったが、彼女は姿が見えなくなるまでとうとう一度も振り返らなかった。

＊

鉛のように重い頭は、断続的に痛む。

青白い顔で運転席を降りた史郎は、どこかで水を買ってくればよかったと後悔した。千歳刑務所に売店はない。

――二日酔いだ。

昨夜、博子が床に就いてから寝酒をはじめた史郎はつい飲みすぎた。いつもは缶ビール一本で酔っぱらえるはずがなかなか酔えず、ビール二本にもらいもののウイスキーまで開封した。

酔えなかった理由はわかっている。美波のことだ。

前回、気まずい別れ方をしたのが心残りだった。悪いのは史郎自身だ。しかし今さら謝るのも何か違うような気がした。電話やメッセージで謝るのも心がこもっていない感じがする。あれこれ悩んでいるうちに日が経ち、手遅れとなった。

人生初の恋人に、史郎はどう接すべきか途方に暮れていた。

今までの二十数年、恋といえば片思いだった。降ってわいたような恋人関係に、一年経った今も慣れることができていない。

更衣室で山田所長と出くわした。刑務官らしからぬ、小太りの体型には愛嬌がある。

「おはようございます」

「ああ、おはようございます。仕事には慣れましたか？　あれ、顔色が優れないですね。大丈夫ですか」

「……ちょっと、色々あって」

素早く白衣を羽織り、逃げるように更衣室を後にした。

廊下に出ると、朝食後の食器を運ぶ模範囚たちと出くわした。目が合うと、彼らはその場に立ち止まって深々と頭を下げる。

「おはようございます！」

史郎も立ち止まり、「おはようございます」と返す。受刑者の挨拶にいちいち立ち止まって頭を下げる職員は、史郎くらいのものだ。この大仰(おおぎょう)な挨拶にはまだ慣れていない。

更衣室の入っている厚生棟を出ると、晴天が待っていた。今日、初めてまともに空を見る。重苦しい気分とは裏腹に、水色の爽やかな空が広がっていた。

広い敷地内にはいくつもの建屋がある。庁舎、処遇管理棟、食堂、講堂、東西計四つの収容棟、四つの職業訓練棟。北端には運動場があり、南の裏手には職員宿舎が建ち並んでいる。矯正医官である史郎も無料で宿舎に入ることができるが、博子の介護の都合を考えて、近くにあるマンションの一室を借りていた。

史郎の主な職場である医務棟は、庁舎と収容棟の間に位置している。

医務棟は一階に診察室があり、回診の時間以外はたいていこの部屋で過ごす。一階の一部と、二階、三階は病室になっている。病室に入っているのは認知症患者や足腰の悪い高齢者がほとんどで、ベッドは常に満員だった。病室にいる患者たちの病状を確認してから、診察がはじまる。

今日も診察希望者は列をなしている。継続的に様子を見ている者もいれば、突発的な体調不良に見舞われた者もいる。ときには詐病と思われる者もいて、そういう受刑者が相手だと、見極めに数倍の労力がかかる。

午前中の診察の最後、作田良平が再び診療室へ現れた。前回の診察からきっちり一週間経った。滝川の意見は無視して、史郎が名指しで呼んだ。きちんと三食取っているはずだが、相変わらず頬はこけ、顔色が悪い。痩せた身体にまとっただぶだぶの舎房衣は、ハンガーにかかった衣類のようだった。

「痛みは続いていますか」

「はい。前よりひどくなってきたような気がします」

心なしか、作田の口ぶりは恨みがましい。滝川が背後で睨みを利かせていなければ、悪態の一つもつきそうな面構えだった。

作田の症例については、多発性硬化症以外の心当たりが一つだけある。

――身体症状症。

元となる身体的な病気がないにもかかわらず、痛みなどの自覚症状が続くのがこの分類の特徴である。詐病とは違い、患者は実際に自覚症状を感じているため、身体的な病気がないことを受け入れられず、通院先を転々とすることもままある。

ただし身体的には異常はないため、痛み止めはあまり意味がないことが多い。むしろ精神的な要因によることが多く、抗うつ薬や抗不安薬が効果を示すことがある。

作田の場合MRIで異常が認められなかったのだとしたら、多発性硬化症の可能性は低い。それにもかかわらず顔や足が痺れるとすれば、身体症状症と判断するのが妥当だ。史郎は神経内科医として、い、い、そう結論づけた。

「抗うつ薬とか、抗不安薬を服用したことはありますか」

「いいえ。痛み止めなら、色々やってみましたけど……」

「気持ちが落ち着く薬を出します。もしかしたら、それでよくなるかもしれません」

史郎が処方したのは抗不安薬のデパスだった。滝川の顔がぴくりと動く。抗不安薬としてポピュラーなデパスは、受刑者たちが欲しがる薬の筆頭だった。

薬を処方したことでさぞ喜ぶかと思ったが、作田の表情は複雑だった。

「それで痛みが軽くなるんですか」

「保証はできませんが、緩和される可能性はあります」

「……わかりました。ありがとうございます」

納得していない様子だが、作田は一応頭を下げた。

——やはり、痛み止めが目的だったのか？

史郎も腑に落ちないものを感じつつ、診察を終えた。

「もしかして、嘘をついていると思っていますか」

少し遅れて、史郎は「いいえ」と答えた。本心が一瞬の間となってしまった。作田は憮然とした表情で言う。

「北洋大に問い合わせてくださいよ。全部わかりますから。俺は刑務所に入るよりもずっと前から、苦しんでいるんです。頭がおかしいわけじゃない」

「余計な話をするな」

滝川の叱責に作田は顔をしかめて口をつぐんだ。

作田を送り、戻ってきた滝川は難しい顔をしていた。

「明日から大変なことになるかもしれませんね」

「詐病が増えるということですか。デパスを出したことで?」

「薬には魔力があります」

滝川は昼食前の医薬品の準備をはじめた。鋏で手際よくシートを切り取っていく。

「気持ちよくなりたいということだけが、薬を欲しがる理由ではないんです。人間はどんな状況でも、階級を作るものです。そしてその上に立とうとする。受刑者の社会であっても同じことですよ」

史郎にはまだ話が見えてこない。作業の手を止めずに滝川は続ける。

「『薬をもらった』という事実が、彼らの優越感になるわけです。薬を与えることは、その人間が『薬を出されるに足る人間だ』という認識を与えることにつながる。彼らは周囲より少しでも優位に立つために、薬が欲しいんです」

「処方薬がステータスになるということですか」

「そういう側面もあるのです」

薬の準備を終えると、滝川はトレーを両手で抱えたまま器用に足で扉を開けた。

医薬品は病状を軽くするためにある。その他の理由で薬を欲しがる者がいるなど、史郎は想像したことすらなかった。

大変なことになる、という滝川の予言は的中した。

「あああ、痛い！　痛い痛い痛い！」

目の前の受刑者は椅子から転げ落ちそうな勢いで身体をよじっている。四十代の男で、顎を上げた拍子に剃り残した無精髭(ぶしょうひげ)が見えた。

「どこが痛いんですか」

「わからないんです。全身がとにかく痛くて」

「全身というのは？」

「顔とか、足とか、あと腕も。いてててて」

大げさにのけぞって見せる。史郎は試しに腕に触れてみた。

「ここはどうですか」

「痛い痛い、触られると痛いんです」

「触られると痛い？」

見たところ身体症状がないのに、触られると痛い。史郎は単に訊き返しただけだったが、相手はそれを疑念と受け取ったのか、とたんに言い訳めいた口調になる。

「いや。触られると痛いような感じがするというか、そうでもないような感じというか。自分でもよくわからないというか」

だんだん説明が支離滅裂になってきた。

「いつごろからですか」

「今日からです。朝起きたときから痛くて」

「今朝、いきなり痛くなったんですね？　本当に、何の前触れもなかったですか」

「あ、あ、ちょっと待って。前触れがないっていうか、昨日から身体が重い感じはあったかなー、という気もしてきました。本当に」

いよいよ、しどろもどろになってきた。もはや疑いの余地はない。史郎は受刑者の背後に立つ滝川に目配せをする。滝川が一つうなずくのを確認して、カルテを閉じた。

「もう少し様子を見ましょうか」

「あのう、薬は？」

「まだ様子を見ましょう。次の方をお願いします」

いくらなんでも、ここまで露骨に嘘とわかる訴えに薬は出せない。受刑者は憮然とした表情で席を立った。滝川が「早く」とせっつくと、ようやく歩きはじめる。

——そこまでしてデパスが欲しいのか。

不満顔で退出する受刑者を見送りながら、史郎は呆れる。

デパスはごく一般的な抗不安薬だ。とりわけ効果が高いわけでもない。過剰量を一度に服用すればちょっとした快感は得られるかもしれないが、受刑者たちには基本的に服用時ごとに医薬品が与えられるから、オーバードーズもできない。

その後も全身の痛みを訴える患者が跡を絶たなかった。作田がデパスを処方されたことで、妙な噂が受刑者たちの間に広まったらしい。全身が痛いと言えば、デパスをもらえる。作田がそうだったように。

そういう噂が流れるのは、作田が受刑者たちの間でも詐病だと思われているせいだろう。やはり、あの自己申告は嘘なのだろうか。史郎の間で疑念が再燃しはじめた。

終業前の整理中、滝川はいつになく疲れをにじませて言った。

「やはり、妙な噂が流れているようです。痛みがあると申告すればデパスをもらえる、と。以前にも言いましたが、詐病を許すことは本当に必要な患者に使うべき医薬品や診察時間を浪費することになります」

「……わかっています」

同じようなことを何度も言われ、史郎は苛立っていた。滝川の指導が善意からだと理解しているだけに。

それでも、作田が詐病だと安易に判断するのは別の問題だと思えた。彼は病状への造詣も深く、説明にも矛盾はなかった。せめて診察を受けたことが事実だと確認できれば、その場限りのでまかせではないと言える。

——北洋大学の病院に問い合わせてくださいよ。

作田の言葉を反芻する。

患者本人が請求した場合、カルテの開示を拒否することはできない。医療機関にとって、診療記録等の開示は個人情報保護法で定められた法律上の義務だ。しかし当の作田は刑務所のなかにいる。

北洋大学病院には知り合いが山ほどいるが、気軽には相談できない。診療に関する情報は個人情報のため、今や部外者となった史郎が独断で閲覧するのは難しい。ただ、なかには融通を利かせてくれそうな知り合いも、いないことはない。

——あいつに訊いてみるか。

人前で電話するのを避け、帰宅途中の車のなかで携帯電話からかけた。職場の番号ではなく個人の番号だ。出ないことも覚悟していたが、意外にも相手は最初のコールで出た。

「もしもし」

「ああ、井口か」

「どうしたの。電話なんて珍しい」

井口純が童顔をかしげる様子が目に浮かぶ。話すのは札幌での結婚式以来だ。

「今、仕事中か？　ちょっと時間あるか」

「非番だけど。どうしたの」

史郎は手短に事情を説明する。作田良平という男が、四年前に北洋大学病院の神経内科を受診していること。そのカルテを閲覧したいこと。

「神経内科のカルテかぁ」

井口の声色は難色を示していた。

「あそこはかなり前から電子カルテ入れてるだろう。四年前の診療記録も残っているはずだ。麻酔科なら全科見られるんじゃないか」

北洋大学病院は十年前から電子カルテを導入している。他科の医師に対する閲覧制限がかかっていても、全科の診療にかかわる麻酔科の井口ならその制限の対象外のはずだ。

井口は、うーん、と言って少し間を空けた。

「史郎も知ってると思うけど、電子カルテの不正閲覧は問題になってるんだよ。興味本位で閲覧したと思われたら困る」

井口の言い分ももっともだった。電子カルテはアクセス記録がすべて残されるため、こっそり閲覧するということができない。過去には他の病院で、不正閲覧を理由に処分が下った例もある。

「患者本人の希望なんだよ。こっちだって、希望がなければこんなこと頼まない」

「そうだよね。史郎がそんな危険な橋渡るタイプには見えないもんね」

「……じゃあ、わかった。中身は見なくていい。診察を受けたかどうかだけでいい」

「内容は閲覧できなくていいの？」

「最悪、できなくてもいい。本人が受診したという裏づけがあれば」

「ふーん……それくらいならできるかも」

前向きな答えに勇気づけられる。

「ありがとう、助かる」

「でもさ。どうしたの、いったい。史郎がこんなに熱くなるなんて、本当に珍しいよ」

言われてみれば、そうかもしれない。どちらかと言えば、研修医のころのほうが冷静に症例をさばいていたような気がする。未熟ではあったが、当時は指導医や他の職員が助けてくれるという意識もあった。千歳刑務所には自分しか医師がいないという責任感のせいかもしれない。あとは、滝川への対抗心か。

「前は研修医のくせに落ち着きすぎてて、気持ち悪いくらいだったのに。こんな手を使うなんて、史郎らしくない。何か思い入れでもあるわけ？」

「……自分でもよくわからない」

もともと、史郎が作田に執心するのは、専門医としてステップアップするためだった。しかし今、彼の治療にかけている熱量はそれだけでは説明できない。

「そっか。まあとりあえず、やってみるよ。期待しすぎないでね」

「あ、ちょっと待て」

電話を切りかけた井口を引き留める。せっかくなら麻酔科医の意見も聞いてみたかった。

「多発性硬化症以外で、全身に痛みを感じる病名って何がある？」

「……そんなの、いくらでもあるよ。史郎のほうがよく知ってるんじゃないの」

学生時代の〈医学部一の秀才〉というあだ名を重荷に感じた。史郎は井口の声を聞きながら、フロントガラスの向こうに立つ葉桜を見やった。

「線維筋痛症、疼痛性障害、リウマチ性多発筋痛症。でも検査だけじゃ、なかなかわからない。相手の話をよく聞くのが痛みのコントロールでは最優先だよ。病名の特定だけじゃなくて、どうやったら痛みが和らぐか考えるのも大事なんじゃないかな」

井口の指摘はもっともだった。友人との会話は、目に見える新緑と相俟って、気分を爽やかにしてくれた。

「ありがとう。話せてよかった」

「なんだよ、気味悪い。本当に史郎っぽくないね。じゃあね」

通話を終えてハンドルを握ると、どこからか桜の花びらがひとひら、フロントガラスへ舞い落ちた。北海道ではまだ春の名残が続いている。

史郎は一週間後、再び作田と対峙していた。痩せこけた作田はふてくされたような顔で丸椅子に腰かけている。今日も付き添いの保健助手は滝川だ。

「薬を飲んで、少しは痛みが落ち着きましたか」

「ほとんど変わりません。効果はないと思います」

史郎は確信した。作田は薬欲しさに病人を装っているのではない。もしそうなら、『効果がない』などと処方を打ち切られるようなことは言わないだろう。

「以前、リリカが効いたと言っていましたね」

「はい。でも、ここにはないんですよね」

　ひどく投げ遣りな態度だ。今度の医者もダメだった。いかにも、そんな心の声が聞こえてきそうだった。

「今はありませんが、正しい病名がわかれば出せる可能性はあります」

「本当ですか」

　途端に作田の顔が生気を取り戻した。反面、滝川の顔が曇る。患者に期待させるようなことを言うのは、確かに褒められたやり方ではない。しかし言ってしまったものは仕方がなかった。

　作田の症例は、本人の証言が事実であれば非常に珍しいものである。神経内科医としての力量をつけるにはまたとない機会だった。上手くいけば症例報告や学会発表もできるかもしれない。詐病の可能性はゼロではないが、史郎は作田を信じることにした。本腰を入れて向き合う覚悟を決めた。

「約束はできません。必ず手に入るという保証はできませんから。あとは作田さんがどこまで正直に話してくれるか、それ次第です」

　史郎は意識的に作田の目を見つめた。相手はくぼんだ目の奥から史郎を見返す。

「私には作田さんが感じている痛みがわからない。だから、あなた自身にできるだけ話してほしいんです。どんな痛みで、いつから痛んで、それによってどうなったか。作田さんの話を聞かせてもらって初めて、正しい治療法を選ぶことができるんです」

史郎には、目を見ただけで相手が嘘をついているかどうか判別することはできないが、正面から言葉を投げ続けることはできる。

「だから一から教えてください。あなたのことを」

初めて、作田が戸惑いの表情を浮かべた。

「一からといっても、どこからお話しすればいいんですか」

「話したいように、どうぞ」

滝川の表情は晴れない。職員と受刑者の私語が禁じられていることは史郎も承知している。しかし作田に心を開かせない限り、話の真偽は見極められない。やや苦しいが、診察の一部だと言い張るしかない。

作田は骨の形が浮いた腕で、もどかしそうに頭を掻いた。言いたいことは山ほどあるはずなのだ。史郎は答えやすそうな問いを投げかけた。

「出身はどちらですか」

作田はぎょろりと黒目を動かし、おもむろに口を開いた。

──生まれたのは東京ですが、二、三年おきに引っ越していたので、どこが出身かはよくわからないです。父親はメーカーの工場勤めで、しょっちゅう転勤がありました。去年、定年より早く自主退職しましたけど。俺が刑務所に入ったせいで、会社に居づらくなったと言ってました。

十六歳のときに札幌に来て、それからはずっと札幌にいます。高校卒業して、一年浪人で私立の大学に入りました。一人暮らしをはじめて、そのころから手足や顔が痛むようになりました。

最初は筋肉痛とか、疲れてるせいかなと思ったんです。でも全然痛みがなくならないときもあって、変だなって思ったんですけど、そのときはまだ耐えられないくらいの痛みじゃなかったんです。調子がいいときと悪いときの差がすごいんです。全身がだるくなって、動けなくなることもありました。

大学三年で、就活をはじめたあたりから痛みが強くなってきました。それで面接落ちたことも、何回もありました。

例えば、グループディスカッションとかあるんですよ。就活生同士で討論させるような試験が。そのときに痛くなると、もう痛みを我慢するので精一杯なんです。とても発言なんてできない。じっと黙ってるだけです。面接中も同じです。一度、最終面接まで行きましたけど、猛烈に顔が痛くなってその場でうずくまったんです。ううう、ってうめきながら。もう我慢できなくて。もちろん面接には落ちました。

近所の病院に行ったんですけど、あまり効果のある薬はもらえませんでした。そのときにデパスももらいました。それでも飲んでないよりはましかと思って、何とか就活をやってました。

でも、どの会社もことごとく落ちるし、痛みは治まらないし、どうでもよくなっていったんですよね。どうせ俺みたいな人間が普通に働けるはずないし、やるだけ無駄だって。もう、本当にどうでもよかった。

結局、就活からは何となくフェードアウトしました。

大学を卒業して、二年くらいはフリーターをやってました。でも、どの職場でも長続きしなかったです。最初は居酒屋でしたけど、接客中に痛みが来たらもう動けない。グラスとか料理とか床に落としまくって、すぐにクビになりました。工場もそうです。ラインで弁当作る仕事をやってましたけど、痛くて手が止まるなんて許されない。サボリ癖があると言われて、社員に殴られたんでこっちから辞めました。

あちこちの病院にかかって、最後に行ったのが北洋大でした。色々検査をやったけど結局わからなかった。多発性硬化症に近いけれど、画像ではそう見えないから病名はつけられないって言われました。リリカをもらえたのはよかったけど。

そのころに、派遣のバイトで知り合った人から、めちゃめちゃラクな仕事があるって聞いたんです。生命保険の電話営業で、カラオケボックスから電話をかけるだけ。会いに行く必要もないし、自分のペースで仕事ができるって。それいいなと思って、紹介してもらいました。

後になって、それは真っ赤な嘘で、実態は振り込め詐欺だとわかりました。振り込め詐欺はざっくり言うと、電話をかける〈掛け子〉と、金を受け取る〈受け子〉で役割が分かれてるんですね。俺は掛け子専門です。

携帯電話と番号のリストを渡されて、ひたすら電話をかけまくるんです。話を聞いてくれるのは十回に一回くらいですね。あとはマニュアルの通りに話して、現金を宅配便で私書箱に送らせる。ネタは色々ですよ。還付金とか、投資とか、身内が捕まったとか。金を送らせれば、それで一仕事終わりです。

自分で言うのもあれですけど、上手かったですよ。もともと話すのは好きなんで、コツをつかむのは割と早かったです。とにかく考える暇を与えずに、畳みかけるのが肝です。報酬は歩合制で、体調が悪くなったら休んでもOK。病気持ちの自分にはうってつけの仕事でした。

そのグループは二か月くらいで解散になって、すぐにまた別のグループに呼ばれました。やることは同じですね。数か月単位で解散、集合を繰り返すんです。派遣のバイトと同じですよ。

そんなことを二年くらい続けてるうちに掛け子の元締めみたいなことをやるようになったんですけど、そのころから半グレみたいな人たちに脅されるようになりましたね。辞めたら殺す、って。もうどっぷり浸かってたんで、辞めるに辞められない状況でした。それにわけのわかんない持病のある俺には、まっとうな仕事はできない。掛け子くらいしか務まらないとも思ってました。

仕事を続けているうちに少しずつ視力も下がってきました。痛みはずっと、強まったり弱まったりしています。

史郎は時おり相槌を打ちながら、ひたすら聞き役に徹した。作田は元来おしゃべりなのか、いったん話し出すと止まらなかった。堰(せき)を切ったように話し続ける作田の半生に、史郎はじっと耳を傾けた。

「……こんな感じでいいですか」

唐突に、作田は話を打ち切った。語りたいという欲求が満たされたのかもしれない。一連の話がでっちあげだとは思えなかった。話の内容は公判記録とも一致しているし、病状の経過もはっきりしている。

「ありがとうございます。よくわかりました」

「何か手掛かりがありましたか」

作田は期待のこもった目で見るが、史郎にはやはり多発性硬化症としか思えなかった。寛解(かんかい)と再発を繰り返すところや、倦怠感、視力低下など、特徴はきれいに当てはまっている。その他の病とは考えにくい。

「もう一度、MRIを撮ってみましょうか」

「先生」

滝川は耐えかねたように口を挟んだ。言わんとすることはわかっている。

MRI（核磁気共鳴画像法）は、脳などの内部構造を観察するために行われる一般的な検査だが、この千歳刑務所には導入されていない。装置の購入や維持管理にかかる費用が捻出できないからだ。

「わかっています。他の病院に協力を要請します」

「お言葉ですが、作田はMRI検査をすでに受けています。そのうえで多発性硬化症ではないという診断が下ったのなら、もう一度撮る理由はなんでしょう」

滝川の意見はもっともだ。普通、この状況で撮り直す意義は薄い。ましてやここは刑務所だ。必然性がなければ所外へ出ることは慎むべきだった。

「ＭＲＩといっても色々あります。解析方法を変えればわかることもあります」

実際は、史郎にも当てがあるわけではない。ほぼハッタリだ。だが、画像に少しでも異変があれば多発性硬化症だと診断することができる。違う病だとしてもヒントが隠されているかもしれない。ここまで来たら病名を探し当てたかった。作田のためだけではなく、史郎の医師としてのプライドもある。

「私から説明します。だからお願いします」

受刑者が所外の施設へ出向く際には、三人の刑務官が付き添うことになっている。所外での検査は刑務官にとっても大いに負担となる。こうなったら、何が何でも作田の病を突き止めるしかない。

間もなく昼休みの時間だ。今日の診察はこれで切り上げることにした。作田が痩せた背中を見せたとき、史郎はつい呼び止めた。

「作田さん」

「はい？」

「……すみません、何でもありません」

作田は釈然としない表情のまま診察室を去った。史郎はそれを見送りながら、さっき飲みこんだ問いかけを反芻する。

——もし病を患っていなければ、どんな半生になっていたと思いますか。

病がなかったとして、それでも彼は振り込め詐欺に手を染めていただろうか。


史郎はテキストから顔を上げ、酷使した目を揉みほぐす。

喉の奥から自然とあくびが湧き出る。資料に没頭しているうちに、いつの間にか日付が変わろうとしていた。デスクには学生時代に使った医学書や、プリントアウトした論文が山となっている。博子はとうに眠りに就いている。

目がかすんできた。今夜はここまでだ。あくびを噛み殺しながら洗面所で歯を磨く。

数日前から多発性硬化症に関する資料を読みあさっているが、作田に合致する症例はなかった。手掛かりだけでもつかめないかと思ったが、ヒントすら見つからない。

中枢神経に異変が見られない多発性硬化症。

——本当に、そんなものがあるのか？

寝る前にスマートフォンでメールを確認すると、市内の総合病院からメールが届いていた。ＭＲＩ撮影への協力をやんわりと断る内容だった。はーっ、と思わずため息が出る。

並行して、史郎はＭＲＩ撮影に協力してくれる病院も探していた。三月までは前任者のコネで、市内の整形外科で撮影をしていた。しかし担当者が替わったせいか、改めて依頼したところ断られてしまい、一から探し直す羽目になったのだ。

受刑者が所外の病院を受診した場合も、診療点数一点あたりの単価は原則として保険適用と同じ十円である。つまり、受刑者を診たからといって特別な加算があるわけではない。受刑者が来院する前後の時間帯も含めて、他の患者に対する配慮も必要なため、病院側のメリットは主張しづらい。

断られるのはこれで二軒目だ。

――次はどこに声をかけよう。

布団に潜りこんで瞼（まぶた）を閉じようとしたとき、ふと思いついた。コネが使えて、ＭＲＩを撮影できそうな病院の当てが一つだけある。

枕元のスマートフォンで検索すると、『のくぼ脳神経外科クリニック』のホームページがすぐに見つかった。所在地は北広島市内。千歳刑務所から車で三十分とかからない。

〈スタッフ紹介〉のページを見てみると、福々しい体型をした野久保の父親と、体格のいい野久保の写真が上下に並んで掲載されていた。今度は〈当院の紹介〉というページを開く。最先端の機器がずらりと揃っていた。

『当医院で保有するＭＲＩでは、機能的磁気共鳴法、拡散テンソル画像法、磁気共鳴スペクトロスコピーなど……』

もっと早く気づけばよかった、と後悔する。多少遠くても、知り合いがいる病院なら頼みやすい。設備も申し分ない。あとは説得するだけだ。史郎はベッドに入ったまま、さっそく野久保へメールを送った。

翌朝、さっそく電話をかけた。診察の合間を縫って、駐車場で電話をかける。クリニックの受付から野久保へ替わるまで、数分待たされた。フロントガラス越しに見える桜の木には青い葉が繁っている。花はとっくに落ちていた。

「メール、見たか」

「見たけど、どういうこと？」

野久保はいきなりの依頼に戸惑っていた。史郎は井口にしたときと同じように、事情を手早く説明する。二軒の病院に断られていることは伏せた。

「ＭＲＩだけ撮らせてくれればいいんだ。頼む」

「千歳からわざわざ連れてくるのか」

「そうだ」

「うちじゃないとダメか？」

その反応は予想していた。ここぞとばかりに史郎は力をこめる。

「そうだ。所内の反対を押し切って、外部の病院で撮影するんだ。やるからには信頼できる病院でやりたい。野久保なら安心して任せられる。設備も整っている。野久保の病院じゃないとダメなんだ」

うーん、と野久保は唸った。先月から働きはじめた彼に決定権はないのだろうが、それでも院長である父親を説得してくれるなら十分だ。息子の友人からの頼みなら、院長も断りにくいだろう。

野久保はしばらく迷っていたが、やがて意を決したように言った。

「わかった。できるかわからんけど、親父に話してみる。正式な回答は待ってくれ」

史郎は内心でガッツポーズを取る。野久保なら必ず父親の了解を取り付けてくれる。これで、何とかＭＲＩ撮影の見通しは立った。あとは作田の診断に集中するだけだ。

「なんか、熱いな。史郎にしては珍しい」

ぽつりと野久保が言った。つい先日、井口にも同じことを言われた。
史郎は、作田の一件で前のめりになっている自分に気づきつつあった。
矯正医官など、奨学金の返還免除のためだけに就いた仕事のはずだった。なのにな
ぜ、冷静でいられなくなるのだろう。
史郎が向き合っているのは病だけではない。作田の人生そのものだった。この正体
不明の病は、作田の人生の根本にかかわっている。この病を完全に治療できなくても、
尻尾の先端だけでもつかむことができれば、作田の生き方は良いほうへと変わってい
く。祈りにも似た感情が史郎のなかで沸き起こっていた。患者に対してそんな感情を
抱いたのは初めてだった。
今、史郎は患者の人生ごと診療しようとしている。分かちがたく結びついた罪と病
を、医学的に解きほぐす。それは所外の病院ではできない経験だった。

井口からの続報が来たのは数日後だった。
帰宅して夕食の支度をしていた。鍋を火にかけている最中だが、スマートフォンに
表示された井口の名前を見ると出ないわけにはいかず、その場で電話に応じた。
「確かに四年前に受診していた。カルテは閲覧できないけど、それでいいかな」

作田良平が受診したのは事実だった。入所前から同様の症状が続いていたということは、やはり詐病ではない。裏づけが得られたことで心強くなった。発言に嘘を疑わなくて済むだけでも、おおいに有益だ。

井口が誰にともなくつぶやく。

「その人も、麻酔科に来てくれればよかったのに」

北洋大病院の麻酔科にはペインクリニックの機能がある。痛みを専門に扱う外来で、痛みと付き合っていく方法を患者と一緒に模索していくのが使命だ。西洋医学のほか、東洋医学や、レーザーなどの先端技術にも明るい。

「取り除ける痛みならいいけど、根本的に取り除けない痛みもあるってことは、意外と知られてないんだよね。なんでもそうだけど、痛みも0か1かじゃないんだ。痛みを消し去るだけじゃなくて、上手く付き合っていく方法もあるんだよ」

井口が猛然とまくしたてる。

「ねえ、確認だけど、本当に本人の希望なんだよね。下手したら個人情報の漏洩だからね。何かあったら史郎が責任取ってよ」

「わかってる。俺が危険な橋を渡るようには見えないだろ」

急に不安がる井口をなだめ、丁重に礼を言って通話を切った。

「何してるの」

声の近さに驚いて振り返る。怪訝そうな顔をした博子が真後ろに立っていた。

「ご飯の準備してたんじゃないの」

「急ぎの電話だよ。仕事の」

「嘘つくんじゃないよ！」

前触れなく、博子は激昂した。櫛の通っていない白髪が乱れる。据わった目が、ひたと史郎を見ている。博子が突然怒り出すのはたまにあることだったが、ここ最近は特に頻度が増えている。日常的な感情の変化から、病状の進行を感じる。

「なんでそうやって嘘ばっかりつくんだ。恥ずかしくないのか！」

前頭側頭型認知症が、人格を侵す病であることを実感させられる。

「嘘じゃないって」

「そんな甘いことばっかり言って。全部わかってるんだよ。嘘、嘘、嘘。嘘ばっかり」

史郎はそっと博子の肩に手を置き、台所から離そうとする。火元に近づけるのは危険だ。味噌汁を作ろうとして鍋を焦がしていたことを思い出す。

「すぐに作るから。部屋で待ってて」

「また、そうやって邪魔者扱いする。私がやったほうが早いんだから。今まで誰があんたにご飯作ってやったと思ってるの。身体ばっかり大きくなって、いつまで経ってもバカなんだから！」

怒りより、哀しさが胸に広がる。

これは本来の母ではない。病に乗っ取られただけだ。そう言い聞かせながら、博子を部屋に押し返す。ベッドに座った博子の視線がテレビに釘付けになったのを確認して、史郎は台所へ戻った。

史郎が十三歳のときに離婚してから、博子は女手一つで息子を育てた。かつての博子は気力にあふれていて、どんな困難も持ち前の馬力で乗り越えてきた。昼は生命保険の営業をこなし、朝と夜に家事をやった。楽な仕事でないことは、傍(はた)から見ているだけでも感じ取れた。

少年期の史郎は掃除や洗濯、皿洗いはやっていたが、料理だけはほとんどした記憶がない。博子は、息子が火の元や刃物に近づくことを避けていた。今の史郎が母に対してそうしているように。

朝食は調理の不要なトーストや卵かけご飯が多かった。母子で座卓を囲んで慌ただしい食事を済ませ、職場や学校へ向かう。夜はたまに総菜の日もあったが、だいたい博子の手料理だった。

一番多かったのは作り置きのカレーライスだった。同じカレーでも博子なりに工夫して、豚肉を鶏肉に替えてみたり、季節の野菜を入れたりしていた。カレーが好物の史郎は飽きることなく食べ続けた。何なら毎日カレーでもいいと思っていた。

中学生のある夜、一緒に夕食を食べながら博子が言った。

「あんたは毎日カレーでも、文句言わないねえ」

「別に。うまいし」

何気なく答えたその一言に、突然博子は目頭を押さえた。泣き出した母におろおろする史郎は、「泣いてんの」とか「なに」と口走るばかりで、背中をさすることすら思いつかなかった。博子は洟をすすり、目尻の涙を拭った。

「カレー、うまい？」

震える声で尋ねる母に、史郎は戸惑いながら答える。

「え？　ああ、うまいよ」

「そう。よかった」

その夜の会話は、十数年経った今も忘れることができない。今でもできる限り博子に手料理を食べさせたいと思うのは、その記憶のせいかもしれない。

コンロの火にかけた鍋の蓋を開ける。白い湯気がわっと立ち昇る。沸騰した湯のなかには一口大に切ったニンジンやジャガイモ、タマネギ、豚肉が入っていた。あとはここにカレールウを投入するだけだ。板状のルウを割ると、食欲をそそる香りが鼻腔をくすぐる。

史郎の作るカレーは、博子のカレーとはどこか違う。使っているルウも具材も同じなのに、なぜか出来上がったカレーの味は微妙に異なっている。お玉杓子(たまじゃくし)で鍋のなかをゆっくりと掻き回す。ルウが溶けてとろみが加わる。

マザコンと言われようが、史郎には母を守らなければならないという使命感があった。しかし。激昂し、髪を振り乱す母の姿が脳裏をよぎる。

——守るべき母は、今もまだいるだろうか。

母の肉体は生きていても、母のこころは失われてしまったように思えてならなかった。もう、あのころの母に戻れないとしたら、史郎が守っているのは何者なのだろう。

史郎は憂鬱な自問をやめて、料理に専念した。

＊

五月末の千歳には爽やかな風が吹いていた。

朝夜は冷えるが日中は暖かく、半袖で外出したくなる日が増えている。ミニバンの車内で史郎はワイシャツの袖をまくりあげた。撮影に同席する必要はなかったが、みずから同行を志願した。

車内には他に運転者を含めた三人の私服刑務官と、作田が乗っている。刑務官のうち一人は滝川だ。作田の腰に巻きつけた縄をしっかりと握っている。矯正施設では受刑者の逃亡に細心の注意を払っている。万が一逃亡すれば、市民が混乱に陥る。

『のくぼ脳神経外科クリニック』に到着した史郎たちは、裏口から院内へ入った。迎えに出た職員を先頭に、検査室まで一列になって歩く。

撮影室ではすでに野久保と、放射線技師らしき男性が準備を整えていた。室内で巨大な白い装置が存在感を放っている。可動式のベッドと、輪状の撮影部が一体化した装置だ。

「今日はよろしく頼む」

「時間ちょうどだな」

白衣を着た野久保が振り向いた。三人の刑務官にぎょっとしたが、すぐに平静に戻る。

「よし。さっそくはじめるか」

「せっかくだからDTIも撮ってくれないか」

DTI——拡散テンソル画像はMRIの一種で、通常の撮像法とは異なる見方で脳を観察することができる。多発性硬化症の研究にも使われているため、念のため押さえておくことにした。複数の方法で撮った結果を重ねれば、見えてくることもあるかもしれない。

「画像撮るのはいいけど、無駄かもしれないぞ」

「いいよ。せっかく野久保に頼むんだから、色々と見てみたい」

検査着に着替えた作田が、放射線技師に連れられて撮影室へと入っていく。直前、不安そうに史郎の顔を見た作田は緊張した面持ちでうなずいた。金属を身に着けていないことを確認したうえで、刑務官は撮影室と前室にそれぞれ付き添う。

史郎は野久保と一緒に、操作室で撮影が終わるのを待った。

「受けてくれて、本当に助かった」

「別にいいよ。俺だって、親父の手下よりは自分で仕事を見つけるほうが面白い」

立ち働いている技師は二人の会話に耳を傾ける余裕はなさそうだ。

「史郎には、研修で色々と助けてもらったからな。そのときの借りを返してるだけだよ」

「そんなに助けたっけ？」

「覚えてないのか。なんだ、それなら言わなければよかった」

大きな身体を揺すって、野久保が笑う。

「でもそういうのが史郎のいいところだ。人を助けても、恩着せがましくない。鈍感なだけかもしれないけど」

「自分も鈍感だろ」

刑務官がいないのをいいことに、しばらく二人で茶化し合っていたが、ふいに野久保が笑いをひっこめた。

「……こういうこと言うと、失礼かもしれないけどさ。史郎、生き生きしてるよ。刑務所の仕事が合ってるのかはわからないけど、必死で病気と向き合って、何とかしようって努力してるのがわかる。格好いいよ」

普段は馬鹿話しかしないくせに、野久保はたまに聞き手が恥ずかしくなるようなことを言う。結婚式でもそうだった。史郎はどう応じていいかわからず、視線を逸らして「そうか」とだけ答えた。

「お前はやっぱり、医学部一の秀才だよ」

嫌味になりかねないその言葉も、どこか恥ずかしかった。

じきに撮影結果が出た。放射線技師は、ノートパソコンに映し出された脳断面図をまずは野久保に見せた。野久保は身体をかがめてディスプレイをのぞきこみ、顎に手をやって考え込んだのち、史郎を呼んだ。

「見ろよ」

ディスプレイに映っているのは通常撮像法の脳断面図だった。専門家ではない史郎には、一目で病変を判断できるほどの読影技術はない。

「おかしなところはないのか」

「ああ。通常のＭＲＩじゃ異常はない。でもＤＴＩだと、違う結果が出ている」

大脳には表面の灰白質と内部の白質があり、ＤＴＩでは白質の構造をより詳しく観察することができる。技師がマウスを操作し、ディスプレイの画像が切り替わった。すかさず野久保が新たな脳断面図を指さす。

「ほら、ここだ。異方性比率が低下している」

脳溝に沿って、人差し指が動く。技師がマウスを動かし、ポインターで画像に線を引いた。異方性比率は、神経繊維が同じ方向を向いている程度を示す指標だ。

「白質に異常があるってことか」

自然と声が大きくなっていた。史郎は興奮を抑えられない。熱が伝染したかのように、野久保も激しく首を振り、ディスプレイと史郎の顔を交互に見やる。

「そうだ。神経障害が起こっているのは、たぶん白質の障害が原因だ。通常撮像のMRIじゃわからないはずだ。DTIを撮ったのは正解だった」

史郎はこみあげてくる達成感を噛みしめた。無意識に拳を握りしめていた。

——やっと見つけた。

ついに客観的な病の証拠をつかんだ。これは作田が詐病でないという証拠でもある。

前室では、着替えを済ませた作田が待っていた。三人の刑務官に囲まれ、痩せて貧相な作田は不安げな表情を見せていた。

「何かわかりましたか」

滝川の問いに、史郎は堂々と答えた。

「後日、説明します」

診察室で、史郎は二枚のMRI画像を手にしていた。一方は通常撮像法によるもの、もう一方はDTIによるものだ。撮影日に野久保や技師から受けた説明を、史郎は作田に向かって繰り返した。背後には例によって滝川が立っている。

「客観的検査の結果から、病者であることは間違いありません」

「これで、俺が嘘つきじゃないって信じてもらえるんですね」

作田の声は浮き立っていた。病気であることが確定して喜ぶというのも奇妙だが、ともかく詐病の疑いは晴れた。間違いなく、作田には神経障害がある。

滝川に視線をやると、ほんのわずかに口元が緩められた。教師に褒められた生徒のように、史郎は内心で喜んだ。

「でも多発性硬化症じゃないなら、なんていう病気なんですか」

「あなたの病気は、おそらくそれよりもさらに稀な例です」

作田が身を乗り出す。史郎は乾いた唇を舐めて、ゆっくりと告げた。

「……ニンジャです」

沈黙が落ちる。妙な空気が漂い、作田はひどく疑わしそうな顔をした。史郎は慌ててとりなす。

「ふざけているわけではないですよ。これを見てください」

差し出したのは国際誌に投稿された論文だった。作田はそれを受け取る。

「英語なんかわからないです」

「ここを見てください」

マーカーで印をつけた文章には、確かに〈ＮＩＮＪＡ〉と記されている。

「本当だ」

「病状は多発性硬化症とよく似ていますが、別の疾患です。白質という部分に障害が起こっているため、通常のＭＲＩでは発見しにくいんです」

ＮＩＮＪＡは『画像所見は一見正常であるけれども、神経免疫学的に明らかとなった、自己免疫性脳脊髄炎』という意味の英文から、頭文字をとって名付けられた。通常のＭＲＩでは軽症、または症状がないように見えるが、ＤＴＩなどで異常を検知することができる。報告例もごくわずかで、推定患者数すら明らかになっていない。

北洋大学病院で診察を受けたとき、ＮＩＮＪＡと診断されなかったのも無理はない。作田が診察を受けた四年前には、まだＮＩＮＪＡという病態は発表すらされていなかった。普通、多発性硬化症の診断ではＤＴＩまで確認しない。見過ごした医師を責めることはできなかった。

「残念ながら、ＮＩＮＪＡは原因も不明で、治療法も確立されていません」

途端に顔をこわばらせた作田に、史郎はできるだけ柔らかく話す。

「しかし、原因が明らかになったことは大きな前進です。ここから治療をはじめればいいんです。そのためにはまず、しっかりと刑期を終えましょう」

上向きかけた視線が再び下に落ちる。独り言のようにつぶやいた。

「出たところで、何にもならない」

圧倒的な無力感が作田を支配していた。病のせいでこれまでの人生を棒に振った。その意識が重荷となってのしかかっている。滝川は以前、受刑者の半分が出所後も再入すると言った。それは、この無力感がもたらす絶望のせいではないか。

史郎はことさら明るい口調で言った。

「ペインクリニックを知っていますか」

重たげに顔を上げた作田は、虚ろな目をしていた。

「ペインクリニックは痛みの専門病院です。北洋大学病院の麻酔科では、患者さんが痛みと付き合って生きていくための方法を提供しています」

「……そんなところがあるんですね」

「刑期を終えてここから出られたら、行ってみてください。完全に治すことはできなくても、作田さんの痛みを和らげることは可能だと思います」

作田の目がうるんだかと思うと、くぼんだ両目からぼろぼろと涙がこぼれ、頬を伝って顎から滴った。作田は嗚咽をあげて、突然泣き出した。顔を覆った両手の隙間から、涙が漏れ出ている。

「……親にも信じてもらえなかった」

しゃくりあげながら、作田は涙声で言う。

「身体が痛むって言うと、それは嘘だ、って決めつけられて。心が弱いからそういう嘘をつくんだ、って。甘えだって。本当に痛いのに、家族も友達も、誰も信じてくれなかった。でも先生だけは、最後まで俺を信じてくれた」

史郎はうつむき、目を逸らした。

保健助手から怪訝な目で見られてまで作田の治療に取り組んできたのは、自分のキャリアのためだ。矯正医官はあくまで腰かけであり、いずれ自分は専門医になる。そう思えばこそ熱心にやってきた。だが作田にとって、史郎は初めて親身に診てくれた医師だった。彼の感謝を受け取る資格が、果たして自分にあるだろうか。

滝川が作田を促し、椅子から立たせた。

「ありがとうございます」

作田は深々と頭を下げて室外へと出て行った。

戻ってきた滝川に、今度は史郎が礼を言った。

「お疲れ様です。付き合ってくれてありがとうございました」

思えば、刑務官にはずいぶん手間をかけさせた。結果的に〈詐病ブーム〉の原因を作ってしまったし、受刑者を所外の病院へ連れ出すのも大変な労力だった。作田を北広島へ移送するにあたっては、滝川が刑務官たちを説得してくれた。

「すべての受刑者にここまでやるつもりですか」

滝川の口調は慇懃だが、喧嘩腰とも取れる言い方だった。

「今回のケースは特別です」

「それでは、一部の受刑者を特別扱いしているのと同じことです。先生はまだご存知ないかもしれませんが、普通の病院に比べ、刑務所は人員も予算も相当限られていま す。それに、矯正施設の経費は国民の税金から出ており、外部からの視線も……」

「無駄遣いだとは思いません。これも矯正の一部じゃないですか」

滝川はまだ何か言おうとしたが、一応は納得したようにうなずいた。

「まあ、今回はいいとして、次からは配慮してください」

じきに、別の刑務官が受刑者を連れてやってきた。苦痛に顔をゆがめた受刑者は、肩を借りて左足一本で歩いている。作業中に転倒でもしたのか、右足が腫れていた。

「どうしました？」

気を取り直して、史郎は診察を再開した。

眼下を濃桃色の大河が流れている。

網膜に焼き付くような鮮やかさだった。丘の上流から下流へゆったりと河が流れるように、長大なシバザクラの帯ができている。あたりには、甘く青臭い花の香りが漂っていた。

北海道東北部、オホーツク海に面した紋別市の隣町、滝上町。人口三千に満たないこの町は、五月から六月にかけて訪問者で賑わう。

数日前、史郎は意を決して美波に電話をかけた。拒否されることも覚悟していたが、しばらく鳴らしていると美波が出た。

「桜が見たい」

開口一番、史郎はそう言った。次の行き先は史郎が決めることになっている。

「本気で言ってる？　桜はもう散ってるよ」

「まだ咲いてるところがあるんだよ」

それが芝ざくら滝上公園だ。

その植物は、芝のように地面に密生し、花が桜に似ていることからシバザクラと名づけられた。樹種の桜とはまったくの別物だが、史郎はそれでもよかった。たとえ本物でなくても、美波と桜を見たかった。

付き合いはじめてから、初めて史郎から提案した行き先だった。

「ダメかな」

「……いいけど、遠いんじゃない」

札幌から滝上町までは三時間以上かかる。日帰りで行くには遠すぎる場所だった。

「泊まりで行けばいい」

電話をかけるときより、史郎は緊張した。二十六歳の男としては情けないかもしれないが、そんな自虐を考える余裕もなかった。

そして今、二人は並んでシバザクラを眺めている。梅雨のない北海道の空は青く澄んでいる。地平線が白み、午後の日差しが色とりどりのシバザクラを照らしていた。

花咲く道を歩きながら、美波はおずおずと尋ねた。

「お母さん、よかったの？」

「大丈夫だよ。初めてじゃないし。今日は気にしないで」

今夜、博子は預け先のホームでショートステイをする予定だ。デートのために利用するのは初めてだった。罪悪感はあったが、一方で肩の荷が下りたような気楽さを感じたのも事実だった。

日が傾くにつれて、互いに口数が減っている。

——今時は高校生でも、もうちょっと積極的だよな。

話題も尽きてきた。いつ車に戻ろうかと思案していると、美波が切り出した。

「こういうこと言うとまた怒られるかもしれないけど」

それでも口にするのが美波らしい。

「たぶん、どんな仕事でも史郎くんの色は出ると思うんだよね。大学でも、総合病院でも、刑務所でも。何が言いたいかっていうとさ、あのさ、もし史郎くんが今の仕事頑張って、それでも何か違うなって思ったら、辞めちゃえばいいよ。そのときは私が養ってあげるよ」

史郎はぽかんと口を開けたまま、何も言えなくなった。

「私も一応資格職だし。食いっぱぐれないから。同世代では稼いでるほうだし。だから、もうちょっとだけ刑務所の仕事頑張ってみたらどうかな」

おかしな間が空いて、今度は腹の底から笑いが沸き起こってくる。失礼だと思いながらも噴き出した史郎を見て、美波は慌てふためく。

「え、おかしい？　あ、お母さんの分も稼がないといけないから、三人分か。三人分かぁ。頑張れば何とかなるかも。調剤薬局で働きながら、ドラッグストアでも……」

「いや、いいよいいよ。ありがとう。本当にありがとう」

美波をなだめているうちに、史郎は自分の悩みがひどくくだらないものに思えてきた。彼女の言う通りだ。やるだけやって、ダメならまた考えればいい。今は矯正医官という仕事に向き合うしかないのだ。

美波の頬が赤らんで見えるのは、花の色が網膜に焼き付いたせいではないようだった。

*

史郎の視線は、デスクの上にある身上調査書に注がれていた。

今日の新入受刑者は一人。これからその受刑者の入所時健診を行う。受刑者の氏名は、松木一郎。詐欺罪で懲役八年。虚偽の投資話を北海道や東北に住む男女十三名に持ちかけ、計約二億五千万円を騙し取った。

この千歳刑務所はA指標と呼ばれる比較的、犯罪傾向の進んでいない者、主に初犯の受刑者が収容される施設である。松木には過去に逮捕歴があるが、起訴されたのは今回が初めてだった。

ただ、史郎は知っている。松木はこれまで数々の悪行に手を染めてきた。そのなかには、露見すれば間違いなく有罪と判断されただろう事案もある。これまでは何とか逃げおおせたようだが、とうとう捕まったわけだ。

——しかしよりによって、ここに来るか。

史郎と松木の縁はとっくに切れていた。最後に会ったときから経った年月は、十年を優に超える。矯正局の職員は誰も史郎と松木の関係に気がつかなかったのだろうか。それとも、気づいていながら千歳刑務所に収容するしかなかったのだろうか。

史郎は額にじっとりと汗を掻いていた。苦い唾を飲みこむ。まさかこんな形で、あの男と再会することになろうとは思っていなかった。

全身が怖気立つ。背中や腹に走る痛み。言葉にならない罵声。ごめんなさい、と口走る自分の声。忌まわしい記憶が鮮明によみがえる。

廊下を二つの足音が近づいてくる。一つは滝川、もう一つは受刑者だ。緊張が高まり、口のなかが乾いてくる。診察室の扉が外から開かれた。滝川に付き添われ、松木が診察室へと足を踏み入れる。

舎房衣に身を包んだ五十代なかばの男。刈ったばかりの頭は丸坊主だ。久しぶりに見るその顔は、痩せて黒ずんでいる。松木は卑屈な目つきで室内を見まわし、史郎と目が合うとにやつきながら近づいてきた。その視線に、思わず身がすくむ。

松木は史郎の眼前に立ち、傲然と言い放った。

「会いたかったよ」

至近距離から吐きかけられた息は、口腔に染みついた煙草の匂いがした。青紫の唇の間から黄色い歯がのぞいている。淀(よど)んだ目を見ることに耐えられず、史郎は視線を逸らしてデスクに向き直った。

「先生？」

挙動に尋常ではないものを感じた滝川が声をかけたが、史郎は無視した。両拳を握りしめ、歯を食いしばって身上調査書を見つめる。経歴の欄には、松木の家族歴がそっけなく記載されていた。

〈二度の離婚歴あり、長男とは音信不通〉

「どうかしたか、先生」

そう言った松木一郎——史郎の実の父親は、片頬をゆがめて笑った。

第二章　死者の診察

　地下鉄改札を抜けて地上に出ると、濃密な夜の気配が漂っていた。看板や店先を彩るきらびやかなネオン。客引き行為を咎めるアナウンスと、監視の目をくぐって客を呼びこもうとする店員の声。どこからか漂う串焼きとアルコールの匂い。路上を行き交う人の群れ。

　千歳ではまずお目にかかれない光景に、史郎は一瞬たじろぐ。学生時代はよくすすきので飲んでいたのだが、千歳に移り住んでから三か月で、もう猥雑さへの耐性が薄れている。

　酔客やビジネスマンらしき歩行者に紛れて交差点を渡る。ふと顔を上げると、ニッカウヰスキーの看板が視界に入った。鼻の下やあごに髭を生やし、左手に麦の穂を、右手にグラスを持った『ニッカのおじさん』はすすきののランドマークだ。

史郎が札幌に来るのは十日ぶりだ。前回は週末、美波と会うために来た。そのときは酒を飲まなかったから車を使ったが、今日は飲むために来ている。電車のほうが面倒だし時間もかかるが、やむを得ない。

千歳線で一時間ほど電車に揺られ、札幌駅で地下鉄南北線に乗り換えて数分。時間に余裕があれば地下歩行空間を歩いてもよかったが、地下鉄に乗らなければ約束の時刻に間に合いそうになかった。車内は帰宅の乗客で混み合っていた。

夏は大通公園のビアガーデンに行くのも悪くない。湿度の低い北海道の夏は快適だ。屋外で飲むビールの爽快さは格別だが、あいにくと開催期間にはまだ早い。向かっているのはいつもの店だった。

「こんばんは。もう、来てる？」

オヤジさんは視線でカウンターを示した。

カウンターでは、ショートカットの女性が一人で冷酒を飲んでいる。カーディガンにベージュのチノパン、足元はスニーカーという気負いのない服装だった。史郎は彼女の隣に座る。

「いきなり日本酒かよ」

「いきなりじゃないけど。もうビール飲んだから」

「乾杯くらい待っててくれよ。遅刻した訳じゃないんだから」

「細かいこと気にしない」

生ビールを注文すると、ジョッキで運ばれてきた。史郎はそれを手にする。

「じゃあ、乾杯」

相手は冷酒の盃をジョッキに軽くぶつけた。かちん、と陶器の音が鳴る。有島が札幌に来たのは、医療機器メーカーとの打ち合わせのためだった。札幌まで来るから軽く飲もう、と史郎を飲みに誘ったのは彼女のほうだ。ちょうど翌日が休みということもあって、史郎は誘いを受けた。

史郎はビールを飲みながら品書きを検討する。その一隅に目を引く名前を見つけた。

「オヤジさん、夏コマイの一夜干し」

カウンターの内側から無言のうなずきが返ってくる。

コマイはタラ科の魚で、冬が旬だが、夏にもやや小ぶりな夏コマイが獲れる。根室産が有名で、『ピリカ』では根室の漁師から冬と夏の年二回、コマイを仕入れて自家製の一夜干しを作る。史郎はこれが大好物だった。

運ばれてきたのは、太った夏コマイの一夜干しだった。体長十五センチほどのコマイが四尾、角皿に載せられている。さっきまで火にかけられていたせいか、表面の脂がぱちぱちと弾けていた。

さっそく箸で肉厚の身を割れば、一気に湯気が立つ。黄味がかった白い身を嚙むと、旨味の溶けた脂が舌の上に広がった。酒を呼ぶ旨みに、ビールも日本酒も進む。添えられたマヨネーズと七味唐辛子をまぶしながら、二人であっという間に平らげた。

食べ物がなくなると、有島は突き出しのピスタチオを殻ごと五、六粒、口のなかへ放りこんだ。奥歯でバリバリと嚙み砕いて、そのまま冷酒で流しこんでしまう。

「殻って食えるの」

「嚙めば食えるよ。海老だって丸ごと食べるじゃん」

――俺は丸ごとでは食べないけど。

余計なことは口にしない。史郎は返事の代わりにビールを飲んだ。

「カノジョには女と二人で会うって言ってんの」

「一応。大学の女友達とは」

美波には電話で話した。翌日は非番だと伝えると、泊まっていけば、と言われたが史郎は遠慮した。博子に朝食を出さなければならないし、朝まで家を空けるのも不安だ。わかった、と応じた美波の声には寂しさがにじんでいたが、史郎は気がつかないふりをした。

「文句言われなかった？　女と二人で会うの、嫌がる子多いよ」

「大丈夫だよ。相手が有島だから」

「それは言い訳にならないでしょ。ていうか、有島だったら何なの」

有島とは、あり得ない。史郎はその言葉を飲みこむ。

彼女が美人ではないとか、そういう意味ではない。実際、有島は男からもてる。ショートの黒髪に真っ白な肌、すらりとした長身は人目を集める。涼しげな切れ長の目に、長い睫毛が印象的だった。彼女と付き合っていた男は、史郎の知り合いの範囲だけでも数名いる。

ただ、史郎にとっては恋愛対象というカテゴリーには入っていない。有島は野久保や井口と同じ分類にいる。理由を問われても困るのだが、意識できないのだから仕方がない。一丁前に恋愛を論じられるほど経験が豊富なわけでもない。

「カノジョとは順調なの。札幌の薬剤師だっけ」

「順調かどうかわからないけど、続いてはいる」

「何それ。自信ないの」

「親のこととか考えるとさ。将来的に結婚とかどうなのかなと思って」

有島は黙って盃を重ねた。史郎の母が認知症を患ったことも、史郎が自宅で介護をしていることも知っている。

「今日はどうしたの、お母さんは」

「もう寝てるよ。いつも朝六時くらいまで寝てる」

四時まで刑務所で働き、それから帰宅して博子と夕食を取り、風呂に入れた。洗濯と食器洗いを済ませ、博子が寝床に入るのを見届けて家を出てきた。

矯正医官は希望次第でフレックスタイム制を使うことができる。四週間で一五五時間という勤務時間さえ守れば、柔軟に割り振ることができる。母親を介護している身としてありがたいこの制度は、史郎が矯正医官になった理由の一つでもある。

「まあ、こっちもフレックスみたいなもんだけど」

「ただの仕事中毒だろ」

有島のハードワークぶりは、医学部では知らない者はいないほどだった。

「この間、また新しい論文出したろ」

「緑膿菌(りょくのうきん)の迅速検査法?」

医学部の博士課程は普通、四年だ。旭川医療大では学位取得に査読付きの学術論文が三報必要だが、有島は一年生の夏にして、すでにその要件を満たしていた。そもそも、学生でありながら機器メーカーと付き合いがあるのも異例だ。

「相変わらず三時間しか寝てないのか」

「うん。体質だから」

学生時代から、有島は研究室に寝袋を持ちこみ、一日三時間睡眠で、起きている時間のほとんどは研究に費やしていた。息抜きといえば、こうしてたまに酒を飲みに行くくらいだ。

「男は？　半年前はいるって言ってなかったか」

「半年前まではいたんだけどね」

恋人と別れるのも、たいていは彼らが彼女の生活リズムについていけないせいだった。有島の手が、新しく注文したハイボールのグラスに伸びる。史郎はその様子をぼんやりと眺めていた。

「どしたの。気持ち悪い」

「いや。美人なのにな、と思って。周りの男もよく放っておくもんだな」

素面ならまず言わない台詞だが、酔いのせいか口が滑った。有島は絶句している。視線が泳いでいた。

「……あんたがそれを言うか」

有島がぼそりとつぶやいたが、意味がわからず「え？」と訊き返す。

「何でもない。今の発言セクハラだから、気をつけたほうがいいよ」

再びピスタチオを嚙み砕いては、やけくそのようにハイボールで流しこむ。

「さすがに今夜はもう、仕事しないよな」

「今日はしない。お酒飲んでるし……え、どういう意味？」

「意味っていうか、仕事中毒だから気になっただけだけど」

肩透かしを食ったように、有島は白けた顔をした。

「特急カムイの終電で旭川帰って、大学に泊まる」

「なんで終電まで飲むことが前提になってるんだよ」

「別に史郎は帰っていいけど。せっかくすすきのまで来たんだから、私は飲んでいく。すみません、ハイボールもう一杯」

有島が弾んだ声で店主に言う。明日は休みだが、朝から博子をデイサービスに連れて行かなければならない。深酒しないほうがいいんだけどな、と思いつつ、史郎はカウンターの内側にいる店主に「それ、こっちにもください」と言った。

「今日、よく飲むね」

注文した史郎の横顔を見ながら、有島が言う。

「嫌なことでもあったの」

史郎は「別に」と応じただけだったが、表情のこわばりは抑えられなかった。本当は、誰かに打ち明けてしまいたい。しかし、長年連絡を取っていなかった実の父親が、勤務先の千歳刑務所に入所したとはとうてい言えない。受刑者の情報を部外者に安易に漏らすわけにはいかない。それに、父親が受刑者になったことへのみっともなさもあった。

父親といっても、戸籍上は史郎と松木とはとうに他人になっている。史郎が小学校を卒業した年、両親は離婚した。松木はろくな父親ではなく、それまでも実質的に母が一人で養育している状況だった。そのため史郎は母が親権を持つことになった。

その松木と、入所時健診で再会した。受刑者と矯正職員として。顔を合わせたのは実に十四年ぶりだった。忘れていた父の顔が記憶の底から浮上してくる。

「久しぶりだな、先生」

猫なで声で話しかけてくる松木を視界から締め出し、史郎は問診を進めた。最初は素直に答えていた松木だが、次第に脱線した答えを返すようになった。

「煙草は吸っていましたか」

「ショートホープ。知ってるだろ。お前、よく近所のコンビニまで買いに行ってたじやねえか。十四ミリのホープ。忘れたのか」

松木の目が獰猛さを増し、乱暴な口調になっていく。昔からこの男はこうだった。卑屈と傲慢の間を行ったり来たりする。もちろん保健助手に咎められるが、松木は背後を振り向こうともせず、嫌な笑いを浮かべて史郎を見つめている。実際、史郎は覚えていた。父が吸っていた煙草の銘柄、それにパッケージの絵柄まで。

「……アルコールは飲んでいましたか」

「お前と一緒に住んでたころは焼酎だったが、今はもっぱらウイスキーだ。どうせ知ってんだろ。俺が何やってここにいるか。この数年はだいぶ金回りよかったからな。海外物のウイスキーもリキュールも、随分飲んだな。刑務所には迎え酒もねえのか」

「いい加減にしろ」

保健助手が怒鳴るが、松木は動じない。そんなつまらないやり取りを繰り返し、問診だけで通常の倍近く時間がかかった。

すすきのの居酒屋のカウンターで、史郎の脳裏に松木の視線がよみがえる。店主がカウンター越しに差し出したハイボールのグラスを受け取り、一気に半分ほど空けた。

「大丈夫なの」

「何が」

心配そうな有島の声を一蹴する。さっきまでの愉快さは霧消してしまった。苦い草を噛むような表情で、史郎は松木の公判記録を思い返している。

松木は五年前から、投資会社の代表を名乗って北日本のほうぼうで投資詐欺を繰り返していた。南は福島から北は札幌まで。東北、北海道の各地で詐欺を働き、集めた額は合計で二億五千万円にも上る。

逮捕のきっかけは身内からの暴露だった。松木は営業担当として数名の手下を使っていたが、そのなかの一人が警察に自供したのだ。一味は札幌市豊平区にあるマンションの一室を根城にしていた。仲間の自供を受け、そこに道警の捜査員が踏みこんだが、松木は窓から路上へ逃げ出して逃走。地下鉄福住駅周辺で捜査員に追いつかれ、豊平署へと連行された。

判決は詐欺罪で懲役八年。千歳刑務所へ収容されることになったのは、松木が初犯だからだと思われた。しかし史郎は、昔からこの男が犯罪すれすれの行為に手を染めていることを知っている。今までは露見しなかっただけだ。

幼いころ同じ家に住んでいたため、当時の手口はよく知っている。十八番は情報商材の販売だった。投資ノウハウなどと称して、ありふれた情報を口八丁で高く売る。

例えば「一日五分で月八十万円稼げる方法」が記録されたUSBメモリを一本三十万円で販売する。そこに入っているのは、経済情報誌をコピーしただけの画像ファイルだ。元手は千円もかからない。

松木は〈絶対儲かる〉などとは謳わない。訴訟沙汰になったとき、詐欺ではないと主張するための言い訳を残しておくためだ。儲かると称する額を極端な価格に設定しないのもコツだと言っていた。そもそも、情報を買った客の大半は泣き寝入りしている。騙された自分が悪い、と考えて抗議すらしない。かつて松木自身が得意げにそう語っていた。

史郎が知っているのは、小悪党と呼ぶにふさわしいしみったれた犯罪を繰り返す松木だったが、いつの間にか、大規模な投資詐欺に手を染めていたらしい。一世一代の大勝負のつもりだったのか。虫唾が走る。

史郎はグラスに残った酒を飲みほした。今は一秒でも早く酩酊したかった。

*

千歳刑務所医務棟一階の診察室。

目の前には一人の受刑者が座っている。

黒目の大きさが印象的で、眉が濃く、顔はむくんでいる。太っているわけではない。坊主頭は磨かれた小石のようにつるりとしていた。背後に立つ滝川は、その後ろ姿に視線を浴びせている。

称呼番号二八四七番、大江毅(おおえつよし)。三十二歳。強盗罪で懲役四年。

大江は昨日入所したばかりの新受刑者だった。入所時の血液検査で糖尿病を患っていることが判明した。それも病気の恐れがあるという程度ではなく、空腹時血糖値三二〇という立派な糖尿病だった。入所時健診で高血糖や高血圧などが判明するのは、よくあることだ。受刑者のなかには十年以上病院にかかっていないという者もざらである。

史郎は大江の目を見て尋ねた。

「喉が渇くとか、尿が頻繁に出るとか、なかったですか」

「うーん……まあ、あったといえばあったかもしれません」

大江は低い声でぼそぼそと答える。言葉には東北らしき訛(なま)りがあった。

糖尿病は自覚症状が薄い、もしくはまったくない場合が多い。血液検査をしない限りは高血糖だと気づくのは難しい。刑務所に限らず、知らず知らずのうちに重症化が進んでいるケースも少なくない。

「何か生活習慣で思い当たることはありますか」

「思い当たること」

「暴飲暴食とか、間食が多いとか」

「えーっと、砂糖水をよく飲んでいました」

大江は小声だが、質問に対してはっきりと答える。

「なぜですか」

「甘い物が食べたくなるんすよ。でも菓子を買うと高いから、砂糖を一キロ買ってきて、水に溶かして飲むんです。それでかなり気が紛れます」

「いつから、どれくらいの頻度で飲んでいましたか」

「えっと、十年以上前から……ほぼ毎日」

——糖尿病になるはずだ。

「体温が少し高めですが、平熱なんですね」

「別に、体調が悪い感じはないです」

検査時の体温は三十七度二分。平熱にしては高いが、本人いわく「だいたいこんなもの」らしい。その他の検査項目には異常がないようだった。

千歳刑務所で働きはじめてから三か月が経ち、総合医の仕事にも慣れてきた。血糖、血圧、脂質、コレステロールの異常値はしょっちゅうだ。精神科領域も多い。皮膚科や歯科の持病もよくある。

要するに、受刑者たちの病状は刑務所の外と変わらない。

「薬を二つ出しておきますんで。食後に飲んでください」

ナテグリニドと、メトホルミン。糖尿病患者にはだいたいこの二種類で対応する。本当はポピュラーなグリベンクラミドなどのSU（スルホニル尿素）薬を使いたかったが、手に入らなかったのでナテグリニドにした。ここでは希望した医薬品がすべて届けられるわけではない。予算にも限りがある。

大江を連れて、滝川が診察室から出て行こうとした。

「滝川さん」

史郎は呼び止めて耳打ちをする。

「所長に呼ばれてるんで、ちょっと行ってきます」

滝川は小さくうなずき、大江と一緒に医務棟を後にした。史郎は診察室の鍵をかけ、白衣をまとったまま庁舎へと向かう。医務棟からは歩いて五分とかからない。庁舎を三階まで上り、突き当たりにある所長室の扉の前に立つ。ノックを二回。

「すみません、是永ですが」

「おお、どうぞどうぞ」

扉を開けると、窓を背にして山田所長が席についていた。身長は小柄なほうで、小太りの体型はマスコット的だ。刑務官の厳めしいイメージにそぐわない、福々しい笑みを浮かべている。

先日、山田から釘を刺されたことを思い出す。神経難病を患う受刑者を検査するため、北広島の病院でＭＲＩを撮影した件だ。そのときは一部患者の特別扱いをやめるよう言われた。表情は柔和だが、食えない男だ。

山田は大卒で国家Ⅱ種を合格した準キャリアだと、最近滝川に教えてもらった。階級は矯正長。四十代前半にしては早い出世だ。

同時に、滝川は「この世界は実力主義ですから」と教えてくれた。準キャリアは看守ではなく看守部長からスタートを切る。しかしその後の出世は実力次第で、現場叩き上げの高卒に追い抜かれることもざらだという。その点は警察とはやや事情が違う。

つまり山田のようなスピード出世は、本人の実力がなければ不可能ということだ。

「呼び立ててすみませんね。そちらへどうぞ」

手前にある応接セットに、史郎と山田は差し向かいで座る。柔らかな日差しが窓から差しこんでいた。夏服に紺のネクタイを締めた山田の首元が張りつめている。

「どうですか、医務課は。お困りのことはありませんか」

　にこやかに語る山田は、制服を着ていなければ民間企業の営業と言われても違和感がない。厳しい表情よりも、笑顔を作る機会のほうが多いのだろう。せっかく質問されたのだから、正直に答えることにする。

「医薬品が手に入らないのは、もう少しどうにかなると助かります。さっきも糖尿病の受刑者に第一選択の薬が処方できなくて」

　途端に山田は渋い顔をした。

「予算はなかなか希望が通らないですよ……税金で運営している以上、受刑者に対してどこまでケアするのかという問題もありますし」

　史郎も端から期待はしていない。ただ、言わないよりは言ったほうがましだろう、という程度だ。山田は「それで本題ですが」と切り出す。

「最近は受刑者の高齢化が進んで、刑務所も福祉施設に近づいている。先生は他の施設のことはご存じないでしょうが、千歳刑務所だけではありません。私が前にいた所もそうでした」

　この数年、社会の高齢化を追い越す勢いで、受刑者の平均年齢が上がっている。高齢の受刑者が増えるにつれて、認知症や寝たきりの割合も増えていく。医療設備の充実した刑務所もあるが、すべての高齢者をそういった施設に入れるわけにもいかない。なかには、高齢者専用棟を用意することで対応している刑務所もある。

千歳刑務所では二割弱が六十五歳以上の高齢者だった。医務棟の病床は高齢受刑者で常に満杯だ。刑務官は食事や排泄(はいせつ)の世話をすることもあり、介護職員のような業務も増えている。

「たくさんの高齢者を受け入れるには、予算も人手も不足しているのが現状です。ですが、法務省にはなかなか理解されない。みんな同じなんだから我慢しろ、というわけですよ」

山田は身を乗り出した。

「ですから、是永先生には高齢受刑者の実情調査をお願いしたいんです」

史郎にもようやく話が見えてきた。

「予算の必要性を訴えようにも、データがなければ何も語れないということですか」

「まともにわかっているのは年齢くらいでしょう。病状とか、生活の困難さとか、そういう項目もまとめないと実情はわかってもらえない。そのための調査にぜひ、協力していただきたいんです」

了解する前から、山田は滑らかに調査内容を説明した。入院中の受刑者ひとりひとりの詳しい病状や要介護度をリストアップし、さらに共同室の高齢者の持病についてもまとめる。百人以上の受刑者を調査するのは、なかなか骨の折れそうな作業だった。

史郎が質問を挟もうとすると、山田は腕時計に視線を落とした。

「ああ、もうこんな時間か。すみません。会議があるので今日はこの辺で」

そそくさとソファから立ち上がり、机の上に積んだ書類をあさりはじめた。なんとなく毒気を抜かれた史郎は、「じゃあまた、今度」と告げて所長室を出た。面倒を押しつけられた格好だが、あまり嫌な気はしない。

――まあ、いいか。

もともと断るつもりもなかったし、そんな立場でもない。史郎のここでの役職は医務課長であり、所長の指示であれば従うまでだった。

ただ、刑務所長という肩書きから受ける印象とはかけ離れている。もっと素直に言えば、刑務官の世界は実力主義だと聞いていた史郎にとって、事務担当にしか見えない山田が所長を務めているのはどこか違和感があった。

犯罪者を収容する刑務所という施設では、ときには力ずくで対処しなければならない場面もある。看守たちが現場で汗水流して働いていることを、所長は知っているのだろうか。失礼ながら、スピード出世するほどの逸材とも思えない。

　腑に落ちないものを抱えながら、史郎は診察室へ戻った。


　診察の合間に何気なく山田所長の過去について訊いてみると、滝川はあっさりと答えた。

「所長は総務畑の人ですよ」

　史郎は興味を覚える。

「刑務官になってから、ずっと裏方にいるということですか」

「さすがに最初は処遇部だったと思いますが、現場にいたのは数年でしょうね」

「それからは？」

「すぐに高等科研修を受けたんでしょう。庶務課長とか用度課長とか、総務系の仕事を歴任したと聞いています。処遇部にもいたそうですが、課長以上だと実情はよく知らないでしょうね。元は東京管区の人で、札幌管区に来たのは初めてだそうです。冬が憂鬱だと愚痴をこぼしていますよ」

「よく知っていますね」

「その手の噂は着任直後に流れるんです。私のような年配者でも、ある程度は耳に入ってきますよ。着任が去年だから、一、二年後には異動するんじゃないですか」

実際、滝川はあまり興味がなさそうだった。

刑務官は普通、各地方にある管区内で異動するが、上級幹部は事情が違う。刑務官は〈高等科研修〉と呼ばれる上級幹部に必要な研修を修了すると、二、三年おきに全国転勤をすることになる。転勤先は全国にある法務省管轄下の矯正施設——刑務所、拘置所、少年刑務所、少年院などだ。

「出世のスピードは速いんでしょう」

「まあ、総務系では実力を発揮されてきたということでしょうね」

遠回しな言い方だが、滝川の口ぶりには現場に立つ看守としての誇りが垣間見えた。

「こう言っては失礼ですが……あまり現場をご存知とは思えません。管理職ですから、そういった能力は求められていないのでしょうが」

職務に忠実な滝川らしくない台詞だった。裏を返せば、滝川ですらそう思うということは、他の刑務官が山田所長に対してより強い失望を抱いていたとしても不思議ではない。普段診察室にこもっている史郎には、処遇部の噂が耳に入りにくい。

もしかしたら、高齢受刑者の調査も所長の発案ではなくもっと上からの指示かもしれない。山田への印象から、史郎はそんなことまで想像した。

「ところで、先生。松木一郎の件ですが」

その名前が出ただけで、史郎の表情は硬くなる。

このところ、史郎にとって松木の存在は最大の憂鬱だった。少し前まで存在そのものを忘れていたのに、受刑者になったため嫌でも向き合わなければならない。入所時健診で対応した保健助手は滝川ではなかったが、松木との関係を知らないはずはなかった。

滝川は顔色を変えずに言う。

「アムロジピンの投与は継続でよいでしょうか」

Ⅱ度高血圧の松木には、降圧剤アムロジピンを処方している。史郎は測定結果を確認しながら「ええ」と力ない答えを返した。

病状の推移を確認するため、月に一度は松木と顔を合わせなければならない。西三舎の共同室に入っている松木が、どんな刑務作業をして、休暇時間をどのように過ごしているかは知らない。

看守とは違い、矯正医官が受刑者と顔を合わせる機会は診察時に限られる。しかし同じ敷地内に松木がいるというだけで、棘だらけの手袋で撫(な)でられたように史郎の心はささくれ立った。

勢いよく松木のカルテを閉じる。例の嫌らしい笑みが脳裏をよぎった。

＊

家具工場で取っ組み合いの喧嘩をはじめた二人の受刑者が保護室へ送られることになった。受刑者間での揉め事は、懲罰の対象になる。

東一舎にある保護室は、一人用の居室である。一般的には問題行動に対する懲罰として入れられる。数名が入る共同室と対比して、単独室とも呼ばれる。

二人のうちの一方――中田という六十代の受刑者は、頰に大きな痣をつくっていた。顔だけでなく、肩や腹にも殴られた痕が残っている。右腕は嚙みつかれ、血を流していた。史郎は診察室に運びこまれた中田の怪我を手当てすることになった。入所前に脳卒中を患った中田は、顔の半分が神経麻痺のため動かない。痣ができたのは麻痺している右側の頰だった。

付き添いは保健助手ではなく、普通の看守だった。代わりに、つい数分前までいたはずの滝川がいなくなっている。

「滝川さんは？」

「工場でもう一人の手当てをしています。そちらは軽傷なので、お任せしました」

看守がどこかぎこちない口調で応じる。違和感を覚えつつ、史郎は怪我の手当てをした。傷口を消毒している最中、中田が顔をしかめた。

「くそ……松木のせいで」

聞き捨てならない名前に史郎は敏感に反応した。治療の手を止め、中田に問い直す。

「今、松木と言いましたか」

「あ?　なんだ。言っちゃいかんのか」

気色ばむ中田を看守がたしなめるが、史郎の興奮はやまない。

「今、中田さんは確かに松木と言いました。喧嘩した相手は松木なんですか。それとも、松木のせいで何かトラブルが起こっているんですか」

看守は気まずそうに視線を逸らしたが、代わりに中田自身が答えた。まだ怒りが収まらないらしく、唾を飛ばしながら語る。

「そうだよ。松木にやられたんだよ。あいつ、お前の父親だって言いふらしてるぞ」

「黙ってろ！」

とっさに看守が怒鳴りつけたが、すでに手遅れだった。

松木が、受刑者たちに史郎との関係を吹聴している。松木の性格を考えれば、やって当然と言える行為だった。受刑者との人間関係を優位にするため、矯正医官の実父であることを明かしたのだ。得意げに自慢している姿を想像して落ちこむ。

叱責されたにもかかわらず、中田はしゃべり続ける。どうせ懲罰を受けるのだから、と気が大きくなっているのかもしれない。

「あいつが飲んでる薬あるだろう。あれは特別な薬だって、しょっちゅう言ってるぞ。普通の受刑者には配られない特効薬だってな。医者が息子だから、自分だけは特別扱いされるんだって偉そうに言ってる。自分の機嫌を損ねたら独房行き、とも言ってやがる。全部嘘なんだろ。嘘だよな？」

中田は脅すかのような口調だったが、看守が「おい」と肩に手を置くと、心持ち身体を後ろに引いた。

史郎は全身から脱力する。当然、松木の発言は嘘だ。彼が服用しているのは、ごく普通の降圧剤である。特別扱いなどするはずがない。仮にやろうと思っても、刑務所にない薬を処方することはできない。

「……喧嘩の原因は薬ですか」

「いいや。顔のことをあんまりしつこく言うから腹が立って、胸倉つかんだらいきなり殴ってきた。俺は悪くねえんだよ」

いかにも松木がやりそうなことだった。自分のことは棚に上げ、他人を侮り、見下す。顔面麻痺を患う中田は、松木にとって格好の狙い目だったのだろう。普段は卑屈な目でおどおどと周囲を見回しているが、相手のウイークポイントを発見するや、その目には獰猛な光が宿る。

史郎はひどい徒労感に襲われた。ずっと昔から、あの男は何も変わっていない。疲弊しきったように息を吐くと、ようやく気が済んだのか、それきり中田は何も話さず黙って治療を受けた。看守が中田を保護室へ送り届け、しばらくして診察室に現れたのは滝川ではなく山田所長だった。

「今、少しいいですか」

小太りの山田は、緊張で顔をこわばらせているせいで頬の肉が盛り上がっていた。患者が座る丸椅子に腰かけ、史郎と向き合う。

「言わないわけにもいかないと思いまして」

「松木の件ですか」

山田は深くうなずき、「そうです」と言った。当然、所長も松木が史郎の実父であることは知っているのだろう。

「まずこの場を借りて、是永先生には謝らせていただきます。申し訳ありません。松木を千歳で受け入れたのは、矯正局のミスです。職員の血縁者を収容することは避けるようにしているんですが、今回はかなり前に先生との親子関係が切れていたことで、確認から漏れていました。いずれ松木は他の刑務所へ移送する予定です」

　山田は頭を下げた。その対応に、史郎は反射的に苛立ちを感じる。松木が史郎の実父であることは、少し調べればわかりそうなものだ。山田が「矯正局のミス」と認めてくれたのがせめてもの救いだった。

「移送はいつになりそうですか」

「なかなか、すぐには。半年はかかりそうです」

　史郎は矯正医官であり、日常的に松木と接する立場ではないため、切迫した状況ではないという見方もできる。そのことも対応を遅らせている一因と思えた。

「だからと言って、松木の手当てを私にさせないというのはいかがでしょう。そもそも中田さんの喧嘩した相手が松木だということすら、知らなかったんですよ。気を遣ってもらうのは結構ですが、最低限の情報はもらわないと困ります」

　本心を言えば、史郎も松木とはなるべく顔を合わせたくない。しかし、山田たちの中途半端な気遣いも居心地が悪い。何より、治療を避ければ〈自分に怯えている〉と松木に思わせ、増長させることになりそうだった。想像するだけで腹立たしい。

「松木の怪我は、打撲やかすり傷程度です。保健助手で十分ではないですか」

「そういうわけにもいきません。受刑者への特別扱いはいけないと言ったのは、所長じゃないですか」

作田の診察を巡って、確かに山田所長はそう言った。意図的に治療しないという選択も、違う意味での特別扱いになる。山田は困惑したように後頭部に手をやった。

「気にしないでください。仕事ですから」

できるだけ動揺を押し隠す。気が進まないが、ここまで来たら意地だった。医師が対峙する相手はあくまで怪我や病気だ。治療さえ済ませればあとは関係ない。史郎は自分にそう言い聞かせた。

戻ってきた滝川を連れて、東一舎の保護室へと向かう。松木の怪我を診ることを伝えても、滝川はうなずいただけだった。

保護室の扉を開けると、当の松木は部屋の中央であぐらをかいていた。顔には不敵な笑みが浮かんでいる。きれいに剃っていないのか、顎には細かい髭が残っていた。

「やっと来たか」

松木は滝川には目もくれず、史郎を見据えている。左の頰骨に痣がある。史郎はあくまで淡々と治療を進めた。

「怪我をしたのはどこですか」

「顔だよ。見ればわかんだろ。あと手。あいつの顔殴ったら、指がじんじんしてきた」

　意外にも、松木は治療と関係のないことは口にしない。しかしそれは最初だけだった。史郎は松木の手を取り、指の具合を確認する。

「また息子から、手を握ってもらえるとはなあ」

　松木は皮肉っぽい笑みとともに、大仰にそう言った。史郎は取り合わない。

「あいつの顔見ただろ。なあ。面白いよなあ。顔の半分だけ動かないんだぞ。怒っても半分だけなんだよ。右側は無表情のまんま。笑うなって言うほうが無理だよな。お前もよくあんなのばっかり診るよな」

「静かにしろ」

　滝川が重い声で注意すると、松木は初めてそちらを見た。

「あれ、いいの？　そんなこと言って。こいつ、俺の息子よ。お医者様よ。あんたら部下でしょ。あとで怒られちゃうんじゃないの。心配だなあ」

「うるさいんだよ！」

　思わず、史郎は声を荒らげていた。

「黙ってろよ。二度としゃべるな」

背後から滝川が「先生」と諫める。史郎は我を失ったことを恥じた。

「お前、何のために医者になったんだ」

松木の左頬を診ていた史郎の動きが止まった。

「わざわざこんなところで、犯罪者相手にしょうもない病気や怪我の治療するために医者になったのかと思うと、真剣に不思議なんだよ。よくわかんねえけど、大学の医学部って合格するの大変なんだろ。そこまでして入ったのに、なんでわざわざ刑務所の医者になったの。ああ、他に働けるところがなかったんだな」

「……懲罰を増やされたいのか」

保護室では刑務作業を免除されるが、テレビもなく、手紙も受け取れない。他の受刑者との交流も当然禁じられる。受刑者にとっては愉快な日々にはならない。しかし松木は動じる気配すら見せない。

「増やしたいなら増やせよ」

松木は平然と言う。気味の悪さを感じたが、その正体は史郎にはつかめなかった。

怪我の処置は、あらかじめ滝川が行ったもので十分だった。確認を済ませた史郎は「問題ない」と言い残して保護室を去ろうとした。

「次、会うときには答え聞かせてくれよ」

松木の声を背中で聞いて部屋を後にした。滝川が鍵をかけ、無言で東一舎から離れる。松木が要求した答えをわざわざくれてやる必要はない。しかし史郎は自分のために、先ほどの問いについて考えざるを得なかった。

——お前は何のために、医者になったのか。

*

翌週月曜の夕方にも、別の受刑者が保護室へ入れられた。

その日は回診だった。医務棟まで一人ずつ順番に連れてくるのは刑務官の手間を取るため、軽症者や経過観察については、医師のほうから工場に出向いて回診をしている。

工場に用意された一室で次々にやってくる患者たちに対応しているうち、四時を回った。壁の向こうでは受刑者たちが黙々と縫製作業をしている。ミシンの稼動する音と布が擦れる音に、時おり話し声が混じる。

保健助手は若い刑務官だった。滝川と同じように医療刑務所で二年間の研修を積み、准看護師資格を持っている。次の受刑者を呼ぶため、刑務官が部屋を出て行った直後だった。

「ふざけんな！」

壁の向こう側から大声が聞こえた。史郎はびくりと肩を震わせる。

「落ち着け！」

「死んでやるからな！　自殺するぞ！」

ひび割れた声で絶叫する受刑者と、取り押さえる刑務官。たちまち壁のブザーが鳴らされ、乱れた足音とともに敷地内の刑務官たちが集まってくる。椅子がなぎ倒され、派手な音を立てる。刑務官の怒号と受刑者のうなり声。外へのドアが乱暴に開かれ、うなり声は遠ざかっていく。消し忘れられたミシンの駆動音が延々と続いている。室内にいる史郎は耳で状況を推察するしかない。

やがて激しい物音は止んだ。現場担当の刑務官が、それぞれの持ち場に戻るよう受刑者たちを促す。応援に駆けつけた刑務官たちも引き上げ、作業に戻る。ともかく騒動は収束したらしい。

直接目の当たりにはしていないものの、受刑者が刑務官ともみ合う現場に居合わせたのは初めてだった。史郎が戻ってきた保健助手に経緯を尋ねると、あっさりとした答えが返ってきた。

「暴れ出したんで、保護室に連れて行ったんです」

「拘禁反応ですか」

「まさか。この間入ったばかりの受刑者ですよ。隣のやつと言い争いでもしたんでしょう。詳しい事情はこれから本人に訊きますよ」

「誰ですか」

「えっと……大江。大江です」

その名は史郎も覚えていた。四日前に入ったばかりの受刑者だ。強盗罪で四年の懲役を言い渡された糖尿病患者。確か、精神疾患を思わせる所見はなかったはずだ。

「自殺する、とか言ってませんでしたか」

「おそらくわざとでしょうね。ああ言えば、保護室に入れてもらえますから」

保護室は自殺企図者が入れられることもあるため、自殺防止が徹底されている。あらゆる突起が排され、壁や床は身体をぶつけても傷つかないよう、柔らかい素材でできている。箸やフォークは自殺の道具として用いられる可能性があるため、発泡スチロールの食器を支給する。

なぜそこまで自殺防止を徹底するかといえば、受刑者の自殺は刑の放棄を意味するからだ。強制的にみずからの人生を中断させることは、果たすべき役目から逃げ出すことと同義である。そして現実問題として、刑務所内で自殺が起これば、所長以下幹部の責任問題にも発展しかねない。

「自分から保護室を希望する受刑者がいるんですか」

「共同室の人間関係に耐えられなくなると、一人になれる保護室に入りたくなることもあるそうです。四六時中誰かと一緒にいるというのが、苦痛なんでしょう」

回診を終えて診察室に戻ると、滝川が医薬品の整理をしていた。

「さっき、初めて受刑者を保護室に入れる現場に居合わせましたよ」

「大江ですか。それなら、私が取調べを担当しましたよ」

保健助手も刑務官である以上、取調べを担当する。

「わざと自殺企図を演じる者もいるそうですが」

「大江もそうでした。同室の連中と喧嘩していたそうです。自殺したいと言えば保護室に移されることも知っていましたから、きっと確信犯ですよ。ただ……」

それまで手を動かしながら話していた滝川は、ふと作業を止めた。

「死にたいのは嘘じゃない、とも言っていました」

自殺を目論むのは精神疾患をもつ患者だけではない。受刑者たちの場合、普段の生活は問題なくとも、釈放後のことを考えると途端に絶望にさいなまれることがある。

前科者として生きていくには、この社会はあまりに生きづらい。

　大江の主張は心からの叫びかもしれない。

　所長室から内線がかかってきたのは、史郎が帰り支度をはじめたときだった。嫌な予感を覚えつつ、出ないわけにもいかない。

「是永先生ですか？　今日保護室に入った、大江ってやつがいるでしょう」

「さっき、話は聞きました」

「申し訳ないんですけど、ちょっと面談してもらえませんかね。自殺云々は狂言だと思うんですけど、念のため。もし本当に自殺されたらかなわないですから」

　時刻を確認する。まだ帰宅までは少しだけ時間がある。

「……わかりました」

「助かります。よろしくどうぞ」

　山田との通話を切り、滝川を振り返る。すでに彼は事情を察していた。以前にも、史郎は自殺企図者との面談をしたことがある。滝川は聞こえた会話から内容を承知したのか、「大江ですか」と声をかけた。

「ええ。面談せよ、との指示です。付いてきてもらえませんか……あ、その前に大江の身上調査書をお願いします」

史郎は滝川の身上調査書に目を通す。前歴の欄が目についた。

「強盗の前に前科があったんですね。見落としていました」

大江には強盗罪で懲役四年の判決が下っている。それは把握していたが、前科は確認できていなかった。四年前、大江は覚せい剤所持で逮捕されている。判決は懲役一年半、執行猶予三年。

どこか引っかかるものを感じた。

「覚せい剤か」

「覚せい剤と言っても、四年前の話でしょう。打った痕がなかったから、最近はやってなかったんでしょう。まあ、あぶりだったらわかりませんけど」

確認できる範囲では、大江は拘置所でも特に禁断症状はなかったらしい。少なくともここしばらくは覚せい剤に手を染めていないのだろう。もしかしたら、保釈後は完全に断っていたのかもしれない。

薬物中毒から抜け出すのは並大抵の努力ではできない。なぜ薬物中毒から逃れることができた大江が、強盗犯となってしまったのか。ますます興味深いケースだった。

史郎は滝川を連れて、保護室の大江を訪ねた。室内の様子をのぞくと、大江は壁に寄りかかってぐったりとしていた。

「大江さん」

声をかけると顔を上げた。粗暴さは見えないが、念のため、滝川に先導してもらって室内に入る。

「ちょっと、大江さんの話を聞こうと思って」

「話？」

「気持ちが昂っているようなので、少し話せば落ち着くかと」

大江は思いのほか平静だった。工場で暴れたのは、やはり一人になるための演技だったとみるのが妥当だろうが、所長の指示を守るため話を続ける。

「でも、何話せばいいんですか」

「何でもいいですよ。例えば、大江さんの今までの人生のこととか」

これは作田良平のほか、幾人かの受刑者に使った手だった。受刑者には自分の人生について語りたがっている者が少なくない。これまでの生き方を聞いてやるだけで、落ち着きを取り戻すことは、ままある。

「人生っていっても……」

大江は腕を組んで考えこんでいたが、じきにぽつりぽつりと、ここに至るまでの経緯を語り出した。

*

生まれたのは、秋田の海沿いにある町です。三人兄弟の次男でした。

親は海産物屋をやっていましたが、父親はもう死にました。母親は秋田市の養護老人ホームにいます。兄や弟とは疎遠で、十年以上連絡は取ってません。

自分で言うのもなんですけど、小さいときはおとなしかったと思います。でも勉強ができなくて、学校の授業に全然ついていけなかった。だから工業高校を中退して、それからは仙台に出て、飲食店とか服飾店の店員として働きました。今思うと、そのころが一番楽しかったですね。田舎から出てきた若いやつってだけで、可愛がってもらえて。

仙台で中学の先輩と再会したせいで、なんか、調子が狂っていきました。

覚せい剤を初めて使ったのは二十四、五のときでした。その先輩とか、知り合いから勧められたんです。断れない空気で、しょうがないから見よう見まねでやって。やってるうちに気持ちよくなってハマりました。

それからは、収入の大半をクスリに使いました。でも俺は体質的にあんまり効きにくかったみたいで、みんなが言ってるほどはトベなかったすね。

覚せい剤所持で逮捕されたのが二十六歳のときで、懲役一年半、執行猶予三年の判決でした。今でもはっきり覚えてます。執行猶予ついてよかった、ってマジで思いました。

でも、普通の人には執行猶予とか関係ないんですよね。身内はみんな、俺のこと犯罪者として扱って、遠ざけるようになりました。母親も、兄弟もです。父親はかばってくれたけど、家には入るなって言われました。知り合いが誰もいないところに行きたくて、札幌に引っ越しました。

とりあえず保護司とかに勧められてたんで、依存者の支援団体に行きました。過去の交友関係は切れって言われたんで全部切って。まあ、そもそも札幌に知り合いいないし。施設でカウンセリングを受けて、一年半くらいかけて何とか依存症から抜けました。たぶん体質的に、やってたクスリがそこまで効かなかったのがよかったんだと思います。他の人がめっちゃいいって言うほど、自分のなかで白けちゃって。

生活保護を受けてたんですけど、依存症抜けたあたりから工事現場に再就職しました。汗水流して働くと、結構気持ちいいんすよね。施設から別のアパートに引っ越して、人生やり直そうとしてました。

でも、執行猶予が終わってすぐに、父親が死んだんです。

葬式には一応呼ばれたから、秋田に戻ったんですけど、そこで昔の仲間とまた会っちゃったんです。クスリ勧めてきた連中です。二度と会いたくないと思ってたけど、飲み会に行ったらやっぱり楽しくなっちゃって。

あいつらは皆、同じような経歴でした。詐欺とか恐喝とか、まんま犯罪で生計を立ててましたから。まともに食べていける仕事やってたのは、俺だけでした。

じきに、札幌で暮らす俺の家に仲間たちが押しかけてきたんです。あいつら、秋田とか仙台で悪いことやりすぎて、警察から目をつけられてたんで地元ではもうやりづらくなってたんです。だから、俺が住む札幌を新しい拠点にしようと思ったみたいです。

俺は乗り気じゃなかったですよ、全然。クスリもやめたし、マジで人生やり直そうと思ってたから。でも昔の仲間に頼まれたら、断れないですよ。土下座までされて。だから家賃すだけならいいよってことで、オッケーしたんです。

最初は、札幌市内で置き引きとかやってたみたいです。詳しいことわかんないですけど。でもつまらなくなってきたとかで、どんどん暴力に走るようになって、そのうち閉店後のスーパーとか、個人の家を狙って押しこみ強盗やってたそうです。俺は参加してないですよ。拠点を提供していただけですから。奪い取ったものはリーダー的な先輩が分配して、俺に渡されたことは一度もなかったです。

捕まったコンビニ強盗は、本当に初めてやった強盗だったんです。

リーダーの先輩が、急に金が必要だとか言い出したんです。家にいたのは、休みの俺だけでした。先輩にナイフ突き付けられて、いいからついてこいって言われて、車運転してちょっと遠くのコンビニまで行ったんです。家出るとき、俺は包丁を持たされてました。

言われた通り、二人で刃物使って店員脅して、先輩がレジの現金つかみ取って、逃げようとしたところで警官に捕まりました。俺は無抵抗だったから強盗罪。先輩は暴れて警官に怪我させたんで強盗致傷罪。

先輩は全部俺のせいにしようとしてたけど、無駄でした。

＊

話が終わると、史郎は詰めていた息を吐いた。いつの間にか大江の話に没頭していた。

「……覚せい剤は注射ですか。痕がないみたいですが」

「注射だったけど、もう何年も前ですからね。ほら、ここことか、よく見ると痕が残ってるんですよ」

目をこらすと、左肘の内側にうっすらと痕が残っている。

「クスリからは何とか抜けたんですけどね」

大江は無念そうにつぶやく。

本人はさらりと言うが、薬物依存症からの脱出はそう簡単なことではない。支援施設に入っていてさえ、克服することは難しいという。しかも札幌に転居した大江には、身の上を相談できる親族や知り合いもいなかったはずだ。薬物の魔手から逃れることに成功したのは、快挙と言ってもいい。

その快挙を成し遂げながら、悪縁を断つことができず、大江はこうして塀の内側にいる。

やり場のない無念さが史郎の体内で渦巻いていた。一度立ち直っても、犯罪の闇は二度、三度と罠を仕掛けてくる。大江は一度は泥沼から抜け出しながら、再び足を突っこんでしまった。

「これでいいですか」

「……気分はどうですか」

「別に変わりません」

史郎は滝川と顔を見合わせた。一応、面談したという事実にはなる。

「わかりました。どうもありがとうございます」

なぜこちらが礼を言っているのだろう、と思いつつ、史郎は保護室を後にした。


その夜、博子を寝かせてから、史郎は自室のパソコンで美波との次の外出先を調べていた。前回は近場のモエレ沼に行ったから、少し遠出がしたい。土曜は博子のデイサービスの日で、九時から十八時まではフリーになる。

小樽は何度も行ったし、室蘭(むろらん)は先日行ったばかりだ。有力候補は千歳の南西にある白老町(しらおいちょう)だ。海岸沿いをドライブするのは気持ちがよさそうだし、名物の白老牛や海産物も期待できる。近場だが、意外にもまだ行っていなかった。グルメサイトで食事の目星をつけたところで、デスクに置いていたスマートフォンが震動した。かけてきたのは美波だ。

「ごめんね、遅くに。今話しても平気かな」

美波からはだいたい二、三日に一度、電話がかかってくる。他愛のない会話を交わし、土曜は白老へ行くことに決めた。美波は白老牛のステーキにはしゃいでいたが、急に声のトーンを落として言った。

「あ、そうだ。麻疹（はしか）、気をつけたほうがいいよ。ＭＲワクチン受けてないか、受けてても一回の人に多いかもしれない」

ＭＲワクチンは麻疹風疹ワクチンとも呼ばれ、二回接種が推奨されている。

「なんで、いきなり麻疹の話？」

「九州で流行してるんだって。薬疹（やくしん）だと思って放っておいたら、実は麻疹だったって。そのせいで対処が遅れたみたい」

医師として他人事とは思えない話である。アレルギーによる発疹と、感染症による発疹は見分けがつきにくい場合がある。特に発熱の程度が低いと、判別は難しい。

「史郎くんはＭＲ二回受けてる？」

「高校生のときに二回目受けた」

数年前、医師国家試験の前に博子に確認したところ、そう答えが返ってきた。そのときに母子手帳を見せるよう頼んだが、そういえばまだ見せてもらっていない。母子手帳にはワクチンの接種記録が残っているはずだった。

一時間ほどで美波との会話を切り上げ、パソコンに向き直る。まだ調べ物が残っていた。

しばらくすると、再びスマートフォンが震えた。美波が何か伝え忘れたのかと思ったが、表示されているのは登録してある職場――千歳刑務所の番号だった。すでに午後十一時を回っている。勤務時間外、それも深夜に職場から連絡が来ることはほとんどない。嫌な予感がしたが、無視するわけにもいかなかった。

かけてきたのは山田所長だった。

「緊急事態です。受刑者が急死しました」

山田は悲痛な声で状況を説明し、これから来られないかと史郎に懇請した。

「すぐ行きます」

史郎は反射的に答えた。手早くワイシャツとスラックスに着替える。博子は八時に休んでいた。いつもなら朝六時までは目覚めない。数時間空ける程度なら問題ないと判断し、自宅を飛び出した。

北海道の夜は夏でも冷える。駐車場までの短い距離でも、冷気が首筋に入りこんでくる。

山田が電話で語ったところによれば、保護室で死者が出たという。

亡くなったのはつい数時間前に保護室へ入った大江だった。

大江は高血糖以外、健康状態に問題はないはずだった。心臓発作の予兆である不整脈もなかった。

保護室へ入れられることになったのは、作業中に大江が暴れ出したせいだ。そのとき大江は「自殺するぞ！」と叫んでいた。史郎も自分の耳で、はっきりと聞いている。保護室で話したときは本気ではないだろうと思ったが――

――まさか、自殺？

不穏な二文字が頭をよぎったが、あえて考えないよう努めた。第一、場所は自殺不可能な保護室だ。いったい、そこでどうやって自殺ができるというのか。

職場までは車で五分。電話で指示された通り医務棟へ向かうと、診察室にはいつになく大勢の職員がいた。この時間は夜勤の刑務官しかいないはずだが、暗い顔をした日勤の職員たちが所在なげに立っている。滝川もいた。

その中央にいるのは山田所長だった。眼鏡のレンズは曇り、ひげ剃り跡が濃い。ふっくらした頬も、心なしかこけているように見える。いつも顔に張り付いている笑顔は姿を消していた。

「先生、遅くにすみません」

「遺体はまだ保護室ですか」

「ええ。司法検視までは触れないもんで。地検の担当者が明日の朝に行くから、そのままにしとけって……」

山田は誰にともなくつぶやいている。

所内で死者が出ることは年に数度あるが、所内での死者は必ず検察庁へ報告する。受刑者の死亡に事件性がないことを、検察が確認するためだ。

この五月にも、職業訓練中に受刑者が狭心症の発作で倒れた。そのときは息を引き取る前に検察へ連絡を入れておいたため、所長の検視――『行政検視』と呼ばれる――のみだった。死因が明らかだったため、実地で検視する必要はないとみなされたのだ。

しかし今回は突然死だ。当然、検察への報告は事後になった。

死因がはっきりしない場合は『司法検視』――すなわち検察官による検視が行われる。司法検視は、千歳刑務所では二年ぶりの事態だった。もちろん、史郎にとっては初めての経験である。

「とにかく、遺体を見せてもらえますか」

先導する滝川に史郎と山田所長が並んでついていき、その後ろをさらに数名の刑務官がついてくる。医官である史郎の第一印象は誰もが気になるようだ。

医務棟を出て、保護室のある東一舎を目指して歩く。夜の千歳刑務所は、冷たい水の底のようにひんやりと静まり返っている。雲間から半円形の月がのぞいていた。どこからか受刑者の高いびきが聞こえる。

東一舎の二階に上がり、すれ違った巡回の刑務官に会釈をする。保護室はこのフロアに固まっている。できるだけ足音を立てないよう注意するが、革靴のかかとが床を打つ音を完全には消せない。照明を消した廊下を職員の集団がぞろぞろと歩く。分厚い扉の向こう側にいる受刑者たちが、身じろぎする気配があった。

問題の保護室は奥から三番目だった。滝川が鍵を開け、扉を開く。

三畳ほどの部屋の中央で、大江は亡くなっていた。グレーの寝間着を着用している。刑務官に懐中電灯で照らしてもらいながら、遺体を観察する。血がにじむほどの強さで、左胸を引っ掻いていた。心臓を掻きむしっていたらしい。

史郎は仰向けになった遺体のそばにかがみこむ。呼吸と拍動がない。首筋に手を当てると、亡くなってから相応の時間が経つはずなのに、指に熱を感じた。頸動脈は動いていない。瞼をこじ開けて瞳をペンライトで照らすが、対光反射は消失していた。ゴムバンドの腕時計で時刻を確認する。

「死亡を確認しました。午後十一時四十八分です」

重苦しい空気が漂う。懐中電灯の光が飛び交う保護室で、男たちは鉛を飲んだような顔をしている。

史郎の仕事はこれで終わりではない。むしろ、ここからが本番だった。わかる範囲で死因を明らかにしなければならない。今夜はそう簡単には帰れない。

「前後の様子をうかがいたいんですが」

遺体を発見した刑務官もその場にいた。史郎は両隣の保護室にいる受刑者に聞こえないよう、扉を閉め、声を潜めて経緯を聞いた。

巡回の刑務官が異変に気づいたのは午後十時半頃。大江の保護室からうめき声が聞こえてきた。いびきか寝言の類かと思いつつ、のぞき窓から室内の様子を確認すると、心臓のあたりを掻きむしり、もだえ苦しんでいる。急いで非常ベルを押したが、夜勤の職員たちが集まったときにはすでに呼吸が停止していた。刑務官たちはＡＥＤと心臓マッサージで対処したが、効果はなかった。

すぐさま職員宿舎に住む所長へ連絡が行き、緊急事態と判断した所長が常勤の医官である史郎を呼び出した、という経緯だった。

たまりかねたように、山田所長が口を挟む。

「死因は何だと思いますか。事件性はあると思いますか」

仮に大江の死に事件性があれば、所長の責任問題に発展するのは避けられないだろう。史郎は慎重に言葉を選んだ。

「今の段階では、まだ何とも。これから確認してみますが……」

「自殺、じゃないですよね」

史郎は苦々しい気持ちを噛みつぶした。考えないようにしていた二文字。

「大江は糖尿病だったんでしょう。糖尿病で急死することはあるんですか」

「誰にでも急死の可能性はあります」

「そういうことを言ってるんじゃない」

山田所長が声を荒らげた。声はひそめているが、わずかに漏れたかもしれない。冷静さを欠くのも無理はない。受刑者が自殺したとなれば一大事だ。報道され、刑務所を批判する材料になりかねない。

史郎は闇のなかに横たわる遺体を一瞥(いちべつ)した。

「糖尿病は心疾患リスクが高いとはいわれます。でも本当に、今の段階では何もわからないんですよ」

「自殺かどうかの判断はできないんですか」

「逆に、この保護室でどうすれば自殺できるんですか。外傷もないし、病死と考えるのが自然でしょう」

　懐中電灯の光が山田の顔をかすめた。青ざめた顔に、疑心暗鬼が宿っている。

「例えば、先生が処方した薬を大量に一気飲みしたという可能性は」

「薬を隠して、保護室に持ちこんだというんですか」

　処方した薬は、原則として刑務官がその都度飲んだかを確認する。目の前で薬の封を開けさせ、飲みこんだことを確認し、最後に口のなかを開けさせて錠剤が残っていないことを確認する。

　一方、こっそり薬を蓄えようとする受刑者もいる。懲罰覚悟で、わずかな隙を衝いて錠剤を懐に落としたり、舌の下に隠したりする。

「刑務官も人間である以上、不正を百パーセント見抜くことはできない。飲んだふりをして薬を溜めこむ連中もいる。仮に大江が隠し持っていた処方薬を飲んで自殺したとなれば、とんでもないことになりますよ」

　冷や汗がこめかみを伝った。動悸が激しくなる。

　受刑者の自殺は、刑務所にとっては大問題に発展し得る。しかも自殺防止策を徹底した保護室での自殺となれば、こちらに何らかの落ち度があったとみなされかねない。当然、所長の今後にも影響する。

史郎は内心の焦りを隠しつつ、できるだけ穏やかな口調で言った。

「例えばメトホルミンを過剰に摂取すれば、乳酸アシドーシスに陥る可能性はあります」

史郎が処方したメトホルミンは、ナテグリニドのようなインスリン分泌を促進する薬と併用することで、糖尿病の合併症を抑えることができる。近年その効果が見直されてきた薬剤だが、副作用として乳酸アシドーシスが挙げられていた。血中の乳酸値が上昇し、酸性に傾くことで代謝異常を起こす。

「その、なんとかシスは、死ぬこともある?」

不安そうに眉根を寄せて、山田所長は問う。

「死亡率は五十パーセントといわれています」

所長の顔色が青を通り越して、壁紙のように白くなった。

「やっぱり、それじゃ」

「しかし。普通に服用していればアシドーシスになる例はそうありませんし、私が処方したのはすべて合わせても十錠ちょっとです。一気飲みしたからといってアシドーシスになるとは限りません。他の理由で突然死した可能性を考えるほうが現実的です」

それを聞いても、山田所長の顔色は戻らなかった。

「今の話だと、大江が死んだのは薬の副作用としか思えませんが」

「早計です。入ったばかりの大江がそう巧みに服薬をごまかせるとも思えない」

「死に物狂いになったら、人間何をやるかわからない……とにかく、大江が病死したという裏づけが出るまでは、自殺でないとは断言できないんでしょう？」

廊下から誰かの咳払いが聞こえた。その場にいた全員が反射的に振り返る。遺体を確認するだけのはずが、つい話しこんでしまった。

「いったん出ましょうか」

滝川の提案は無言で受け入れられる。来たときと同じように、滝川が先頭に立って外へ出る。いくつかの覗(のぞ)き窓から視線を感じつつ、史郎は東一舎を後にした。

診察室に戻った職員たちは再び暗い顔を突き合わせた。山田は患者用の丸椅子にどっかりと腰を下ろす。

「繰り返しになりますが……事件性があるとなれば、厄介極まりない」

「わかっています」

「だから検察が来るまでに、事件性の有無をはっきりさせたい」

刑務所内で死者が出た場合、規則上は所長の行政検視、続いて検察官の司法検視という順序になる。それでも死因が明らかにならなければ司法解剖へ移される。

だが実際には、司法検視を行う場合はそれまで行政検視も待つ場合が多い。現場に触ったのではないか、と検察官に余計な疑いを持たせないためだ。今回も、所長の行政検視は札幌地検の司法検視と同じタイミングで行うことにしている。

「明日の朝まで。ギリギリまで待って、朝八時半だ。八時半には担当の検察官がここに来る。それまでに大江の死因をはっきりさせてほしい。自殺か、病死か」

史郎は時刻を確認する。零時十七分。残り約八時間。

——無茶言うなよ。

「遺体に触れずに、死因を明らかにしろっていうんですか」

医師であるからには、史郎にも採血や解剖は可能だ。しかし遺体に触れれば検察官の疑いを招くことになり、ルール違反とも言われかねない。死因を究明するといっても、遺体には触れられないのだ。

「そう努力してくれという話ですよ。それに先生だって、処方した薬が原因だと勘ぐられるのは嫌でしょう?」

それも事実ではある。メトホルミン服用による死だとは考えたくない。早急に死因をはっきりさせたいのは史郎も同じだった。

「できる限りの努力はしますよ」

史郎が応じると、その場にいた全員の顔に安堵の色が浮かんだ。例外は滝川一人だった。

「一晩で死因を明らかにするなんて無茶ですよ」

「……絶対にできるとは、思っていない」

「先生も安請け合いはやめてください。医務課としても、仕事を増やされるのは迷惑です」

正直に言えば、史郎も同じことを思っている。

原因不明の死は世にあふれている。異状死と呼ばれる、死因究明の必要なケースは七人に一人の割合といわれる。解剖医の不足などもあり、異状死のなかでも九割弱は死因が究明されないため、死者全体のおよそ一割が死因不明ということになっている。刑務所だけではなく、社会全体における死者の話だ。

しかし、やるしかない。今は非常事態だ。

一応、話はまとまった。山田は椅子から腰を浮かせる。

「じゃあ、私は所長室にいるから」

職員宿舎へ帰るものだと思っていた史郎は、内心驚いた。死者が出た際にやるべきことが色々とあるのかもしれない。山田は疲れた足取りで扉に向かい、ドアノブに手をかけたところで振り返った。

「頼むぞ！」

何を頼まれたのかよくわからないが、ともかく史郎はうなずいた。他の刑務官たちも処遇部へ戻っていく。診察室に残されたのは史郎と滝川の二人だけだった。

「滝川さんは日勤だったのに、どうして残っているんですか」

「今、保健助手が私しかいないんですよ。仕方ありません」

立ったままの滝川がぽつりとつぶやく。

「しかし難しいんじゃないですか。一晩で死因を推定するのは」

「それでも、やるしかないでしょう」

博子のことが頭をよぎった。このところ、起こさなければ朝はずっと寝床で横になっている。勝手に外出するようなこともない。朝食を用意できないことだけが気になった。七時頃にいったん帰宅したほうがいいかもしれない。

「何からやりますか」

滝川の声で、はっと我に返る。今は大江の死因究明に集中しなければならない。さっさと仕事を終わらせれば、博子のことを心配する必要もない。気合を入れ直した。

「まずはカルテを見直しましょう」

滝川はすでに大江の分を用意していた。史郎は長い夜になることを覚悟しつつ、テーブルにカルテを広げた。


入所時健診の結果には取り立てて不審な点はない。気にかかるのは、血糖値が基準値をはるかに超えていることだけだ。強いて言えば体温が三十七度二分と高めだが、感染症を疑うような高熱でもないし、本人いわくこれが平熱だという。

やはりカルテでわかることには限界がある。

分析可能な検体といえば、入所時健診で採った血液サンプルの予備くらいだった。しかし当時の血液をもう一度調べたところで、このカルテに載っている以上のことは判明しないだろう。

まず確認したいのは、メトホルミン服用によって乳酸アシドーシスが引き起こされたかどうか。遺体の血中パラメータを測定すれば手掛かりがつかめるが、今は採血できない。

「血が採れればな」

つぶやきが漏れた。呼応するように滝川が言う。

「乳酸アシドーシスという病名は聞いたことがありますが、二十年以上保健助手を務めていて、疑われる例は一度も見たことがありませんからね」

「過剰服用や飲酒との併用でない限り、普通は起こりませんせん」

遺体が調べられないなら、状況証拠を見つけるしかない。

「そういえば、大江が薬を隠し持っていたかどうかは調べているんですか？　仮にメトホルミンを隠し持っていたのなら、何か痕跡があるかもしれない」

「もちろん保護室のなかをくまなく調べています。ただ、同室の受刑者にはまだ事情を聴けていません。夜更けに叩き起こして怪しまれても困るので」

「薬を隠すような真似が、大江にできるでしょうか」

滝川は太い眉をひそめた。

「そこまで気が利く人間には見えませんでした。第一、そうする理由がない。受刑者同士の取引に使うにしても、糖尿病の薬なんて普通欲しがりません。やるなら向精神薬でしょう。自殺目的にしても、入所するまで自分が糖尿病だということすら知らなかった大江が、メトホルミンの副作用なんて専門的なことを知っていたとは考えにくい。保護室に入れる前には身体検査もしていますから、隠し持っていればそこでわかるはずです。アシドーシスの線は薄いというのが個人的な意見です」

同感だった。しかしそれでは所長が納得しない。他にあるはずの、本当の死因を明らかにするしかない。史郎は本棚から糖尿病治療ガイドを引っ張り出して目を通す。

「糖尿病が突然死のリスクを高めることは間違いないんですよ」

その理由は複数考えられるが、もっともらしいものとしては、糖尿病による神経障害が痛覚を麻痺させるためだという説である。健康体であればとっくに気がついているはずの胸の痛みに気づかず、心疾患が悪化した末、心筋梗塞や心不全を起こして亡くなる。

治療ガイドをめくっているうち、ある項目が目についた。

「夜間低血糖の可能性はどうでしょう」

史郎は冊子のページを開いて、背後に立つ滝川に見せる。

一般的に、夜間睡眠中は血糖が下がりやすい。それは糖尿病患者も同じだ。就寝前にインスリン製剤などの血糖を下げる薬を服用すると、夜間の低血糖と相俟(あいま)って、血糖値が下がりすぎることがある。極端な場合には眠ったまま死に至ることもあり、『デッド・イン・ベッド症候群』とも呼ばれる。

「でもインスリンは処方していないんでしょう」

「ナテグリニドが原因かもしれない。あれも血糖を下げますから」

「ちょっと見せてください」

滝川は冊子に熱い視線を注ぐ。立ったまましばらく熟読し、顔を上げた。

「見てください。ナテグリニドの効果は四時間程度で消失するそうですよ。効果のピークはもっと早いでしょう。大江が薬を飲んだのは六時頃で、苦しみ出したのが十時半。個人差があるとしても少し遅いように思えます」

滝川の意見も一理ある。確定はできないが、夜間低血糖の可能性も低そうだ。

史郎は腕を組んで唸る。そうこうしているうちに一時半を過ぎた。この調子では、あっという間に朝を迎えそうだ。

もう一度、身上調査書に目を通す。以前、問診で聞いた彼の半生が浮かび上がる。

「……残念ですね」

「どうかしましたか」

「いいえ……ただ、やりきれない気持ちで。大江は生きていれば、もしかしたらやり直せたんじゃないかと思うと。強盗といっても、消極的な従犯ですし」

塀の内と外は、紙一重だ。

受刑者たちの身上調査書を読むたび、史郎はそう思う。看守と受刑者を分ける壁など、ちょっとしたきっかけで破れてしまう。だからこそ、矯正にかかわる者は己を律する必要がある。そこまで考えて、苦々しい笑みがこみあげた。

――まるでいっぱしの矯正職員だな。

史郎は崇高な志を抱いて、この職場で働きはじめたわけではない。返還義務をチャラにするため、仕方なく就いた仕事だ。それなのに、たった三か月で矯正職員としての自覚が芽生えはじめている。

一時間以上をかけて身上調査書を読んだが、手がかりらしき情報は見つからない。すでに時刻は三時を過ぎた。残り五時間半。滝川は腕時計に目を落として言った。

「糖尿病ではないとすれば、覚せい剤が原因でしょうか。現実的ではないですが……」

史郎は腕を組みなおし、天井を見上げる。常習中、あるいは薬物を断ってすぐの時期であれば、覚せい剤使用が原因で急死することはあり得る。覚せい剤の常用は心筋梗塞や心病変の直接の原因になる。しかし薬物中毒から抜け出して四年も経つ大江が、今さら覚せい剤の影響で命を落とすだろうか？

まだまだ、手掛かりが足りない。

「最近、大江に関して何かおかしいことはありませんでしたか。本当に些細なことでもいいんですが」

「私には思い当たることはないですが、他の刑務官に確認しましょう」

言うが早いか、滝川は医務課の電話を使って処遇部へ内線をかけた。他の刑務官を呼び出しているらしい。

「滝川だ。最近、大江に変わったところはなかったか……うん。いや、関係ないと思うことでもいい……うん、うん……本当に何でもいいんだよ。些細なことでも」

滝川は何名かと電話で話した。会話の短さからすると、新しい情報はあまり期待できないかもしれない。じきに受話器を置いた滝川が振り向いた。

「一つだけ、気づいた点がありました」

「本当ですか」

史郎は身を乗り出す。

ある刑務官によれば、大江は刑務作業の初日、製本工場での作業中に指を切ったのだという。紙で指を切るのはよくあることだった。しかも、慣れない大江は軍手をはめずに製本をしていたらしい。傷の手当ては申し出を受けた保健助手が対応した。

「それだけですか」

「それだけです。些細なことでもいい、とおっしゃっていたので」

史郎は考えこんだ。この情報から得られるものが、何かないか。軍手をはめていなかったのは、さすがに精神的な問題とは言いがたい。単なる不注意と捉えるのが自然だ。あるいは、その作業中に何か特別なことが起こったのか。

「その本を見せてもらうことは、無理でしょうね」

「ええ。もう捨てたそうです。血で濡れていて、とても売り物にならなかったと」

本が血で濡れていた。それは少し、妙ではないか。

「普通、指を切ったくらいでは本が濡れるほどの血は出ませんよね」

滝川は沈黙した。不自然さに気づいたらしい。史郎は思いつくままを口にした。

「もしかして、大江は自分では傷に気がつかなかったんじゃないですか。周りにいた誰かに流血を指摘されるまで気がつかなかった。だから本が血で濡れていたんじゃないですか」

「……つまり？」

「大江は糖尿病性の神経障害だったのかもしれない」

高血糖は神経細胞を害し、痛みや痺れを引き起こすほか、逆に痛みを感じさせなくすることがある。糖尿病患者のなかには、裸足でガラス片を踏みつけても痛みを感じないという者もいる。

「そうなると、持病を抱えていた可能性も十分ある」

痛覚が鈍れば、ケガや病気への感度が低下し、気づかないうちに病が重篤化することも多い。大江も急死の原因になるような心疾患を抱えていた可能性がある。

少しずつ、核心に近づいてきたような気がした。しかし滝川が慎重に言い添える。

「ですが急死につながるような重篤な持病なら、入所時の検査で何か徴候があってもいいはずでは？」

その通りだ。バイタルサインに心疾患の予兆はない。血液検査も血糖以外に異常値はなかった。それとも、検査できていない成分が影響しているのだろうか。

前進はしている。あと少しで指がかかりそうだ。しかしまだ、答えには届かない。

夜は少しずつ、朝へと変貌している。


診察室を支配する重苦しい沈黙は、電話の呼び出し音で引き裂かれた。間延びしたコールに応じて史郎が受話器を持ち上げると、山田所長の悲痛な声が流れてきた。

「是永先生。真相はわかりましたか」

史郎は受話口にかからないよう、こっそりとため息をついた。

「検討しているところです」

「もうすぐ朝ですよ」

「あとまだ五時間あります」

「五時間だけですよ。必要な検査があれば、すぐに言ってください。融通しますから」

おざなりに礼を言って通話を切る。

「所長ですか」

質問に無言でうなずく。滝川は診察室に一つだけの窓を見てひとりごちた。

「じきに朝が来ます」

空はまだ夜更けの色をしているが、間もなく黒い空は藍色に変わり、青みを増していくだろう。八時半には検察官が来る。

核心には迫っている。

あと少し。あと一つ、何かヒントがあればわかりそうなのだ。しかし、そのヒントがどこに落ちているかわからない。史郎はパソコンを立ち上げ、ウェブで論文を検索した。これまでに出たキーワードを一つ一つ洗い出し、思いつく限りの単語を入力していく。

突然死。

心臓を掻きむしっていた遺体。

糖尿病。

覚せい剤の使用歴。

神経障害。

遺体の死亡確認を思い出す。触れた首筋にはまだ熱があった。

史郎の脳裏をある病名がよぎった。研修医のときに一度だけ、救急センターで遭遇した症例。あのときも、患者は糖尿病を患っていたのではなかったか。

——もしかして。

思い当たる単語をキーワードと一緒に入力する。検索結果が表示された。

「……これは」

つぶやきが漏れる。史郎は興奮を抑えて滝川に言う。

「わかったかもしれません」

そう言うと、さすがの滝川も目を見開いた。

「死因が、ですか」

「ええ。まだ想像に過ぎませんが」

史郎は思いついた病名を告げ、その根拠を挙げた。直立不動で腕を組んでいた滝川は身じろぎもせず説明に耳を傾ける。史郎がすべて話し終えると、滝川はわずかに間を置いて、軽く息を吐いた。

「……驚きました。しかし、確かにそれなら辻褄が合います。少なくとも、私には矛盾は思いつきません。血も採らず……よく、そこまで推測できましたね」

「しかし、現時点では推測に過ぎません」

史郎は下唇を噛んだ。せめて状況証拠がなければ、地検の検察官には話せない。

「入所時健診の血液サンプルはすぐに用意できますか」

「ええ、まあ……まさか、今から分析するんですか」

「当たりはついています。でも分析する手段がない」

「でしょうね。先生の見立てには間違いないと思うんですが」

滝川は無念そうに窓を見ている。もはや諦めている風情だ。

大江を殺した犯人の予想はついている。血液検査さえできれば。ここまで来れば、あとは検査するだけなのだ。時間をかければ確実にわかる。しかしそれでは司法検視を切り抜けられない。

――検査機関に駆けこむか？

あれだけ所長が必死なら、行政に掛け合うくらいはしてくれるかもしれない。しかし午前四時からスタッフが稼動している検査機関など思いつかない。分析方法もそれなりに専門的だ。北海道全土を探しても、分析可能な機関は数えるほどしかない。

「いや」

待てよ、と史郎は声にならない声でつぶやく。

一人だけ、いる。午前四時でも活動している、とっておきの専門家が。考えれば考えるほど、これ以上は望めない適任者だった。

史郎はロッカーからスマートフォンを回収し、駐車場に停めた車の運転席に滑りこんだ。登録した氏名をタップすると、すぐにコールがはじまる。一度、二度、三度。コールは鳴り続ける。

十度目のコールを聞き届けて、史郎は通話を切った。肺から大きく息を吐き出す。ふう、と声になった。

――そう都合よくはいかないか。

仮に出たとして、引き受けてくれるかはわからない。引き受けてくれたとして、サンプルを届けるのが間に合うかわからない。一晩で死因を究明しようとすること自体、そもそも無理があった。

博子のことを思い出した。母はまだ、眠っているだろうか。

そのときだった。マナーモードにしているスマートフォンが震え出した。背もたれに身体を預けていた史郎はバネ仕掛けの人形のように起き上がり、すかさず電話を取る。

「もしもしっ」

「今、かけた？」

有島紗枝はフラットな口調だった。寝起きには聞こえない。史郎は見立てが誤っていなかったことに安堵した。一日三時間睡眠のショートスリーパーにして、研究室に寝泊まりする感染症検査のプロ。頼める相手は彼女以外にいない。

「こんな時間にごめん」

「朝四時に電話受けたの初めてだよ。まあ、二時から起きてたからいいけど。それで？」

史郎は本題を切り出す。

「β（ベータ）溶血性レンサ球菌の迅速検査ってできるか」

「GBSが見たいの？　サンプルは？」

「血液」

「それなら、リアルタイムPCRでできるけど」

「今からそっちに行くから、すぐに検査してくれないか」

「今って、本当に今から？　何時かわかってるの」

初めて有島の口ぶりに動揺がにじんだ。それはそうだろう。午前四時に今すぐ検査をしてくれと頼まれれば、誰だって動揺する。

「無茶だってことはわかってる。裏づけが欲しいだけなんだ。データは表に出さない。有島の名前も。だから協力してくれないか」

なぜここまで必死になっているのか、史郎自身にもわからなかった。自分のため？　所長のため？　刑務所のため？　厳密に言えばどれも違う。史郎は大江の死の尊厳を守るため――彼が自殺だったなどとは誰にも言わせないために、唾を飛ばして熱弁している。

「そうだなあ」

平静を取り戻した有島は、さして悩むことなく答えを出した。

「訊きたいことは山ほどあるけど、とりあえず来たら」

ありがとう、といつにない大声が出る。診察室へ戻り、今度は所長室へ内線をかける。山田所長は一コールで出た。

「どうしました。わかったんですか」

「これから旭川に行ってきます」

「旭川ぁ？」

山田がすっとんきょうな声を上げた。

「なんでまた。車で二時間はかかりますよ。いったいどういう理由で……」

「所長は朝までに答えが欲しいんですよね」

「それは、まあ」

「なら、今すぐ行かせてください。あと、分析のために大江の血液サンプルも持ち出します。安心してください、分析するのは信頼できる人間ですから」

史郎は早口でまくしたてる。意図したわけではなく、自然とそうなった。迫力に圧倒された山田は弱った声を出す。

「わかった、わかった。旭川に行かないといけないんですね。なら、こっちは何とかするから行ってください。でも無茶なことはしないでくださいよ！」

所長が何とかすると言った以上、迷う理由はなかった。受話器を置くと、滝川が待ちかねたように質問した。

「今から旭川ですか」

「八時半には戻ります。遅れたら、何とか検察官を引き止めておいてください。あと、予備の血液サンプルを運ぶ準備をしてください。至急お願いします」

滝川は余計なことを尋ねず、すぐさま準備に移った。

十五分後、白衣を脱いだ史郎は運転席にいた。助手席には保冷バッグに入れた大江の血液サンプルがある。アクセルを踏みこみ、早朝の町に飛び出す。

半袖シャツを着た腕には鳥肌が立っている。朝日で白みはじめた空は快晴だ。新緑に挟まれた広い道路を走れば、気分はいやがうえにも高まってくる。徹夜は気分を昂らせる。学生時代、当直バイト明けの早朝、史郎はよく高揚感を味わっていた。だが、今感じている興奮は徹夜のせいだけではなさそうだった。

道央自動車道を北上する。高速道路に乗ってからは、数えるほどだった車影がさらにまばらになる。恵庭（えにわ）、北広島を抜けて札幌ジャンクションに至る。そこから先は百キロ以上の道のりをひた走る。風景が目にも止まらない速さで後方へ飛び去って行く。完全に地平線から昇りきった太陽が、大地を照らしている。

旭川を訪れるのは四度目だった。

中学二年生の遠足が一度目、大学四年生の学会が二度目。美波とのデートが三度目。三度とも旭山動物園に足を運んだが、今回ばかりは寄る暇はない。

旭川医療大学のキャンパスに乗り入れ、医学部棟の裏手にある職員用の駐車場に停めた。守衛に有島の研究室の場所を訊き、保冷バッグを抱えて駆けつける。廊下では徹夜明けと思しき、目をしょぼしょぼさせた数名の学生とすれ違った。お互いお疲れさん、と史郎は心のなかでつぶやく。

微生物学講座の教員居室に、有島はいた。背もたれの高い椅子に腰かけ、コーヒーを飲んでいる。艶やかな髪や生気のみなぎる目つきからは、睡眠不足を感じさせない。

「おはよう」

煙草の残り香がした。有島のジーンズのポケットから、メンソールの箱がのぞいている。

「急で悪い。助かる」

「今度奢ってくれればいいよ。検体はそれ？」

史郎は保冷バッグから採血管を取り出しながら、手短に説明した。同じ医師だけあって、有島はすんなり事情を飲みこむ。

「つまり、その血液検体からGBSが検出されれば、あんたの勝ちってことだ」

「勝ち負けじゃないけど。そうなんじゃないかと思ってる」

「よし。やると決めたらさっさとやろう」

保冷バッグごと受け取った有島は席を立った。

「どれくらいで結果が出る？」

「超特急で二時間半」

反射的に腕時計を見る。午前六時十九分。

「二時間で、何とかならないか」

史郎が両手を合わせると、有島は苦笑した。

「なるべく努力する。必死になっちゃって、どうしたの。珍しい」

「わからない。わからないけど……大事なことのような気がするから」

ふうん、と有島は真顔で検体の入った保冷バッグを見る。

「何があったか知らないけど。また今度じっくり聞かせてよ」

有島はそのまま実験室へ入って行く。

「結果が出たら、すぐ連絡する」

史郎は早足で駐車場に戻り、来たばかりの道を戻った。帰り道は少しだけ車影が増えていた。高揚感の代わりに、今度は不安が湧いてくる。見立てが違っていたら、旭川まで来た苦労が水の泡だ。家に置いてきた博子のことも気がかりになってきた。

刑務所へ戻る前に少しだけ家に立ち寄る。母の靴があることを確認する。暗い居間は無人だった。

「母さん？」

寝室を開けると、博子はベッドの上で目を開けて横たわっていた。カーテンが閉じられたままの窓から、うっすらと日光がにじんでいる。史郎に気づくと、博子はうめくように言った。

「どこ行ってたんだよ」

「ごめん。仕事で呼ばれて」

「何が仕事だよ。もうこんな時間だよ。いつになったら朝ごはんが食べられるの」

史郎は急いでキッチンに取って返し、レトルトの粥（かゆ）と味噌汁を温めた。食器に盛っていると、携帯電話が震え出す。職場からだ。かけてきたのは滝川だった。

「検察が来ています。先ほど検視に行きました」

「もう、すぐ近くまで来ていますから、何とかつないでください」

八時半。有島からの連絡はまだない。簡単な朝食を博子に出し、「すぐ戻るから」と言い残して、史郎は慌ただしく自宅を出発した。

千歳刑務所で車を停めたとき、ようやく待ちに待った連絡が来た。運転席に座った史郎はディスプレイに有島の名前が表示されているのを確認して、受話ボタンをタップする。

「もしもし。どうだった」

「よかったね。あんたの勝ちだよ」

有島の声に全身の力が抜け、史郎は運転席から滑り落ちそうになった。

――間に合った。

＊

所長室に入ると、応接ソファの片方に山田所長が、もう片方に滝川が座っていた。史郎は滝川の隣に腰を下ろす。正面の山田は上機嫌で切り出した。

「先日はお疲れ様でした。やっぱり、司法解剖まで行かなくてよかったですよ。不審死は本当に厄介ですから。ましてや自殺の可能性があるとなれば。是永先生じゃなければ、難しかったでしょうねぇ」

「私は大江が自殺じゃないことを証明したかっただけで」

「まあまあ。そう謙遜しなくても」

司法検視の場で、検察官に大江の死因を説明したのは史郎だった。検査結果を交えた説明が功を奏し、札幌地検の担当官は事件性なしと判断した。検察官が帰った直後に山田が見せた、安堵の笑顔は忘れられない。

　珍しい症例であることから、その後、大江の遺体は解剖に回されることとなった。ただし司法解剖ではなく、大学の解剖学教室への献体という形である。もちろん山田の経歴に傷はつかない。これから史郎と滝川は、解剖結果をもとに、大江の死因について詳しく報告することになっている。山田は明るく言う。

「正直に言うと、検視のときの説明ではよくわからなかったんでね。報告書を作るにしても、詳しく説明してもらったほうがいいと思って」

　史郎はまず、一枚の用紙を差し出した。そこには培養検査の結果が記されている。大江の血液検体から検出されたのは〈β溶血性レンサ球菌〉。カッコ付きで〈GBS〉とも記載され、具体的な菌種も併記されていた。

　ストレプトコッカス・アガラクチア（SA）。これが、大江を死に至らしめた犯人の名前だった。

「これは、細菌の名前なんですよね」

「そうです。SAはβ溶血性レンサ球菌と呼ばれる細菌の一種です」

「つまり、大江の死因は感染症だったということですか？」

「大江は菌血症――血中に細菌が混入した状態だったんです。普通、血液のなかは無菌に保たれているんですが、基礎疾患があるとそこに細菌が入りこむことがある。特に、大江のような糖尿病を患った人の場合は、β溶血性レンサ球菌が侵入しやすいんですよ。なかでも多く検出されているのがＳＡです」

山田は腕を組む。

「そのＳＡというのが悪い菌だということはわかりました。大江は血液に細菌が入ったせいで死んだんですか？」

「正確には、血液にいたＳＡが心臓で炎症を起こしてしまったのが死因です。医学的に言うなら、感染性心内膜炎による完全房室ブロックです」

途端に山田の頭にクエスチョンマークが浮かぶ。滝川が口を挟んだ。

「わかりやすく言えば、心臓を動かすシステムがダウンしたということです」

「わかりやすくなっているかなぁ」

山田は口をへの字にしている。史郎はひとまずそれを無視して説明を続ける。

「ヒントの一つ目は体温の高さです。大江は三十七度二分で平熱だと言っていましたが、体質的に体温が高かったのではなく、発熱していたと考えるのが妥当です。加えて、遺体は私が触れたときはまだ温かかった。熱かったと言っていいくらいです。大江は亡くなったとき、高熱を出していたのではないかと考えました。感染性心内膜炎は高熱を伴いますから、これは病態と合致している」

史郎の手のひらには、いまだに大江の熱が残っている気がする。

「もう一つのヒントは、大江が覚せい剤常習者だったということです」

「覚せい剤、感染症……」

はっとした顔で山田が言う。

「わかった。そのSAという菌は回し打ちから感染したんだな」

「恐らくそうだと思います」

話の先を読んだ山田所長は、得意げに鼻をこすった。

静脈注射での覚せい剤常習者は、回し打ちや針の再使用といった理由から感染症に罹ることがある。大江の体内にいたSAも静注によって侵入した可能性がある。

「覚せい剤を使っていた当時、大江は回し打ちで細菌が付着した針を使ったんでしょう。もともと高血糖というリスクを負っていた大江の血液は、SAが侵入するのに好都合だったのかもしれません」

汚染された針を使用すれば、そこに付着した有象無象の細菌やウイルスが使用者の体内へと侵入する。細菌は全身を巡り、やがて心臓の弁や内壁に付着して炎症を起こす。これが、汚染針によって感染性心内膜炎が起こるメカニズムである。

「SAによる感染性心内膜炎は稀ですが、報告例はあります」

文献を調べた史郎は、海外も含めていくつかの症例を確認した。大江の罹ったSAによる感染性心内膜炎は、組織の破壊が非常に速く、急激に死に至ることもあるということがわかった。

「彼が最後に覚せい剤を打った四年以上前、すでに発症の種は播かれていたんでしょう。汚染針を使ったせいで、大江の血液にはSAが入りこみ、時間をかけて細菌の塊は少しずつ成長していった。そして、細菌の塊が血流に乗って心臓の内壁に付着し、炎症を起こした」

「心臓で炎症を起こしても、痛みを感じないものですか」

「もちろん徴候はあったでしょう。普通は心臓で炎症が起これば痛みを感じます。しかし彼は糖尿病のせいで神経障害を起こしていた。だから心臓の痛みにも気づくことができなかったんです」

大江自身が気づかなかっただけで、彼の体内ではずっと以前から感染性心内膜炎が進んでいたのだろう。しかし本来感じるはずの痛みは、神経障害のせいで感じられなかった。死に至るまで大江には自覚症状がなかったのだ。突然死に見えたのはそのせいだった。

「ははあ、なるほど。やっと理解してきましたよ。大江に自覚がなかっただけで、本当はずっと前から前兆があったということですか」

「そう考えていいと思います」

　今度は横から滝川が尋ねた。

「しかし、是永先生はなぜ菌種がＳＡだとわかったんですか。細菌にも色々種類があるでしょう。病態からそこまでわかるものですか」

「一番の手がかりは、やはり糖尿病でした。糖尿病とＳＡは関係が深いんです。ＳＡ感染者のうち、四十六パーセントが糖尿病患者だったという調査結果もあります。それに、大江が神経障害だったとはいえ、致命的な痛みが何時間も続いていればさすがに気づくはずだと思いました。苦しむ時間が短い劇症型だったと考えると、急速に組織破壊が進むＳＡじゃないかというのが私の予想でした。あくまで状況からの推定なので、間違っている可能性も十分あったんですがね」

「すばらしい。さすがは矯正医官です」

　山田が満面の笑みとともに手を叩いた。細められた目が顔のなかに埋もれている。

　史郎自身、直面した経験がなければ、まず感染性心内膜炎とはわからなかっただろうと思う。救急センターでの研修で、一度だけその病で倒れた患者が運ばれてきたことがあった。突発的な不整脈が起こり瀕死の状態で、ひどい高熱を出していた。瞬間死してもおかしくない状況だったが、患者は一命を取りとめた。糖尿病の基礎疾患があった点も大江と同じだった。その出来事がなければ、感染性心内膜炎という病名には至らなかっただろう。

「おかげさまで理解できました。いや、本当にお疲れ様でした」

山田は史郎と滝川に握手を求めた。二人は素直に応じる。

所長室を後にして医務棟へ戻る。診察室に戻った史郎は、滝川に何気なく言った。

「改めて、大江が自殺していないことを証明できてよかったですよ」

「……先生、謝らせてください」

そう言うなり、滝川は史郎の正面に回りこんで深々と頭を下げた。突然の謝罪にぎょっとした史郎は「何のことですか」と応じるのが精一杯だった。滝川は十秒ほども頭を下げ、ようやく顔を上げた。気まずそうにうつむいたまま、滝川が言う。

「正直に言うと、大江の死因を突き止めるのは無理だろうと思っていました。この春に来たばかりで、現場経験の浅い是永先生にそんなことができるはずがないと。いや、経験豊富な医師でも難しいでしょう。しかし先生は私の浅薄な予想を裏切った。感服しました」

滝川は再度頭を下げた。口にしなくても済むことなのに、よほど生真面目な性格なのか。史郎のほうが慌てた。

「そんな……一緒に滝川さんが検討してくれたお陰です」

「いえ、私は誰にでもできることをこなしたに過ぎません。これからもよろしくお願いします」

二回り以上も年上の刑務官は、直立したまま三たび頭を下げた。

かつて、滝川と似た指導医が教えてくれた。矯正医療に限らず、医療はチームワークだ、と。

医師だけでは診察は立ち行かない。看護師や技師、その他多くの職員がいて初めて〈医療〉になる。決して驕(おご)らず、周囲の職員に対する感謝を忘れないこと。

滝川の存在は、改めてその教えを思い出させてくれた。

＊

平坦な読経(どきょう)が参列者たちの耳に響く。所内で行われる供養では、市内にある寺の住職がボランティアで経を読んでくれる。僧侶の声をかき消そうとするように、蝉(せみ)の鳴き声が渦巻いていた。

炎天下で手を合わせる史郎は、額に汗が流れるのを感じた。前方には所長をはじめ、部長クラスの刑務所幹部が顔を揃えている。滝川たち保健助手も神妙な顔で参列していた。

目の前には、木々に囲まれた小さな墓石が並んでいる。僧侶が来る前に清掃したため、墓石に生えていた苔(こけ)は落とされ、表面はつるりとしている。

千歳刑務所にはひっそりとした無縁墓地がある。引き取り手のない遺体は刑務所で荼毘(だび)に付され、そこに埋葬される。

八月十四日。敷地の西端にある無縁墓地では、毎年盆の時期になると供養が行われる。刑務所幹部の他、医務課の職員も参列する。史郎が参加するのはもちろん初めてだった。そこには大江の遺骨も納められている。

大江の親族は、全員大江の遺体引き取りを拒んだ。母も兄も弟も。遺体が献体として解剖されることにも、誰も反対しなかった。刑務所の好きにしてくれ、というのが唯一の意見だった。

線香から立ち昇る煙が、入道雲の湧く青空へ吸いこまれていく。亡くなった受刑者たちの魂が空へと還っていくようだった。

供養が終わると、その場で解散となった。きびきびと職場に戻る刑務官たちに追い抜かれながら、史郎はどこかぼんやりとした気持ちで歩いていた。言葉にできないやるせなさが、わだかまっている。

「暑いなか、ご苦労様でした」

ふと隣を見ると、山田所長が歩調を合わせて歩いていた。

「所長こそ、お疲れ様です」

「受刑者の供養も所長の仕事ですから」

大江の遺骨を納めたとき、参列したのは僧侶を除けば山田所長だけだったらしい。無縁墓地を前に、手を合わせる小太りの後ろ姿が目に浮かんだ。

「家族が全員引き取りを拒否したと聞いたら、大江はどう思うでしょうね」

「刑務所で亡くなった人はたいてい、その後も刑務所で過ごすことになります。家族が引き取ってくれるケースのほうがずっと少数ですよ。その点、彼がここに埋葬されたことは珍しくも何ともない」

山田の口調には、諦めから生まれる乾きがあった。

所内で受刑者が亡くなった場合、大多数の家族には遺体の受け入れを拒否される。受刑者の家族は、犯罪者となった身内に冷たい。その気持ちは史郎にもわからないわけではない。それぞれの家族の事情もあるだろう。それでも寂しさは消えない。

ただ悲しいのはね、と前置きをして山田が言う。

「大江の弟さんは刑務作業に賃金が支払われることを知っていました。そのうえで『遺体は引き取れないけど、お金があるならもらいます』と言われました」

史郎は絶句した。確かに、受刑作業には時給数円程度ではあるが作業報奨金という名目で対価が支払われる。通常、保釈時に渡されるものだ。山田は苦笑した。

「でも、それが本音だと思いますよ。どんなに少額でも、お金があって困るという人はいないでしょうから。ただねえ……何と言えばいいのか」

蟬は鳴きやまない。延々と読経を続けるように、一定のリズムを刻み続ける。いつしか、周囲には誰もいなくなっていた。史郎と山田は並んで庁舎の方角へ歩く。

「是永先生は、刑務官が何のために働いていると思いますか？」

「……難しい質問ですね」

「犯罪者を牢のなかに閉じこめておくため。受刑者に罪の償いをさせるため。いずれも正しいと言えますし、それだけではないとも言えます」

山田は額に浮かぶ玉の汗をハンカチで拭き取る。史郎は白衣の袖で顔を拭った。

「私は矯正長です。そして、私たちの使命は受刑者の『矯正』です。罪を犯してしまった受刑者が、刑期を終えて社会に復帰するとき、再び悪の道に染まらないようにすることです。理想論だということはわかっていますよ。でも、理想だとしても、それを完全に忘れてはいけないと思うんです」

いつものにこやかさは、なかった。真剣な面持ちの山田は、所長にふさわしい威厳を漂わせていた。

「正直に言って、私は腕っぷしに自信があるわけでもないし、事務作業くらいしか取り柄はありません。臆病で、保身を考えてしまうような弱い人間です。でも私のような刑務官が、少しくらいはいてもいいんじゃないでしょうか。強い人には理解できない心の弱さも、私にはよく理解できる。そういう弱い人間が、手助けできる場面もあるんじゃないかと思うんです」

そこまで語って、ははは、と山田は笑った。

「これも保身のための正当化かもしれませんね」

史郎は途中で山田と別れ、庁舎へと歩いていく背中を見送った。

初めて、山田が出世する理由がわかった気がした。組織は理想だけでは立ち行かないし、実務だけではいずれ滅びる。理想家であり実務家である山田が重用されるのは、理に適(かな)っている。

そして何より、史郎自身の魂が共鳴していた。山田の言葉に心のどこかが震えていた。

天井が抜けたような夏空が、果てしなく頭上に広がっている。塀の内と外は空でつながっていた。ひとつなぎの世界にあるのは隔絶ではなく、緩やかな濃淡の違いに過ぎない。

史郎は医務棟へと歩を進める。慌ただしい日常へと帰っていく。

矯正医官にも、刑務官と同じ使命があるはずだと信じて。

第三章　誰(た)がために燃える

病床に横たわる老人は微動だにしない。

影像のように、顔に刻まれた皺一つ動かない。かさついた肌にはところどころシミが浮いている。後頭部に薄く残った頭髪は、白い毛糸のようだった。

史郎はその両目をのぞきこむ。色素の薄い、くすんだ瞳。彼の目には今、何が映っているのだろう。史郎は想像する。若き日の友人たちか。この世を去った親兄弟か。それとも、かつて一緒に暮らしていた娘だろうか。

いずれにせよ、今の彼には会うことのできない相手だ。

称呼番号二一二八。佐々原勝彦(ささはらかつひこ)。七十九歳。非現住建造物等放火罪で懲役四年。

時おり彼の身に幻視——実際には見えないものが見える——が起こることは、公判記録からもはっきりしている。証人は佐々原と同居していた娘だった。たまに、何もない場所に向かって語りかけることがあるという。

「佐々原さん。体調はどうですか」

史郎の声かけにも佐々原は反応しない。微動だにせず、壁のほうをじっと見ている。

──まだ調子は戻らないかな。

佐々原の病状には波がある。意識がはっきりしているときと、ぼんやりとして受け答えのできないときの差が大きい。

佐々原の病名は、レビー小体型認知症。

認知症は、その傾向から四つの代表的な種類に大別される。最も多いのは、もの忘れや判断力低下が起こる〈アルツハイマー型〉。次に多いのが脳梗塞や脳出血が原因で起こる〈脳血管性〉。全体の一、二割とみられる〈レビー小体型〉。博子のかかっている〈前頭側頭型〉は一割以下といわれる。

レビー小体型では、その名の通り大脳皮質にレビー小体と呼ばれる物質が出現する。幻視や妄想、パーキンソン症状と呼ばれる運動障害が起こる。

佐々原の場合は、犯行の数年前からレビー小体型認知症を発症していた。逮捕時にはまだ要介護1で問題なく歩くこともできたが、現在はパーキンソン症状が強まり、ほとんど寝たきりの生活を送っている。史郎の見立てでは中期から後期、要介護4といったところだ。

「何か見えていますか。人ですか、物ですか」

「…………」

「ご飯はどうですか。おいしく食べられていますか」

「…………」

「私の声が聞こえますか」

返答はない。

四年前、佐々原は北広島市の郊外にある古い空き家に放火した。死傷者はいなかったものの、建物は全焼。家屋に保管されていた金券も焼失した。推定被害額はおよそ数千万円と見積もられた。

佐々原は、燃え盛る空き家のそばで徘徊（はいかい）していたところを警察に保護された。さらに着用していたパジャマに灯油が付着していたことから事情を聴取したところ、「火をつけたのは自分だが、それ以外は覚えていない」とみずから告白した。

事件前後の記憶がはっきりしないことについて、警察は認知機能の低下によるものだと結論づけた。史郎もそれが妥当な判断だと思う。おそらくは、病状が悪いときに犯行に及んでしまったのだろう。

史郎は佐々原との対話を諦め、次の病床へ移った。バインダーに挟んだ、聞き取り対象者のリストに目を落とす。

――やっと三分の一かな。

山田所長の指示で、史郎は六十五歳以上の受刑者を対象に、健康面での悩みについて聞き取りを進めている。高齢受刑者の実情を調査するためだ。高齢者の医療ケアには予算も人手もかかる。それを本省に納得させるための調査だった。

千歳刑務所の受刑者は二割弱が六十五歳以上で、その大半が何らかの心身の不調を訴えている。なかには半身不随や寝たきりなどで、まともに刑務作業ができない者もいる。佐々原もそういった受刑者の一人だ。

寝たきりになったからといって、受刑者を刑務所から追い出すわけにはいかない。彼らの日常の世話をするのは、模範的な受刑者や刑務官たちだ。食事、排泄、入浴などの介助をする風景は、一般的な介護施設とほとんど変わらない。

その日の調査を終え、診察室に戻った史郎は滝川に尋ねた。

「佐々原さんの娘さん、引受人の件はどうですか」

「駄目ですね。面会には来てますが」

史郎にとって目下の悩みの種は、身体の不自由な受刑者たちの出所後である。

孤独に亡くなった大江の例を挙げるまでもなく、罪を犯した受刑者たちに対して親族は冷淡である。自宅に連れ帰るどころか、身元引受人になることすら拒否されるのがほとんどだ。

仮釈放には身元引受人が必要である。保護会などの更生保護施設が引受人を務めることもあるが、現状どの施設も手一杯だ。引受人が見つからないために仮釈放できないというケースは少なくない。

佐々原も仮釈放が迫っているが、身元引受人はいまだ決まっていない。両親はすでに亡くなり、兄や弟も故人となっている。離婚した妻は行方がわからず、甥や姪にも連絡を取ったが一蹴された。

唯一、可能性が残されているのが、事件前に同居していた娘だった。

佐々原はおよそ三十年前に妻と離婚し、一人娘を引き取った。以後、佐々原が放火事件を起こすまで、父子は一つ屋根の下で暮らしてきた。娘に配偶者や子はない。

刑務官たちは娘に身元引受人となってもらうため、説得を試みている。彼女はたびたび面会に来るが、身元引受人は頑として引き受けようとしない。受刑者の身内の反応は、概ねこんなところだ。面会に来る家族すら少数だった。

史郎がさらに案じているのは、満期で出所した後のことだった。さすがに刑期を終えた人間を刑務所にいさせるわけにはいかない。出所後、彼らは厳しい現実に直面することになるだろう。そのとき家族や友人がいるといないとでは、生活もまったく違ってくる。

診察室で書類の整理をする滝川に、史郎はぽつりと言う。

「必要なら、私も交渉の場に出ますから」

史郎にとって、佐々原の娘は他人とは思えなかった。両親の離婚。親と二人での生活。認知症にかかった親の介護。彼女の置かれた状況には、史郎との共通点があった。だからこそ、佐々原の娘には父親を受け入れてほしい。そうでないと、自分が博子を受け入れることに挫けてしまいそうだった。

高齢受刑者への聞き取りを行っている間も、もちろん通常の診察を続けている。秋が深まるにつれて、日に日に気温が低下している。受刑者たちの有訴の内容も変化していた。

特に増えているのが、不眠やうつ症状である。とりわけ不眠の多さは深刻だった。なぜか同時多発的に複数の受刑者が不眠を訴えるようになったのだ。それも人間関係のストレスとか、同室者のいびきとか、理由はまちまちだった。刑務所では時おり原因不明のシンクロニシティが発生するが、それにしても訴えが多すぎる。

気のせいか、松木が収容されてからというもの、千歳刑務所全体がどこか浮き足立っているように感じる。あるいは、史郎の心境がそう見せているのかもしれない。

松木と同じ共同室に入る受刑者は、診察室に来るなり憤慨していた。頭の薄い、五十過ぎの男だった。

「お前の親父のせいで、皆迷惑してんだよ」

滝川が「黙れ」と叱責したが、男はさらに言い募った。

「そっちが黙ってろ、俺は懲罰覚悟で来てんだよ。いいか、おい。お前の親父、夜中に起き出してはぶつぶつ喋ってんだぞ。死ねとか殺すとか。正気じゃねえよ。うるさくてこっちは眠れやしないんだ。お前も医者だか知らねえが、あの父親の息子なら、どうせロクなもんじゃねえ！　医者なら、まずてめえの親の治療をやれよ！」

騒ぎを聞きつけたのか、診察室に二人の刑務官が駆けつけた。滝川と一緒に、叫び続ける男を取り押さえて部屋の外へ引きずり出した。男は最後まで何事か喚いていたが、遠ざかるにしたがってその声は小さくなっていった。

一人残された史郎は、男の訴えを反芻していた。心当たりはある。おそらく、夜中に独り言をつぶやくというのは事実だろう。松木にはずいぶん昔からその癖があった。しかも、本人もそれを自覚している節がある。

史郎と一緒に暮らしていたころ、松木は夜中に布団を抜け出すことが頻繁にあった。特に深酒をした夜は注意が必要だった。おぼつかない足取りで家のなかを歩き回り、しきりに舌打ちをしたり、「何見てんだ」「殺すぞ」と物騒な台詞を口走ることが多かった。日中の卑屈な態度とは裏腹に、狂暴な本性が剝(む)き出しになっていた。夜闇(やあん)のなかを動き回る松木を見るたび、史郎は恐怖にすくんだ。

はっきりと意識があるようには見えない。睡眠時遊行症——いわゆる夢遊病に近いものだと思われたが、当時の史郎にそんな判断ができるはずもなかった。夜になると父は化物になるのだと思い、自分に化物の血が流れていることが恨めしかった。

ある秋の夜だった。松木は例によって「ぶっ殺す」と独言しながら歩き回っていた。博子は眠りにつき、目が覚めてしまった史郎は布団のなかで震えていた。台所の小窓から差す月明かりの下、松木は半眼で歩き回っていた。

ふと、松木が立ち止まった。そのとき、ぱっと史郎のほうを向き、目が合った。

息を呑む間もなく、松木に布団を引き剝がされた。史郎は喉の奥で小さい悲鳴を上げ、身体を丸くした。他に自分の身を防御する手立てはない。松木は直立したまま、史郎を見下ろしていた。

じき、松木は台所の引き出しから一本の三徳(さんとく)包丁を抜き取った。母が料理に使っている、安物の包丁。その柄を今、松木の無骨な手が握っている。寝言もいつの間にか消えていた。

「ぶっ殺してやろうか」

松木の目はくりぬかれた穴のようだった。真っ黒な空洞が二つ、じっとこちらを見ている。史郎は空虚な両目から視線を逸らさず、首を横に振った。目を逸らせば、その場で殺されると直感した。今でもその直感は間違っていなかったと信じている。

そのとき、松木は何を考えていたのだろう。からかってみただけ、ということはあり得ない。たとえ一瞬でも、松木は確かに本気で史郎を刺し殺そうとしていた。それが夢の延長線上だったとしても。

しばらく見つめ合っていると、松木は包丁を下ろした。

「もう、いい」

急に興味を失ったかのように、包丁は流しへ投げ捨てられた。そのまま松木は布団に潜りこみ、高いびきをかきはじめた。太ももに痛みを感じる。ずっと太ももに爪を立てていたことに、ようやく気がついた。

後に史郎は思った。松木が眠りながら物騒なことを口走るのは、夢のなかで他者をいたぶっているからではないかと。

しかし松木はあの夜、夢ではなく、現実において一線を越えようとした。心に潜む暗い情念が噴出する寸前だった。かろうじて思い留まったのは、相手が実の息子だからか。それとも、罪を問われることが恐ろしくなったせいか。

松木に殺されかけたあの夜が、史郎の脳裏から消え去る日は来ない。

史郎がスマートフォンの着信に気づいたのは、終業後のことだった。

夕方、見知らぬ番号から二度電話がかかっていた。二度ともメッセージが残されていた。他に誰もいない更衣室で、順番にメッセージを再生する。一件目は中年と思しき男性の声だった。

『スーパーヨシダイ千歳店の井上といいますが』

予想もしない相手だった。ヨシダイは自宅から最も近いスーパーマーケットだ。

『あの、是永博子さんの息子さんの番号で合ってますか。今日、お母さんがうちの店舗で万引きされましてね』

万引き。その言葉に背筋が冷たくなる。

『ちょっと忙しいとは思うんですけど、至急迎えに来てもらえませんか。こっちは警察に届け出ようとか、そこまでは考えてないんだけど。でも様子が不安定だから、誰か来てもらえると助かるんですけどね』

一件目はそれで終わりだった。電話をかけてきた井上という男の困惑が伝わってくる。二件目はそれから一時間ほど経っている。再生すると、先ほどと同じ声が流れてきた。

『本人が帰るって言って聞かないんで、さっき帰しました』

心なしか、憮然とした声音だった。

『ただ、今後は店に来るのを拒否させてもらうかもしれんよ。正直、大したもの盗んだわけじゃないけど、売り物は売り物だから。あんまり反省していないようなんでね。家庭でも、息子さんのほうからしっかり言ってください』

ぶつり、という耳障りな音とともにメッセージは終わった。

——やめてくれ。

史郎はうなだれ、髪を掻きむしる。恐れていたことがとうとう現実になった。

前頭側頭型認知症は患者の人格だけでなく、理性をも変化させ得る。最たるものは犯罪行為である。善悪の判断がつかなくなり、万引きや痴漢に手を染める。本人に罪の意識がないまま、理性的な行動をとることができなくなる。

今まで博子には性格の変化は見られたが、社会的なルールを無視するほどの行動はなかった。しかしとうとう、窃盗という形で理性の崩壊が表出してしまった。

自宅の固定電話にかけたが、誰も出ない。急いで着替え、車のハンドルを握った。まずは自宅だ。到着するまでの道のりは、とてつもなく長いものに感じられた。

マンション一階の自宅に駆けこむと、靴脱ぎ場にサンダルが散らかっていた。母の部屋からはテレビの音声が漏れている。この時間になると、母は必ず決まったニュース番組を見る。スーパーから帰りたがったのも、おそらくその習慣にこだわったためだろう。

博子はベッドに横たわり、何食わぬ顔でテレビを見ていた。頭に血が上る。

「母さん！」

史郎が呼ぶと、博子は億劫そうに顔を向けた。

「うるさいよ。今テレビ見てるんだから静かにして」

「ヨシダイで店の品物盗んだのか」

「だからなんだっていうの。そんなこと、いちいち覚えてられないよ」

相手は病人だ。この発言をしているのは本来の母ではない。すべて病のせいだ。そう自分に言い聞かせなければ、激昂してしまいそうだった。

「店の人に謝ったのか」

「なんで私が謝らないといけないの。バカじゃないの」

史郎が言い返そうとすると、博子はリモコンの音量ボタンを連打した。たちまち、最大音量でニュースが流れ出す。顔をしかめたくなるほどの音に辟易し、史郎は諦めて母の部屋を出た。わかってはいたが、まともに議論できる状況ではない。

「勝手に家から出ないでくれよ」

一方的に言い放ち、史郎は車に戻った。これからヨシダイへ行くつもりだ。何か手土産を持って行くほうがいいかと思ったが、近すぎるため到着するまでの間に土産を買う店もない。早く謝罪するのが先決だと判断し、手ぶらで店に入った。

手近な店員に井上を呼び出してもらった。店の裏手にある事務所のような小部屋で待たされる。現れたのは、母とそう年齢の変わらない男性だった。その顔を見るなり、史郎は深々と頭を下げた。

「このたびは申し訳ございませんでした」

「あなたが息子さん？　まあ、かけて」

薄くなった頭髪を撫で、井上はテーブルを挟んで向かいに腰かけた。店長である井上は、博子の万引きの一部始終を史郎に語った。

三時ごろに来店した博子は、かごも持たず、一時間ほどただ店内を歩いていた。この時点で店員は不審に思い、さりげなく様子をうかがっていた。博子はじきに和菓子の棚に近づくと、悪びれる様子もなく、ごく自然に栗饅頭を一つ手に取った。そのままレジを通らずに外へ出て行こうとするので、店員が慌てて呼び止めたという。

井上はこの事務所で博子から事情を聴いた。理由を尋ねると「食べたかったから」と答える。対価を払わなければならない、という認識が丸ごと欠けていた。それどころか、引き止めた井上に対して「嘘つき」などと暴言を吐いた。

博子が財布を持っていたのは幸いだった。そこには史郎の名刺が入っていて、裏には携帯電話の番号も書いてあった。財布を落としたときのための備えが、予想していない形で役立った。井上はその番号に電話をかけ、史郎と連絡を取った。

その後も博子は暴言を繰り返し、挙句、制止を振り切って帰宅してしまったのだ。

「様子が変だってことは、見ればわかるけどね。ご病気なのかな。息子さんには気の毒だとは思うけどね」

「……すみません」

「こっちも、何でもかんでも警察に突き出せば解決するとは思ってないわけですよ。被害額も少ないから、今回は通報まではしなかった。でもあんまりこういうことが続くと、こっちも手間を取られる。他のお客さんにも迷惑だよね」

返す言葉もなかった。

「とにかく万引きが続くようなら、来店はお断りさせてもらうしかないから」

井上の対応が寛容なだけに、心苦しさが募る。史郎は何度も頭を下げ、店を辞した。

博子の病状は進みつつある。入院が必要なほどではないが、このままでは取り返しのつかない事態になりかねない。しかし、自宅に閉じこめるような真似をしたくもなかった。近所を散歩したり、買い物をする権利すら奪うのはやりすぎに思える。

非情になりきれない自分がもどかしかった。

博子はどちらかといえば、正義感の強い人だった。

まだ松木と三人で生活していたころ。史郎は小学校三年生だった。

史郎の誕生日前夜、松木が自宅に戻ってきた。松木は週の半分以上は家に帰っておらず、史郎が父と会うのはずいぶん久しぶりだった。カラフルな包装紙にくるまれた箱を抱えた松木は、猫なで声で史郎に話しかけた。

「一日早い誕生日プレゼント、買ってきてやったぞ」

父親からプレゼントをもらうのは初めてだった。興奮しながら包装紙を剝がすと、現れたのはテレビゲーム機だった。ゲーム機を持っていなかった史郎は大喜びで、さっそく配線をテレビにつなぎはじめた。

すぐそばで、博子は怪訝そうな顔をしていた。

「ゲーム機なんか買うお金、持ってたのね」

嫌味っぽくつぶやくと、顔に嫌らしい笑みをへばりつかせた松木が、博子に何事か耳打ちをした。博子の顔色がさっと変わった瞬間を、史郎は見逃さなかった。

大股で近づいてきた博子が史郎の手からコントローラーをもぎとり、接続したばかりの配線を勢いよく引き抜いた。呆然とする史郎を尻目に、博子はゲーム機をもとの箱に押しこんだ。余った緩衝材がはみ出していた。

箱を両手で抱えて、松木の眼前へ突き出す。

「そんな汚いお金で買ったもの、この子に触らせないで！」

当時の史郎には、まだその言葉の意味はわからなかった。お金に綺麗も汚いもない、と思っていた。

松木はにやにやと笑ったまま箱を受け取り、史郎の顔を見て「もったいない」と言うと、そのまま靴を履いて家から出て行ってしまった。史郎は手に入りかけたゲーム機が遠ざかっていくのを、「えっ」とか「ああ」とか言いながら見送っていたが、博子のすさまじい剣幕を目の当たりにしたせいで、駄々をこねることすらできなかった。

今ならその光景の意味がわかる。松木はろくでもない方法で稼いだ金で、そのゲーム機を買ったのだろう。それを知った博子はプレゼントを突き返した。まっとうな反応ではあるが、もし自分が博子と同じ立場だったら、同じように行動できただろうか。史郎には胸を張って肯定する自信はない。お世辞にも裕福とはいえない暮らしのなかで、息子が喜ぶプレゼントを突き返すのはさぞかし勇気が必要だっただろう。それでも、母は筋を通すことを選んだ。認められないものは認められない、と。

その母が、スーパーで栗饅頭を万引きした。何かの間違いであってほしい。いくら年を取ったとはいえ、やはり母を自宅に幽閉するような真似はできない。

帰宅した史郎は夕食の準備をはじめた。一から食事を作る気力は残っていない。インスタントの白飯に味噌汁、チルドの煮豆と煮魚を温めた。

電子レンジにかけた食材は、調理した直後のように温かい。

――人間の身体も、冷えた料理のように元通りになればいい。

詮無いことを考えながら、史郎は茶碗に白飯を盛りつけた。

＊

史郎はできるだけ穏やかな口ぶりで言った。

い。

「是永史郎です。千歳刑務所で矯正医官として働いています」

口元には慣れない作り笑いまで浮かべていたが、相手の女性は警戒を解こうとしない。

年齢は四十代。見た目は華やかとは言いがたい。うっすら黄ばんだブラウスに、深緑色のカーディガン。顔の肉付きはややふっくらとしている。喫煙者らしく、吐く息はかすかに煙草の匂いがした。

佐々原朋子。認知症を患う佐々原勝彦の一人娘だ。

小さな会議室には史郎と朋子、それに滝川。これまでは滝川が朋子の説得にあたってきたが、埒が明かないため、史郎がみずから希望して面談の場に出席することにした。同じ介護をする者として、話してみたい気持ちもあった。

「先生に来ていただけるならありがたいですが」

滝川は戸惑っていた。通常、受刑者の家族への説得などは刑務官が対応する。矯正医官は受刑者の診察で手一杯のため、そこまではしないのが普通だった。

「私が行ったほうが、ご家族も理解しやすいでしょう」

「ですが、先生のお手を煩わせるほどのことでは」

「そう長い時間はかからないでしょう。お願いします」

仕事の都合さえつけば、刑務官としては断る理由はない。最後は史郎が押し切る格好で同席を認めさせた。いつもなら史郎もそこまでこだわらない。相手が自分と似た境遇にいるからこそ、話してみたかったのだ。

「すでにお聞きと思いますが、お父様は間もなく仮釈放になります。仮釈放の際は、親族の方やお知り合いに身元引受人となってもらいます」

「お断りします」

朋子の声は小さいが、頑な口調だった。史郎にしてみれば先手を打たれた格好だ。

「少し、私の話を聞いてもらえますか」

史郎が語りかけても、朋子はずっと自分の手元を見つめている。視線は合わない。

「私も認知症の母を介護しています。父はいません」

朋子が上目遣いに史郎の顔を見る。初めて反応があった。

「うちは前頭側頭型というやや珍しいタイプの認知症です。母はまだ五十代ですが、病状は着実に進行しています。お気持ちがわかるとまでは言えませんが、同じ親の介護をする身として、ご相談に乗ることができるかもしれません」

滝川は史郎と朋子の顔を見比べている。

「お父様の身元引受人になることを躊躇しているのは、罪を犯したからですか。それとも介護が必要だからですか」

史郎にはそこが気になっていた。受刑者だからなのか、要介護者だからなのか。拒否する理由によって、説得の方法も変わってくる。朋子は再び押し黙ったが、辛抱強く待っていると、やがてぼそりとつぶやいた。

「……両方です」

それが偽らざる本心だということは、受刑者の父と要介護者の母を持つ史郎にもわかる。朋子は意を決したように語り出した。

「私が住んでいるのは、古くからの住人もたくさんいる地域です。前科のある父が戻ってきても、肩身の狭い思いをするだけです。それに父も望んでいないと思います」

「何を望んでいないんです」

「刑務所から出ることを」

聞き違いかと思い、史郎は首をかしげた。

確かに仮釈放や出所を嫌がる受刑者は、少数ではあるが存在する。厳しい社会に戻るより、刑務所で規則に縛られた生活を送るほうがましだと考える者はいる。しかし朋子の話によれば、佐々原の場合はやや趣が違った。

「ここなら無償で、最低限の医療を受けられる。でも一般社会では、そうはいかない。老人ホームも順番待ちだし、お金もかかる。もし刑期が終わって外に出たら、父はまた同じことをやるかもしれない」

——呆れた。

史郎は背もたれに身体を預けた。ぐしゃぐしゃと頭を掻く。

「刑務所は老人ホームではありません。罪を償うための場所です。あえて罪を犯すとで、医療行為を受けようとするなんて本末転倒です」

「でもそれが現実なんです！」

朋子は激昂したが、滝川が視線を向けると途端にうなだれた。

「私の仕事は不安定だし、一人で介護をするのも限界があります。父の症状には波があるんですよ。調子のいいときは、迷惑かけてごめん、とか言うくせに、具合が悪くなるとそこら中徘徊したり、ひっぱたいたり、用意した食事をひっくり返したり。誰もいないのに、あそこにいる子どもを追い払えって怒られるんですよ。対処のしようがない。何年も、何年もそんなことが続いたんです」

朋子は留め金が外れたかのように、勢いよく鬱屈を吐き出した。父親が逮捕されたと聞いたとき、もしかしたら朋子の心には安堵がよぎったかもしれない。そう思わせるほど、彼女の語り口は切実だった。

「お医者さんならたくさん稼いでるでしょうから、何とでもなるのかもしれないけど」

明らかに史郎への当てつけだった。同じ介護者でも環境が違う、と言いたげな朋子の暗い目。こちらも介護をしていると明かせば親近感を得られるだろう、という考えが浅はかだったことを思い知る。

「待ってください。介護が大変なのはわかります。しかし、それはお父様が刑務所から出たくないということとはまた別の問題じゃないですか」

「同じですよ」

朋子は憮然としている。

「父はもう、私なんかに介護されたくないんです。でも施設に入るお金もない。だから刑務所に入っているのが、一番いいんです」

あまりにもあけすけな物言いに、史郎も滝川も言葉を失った。一通り話し終えると、朋子はまた、だんまりを決めこんだ。出直したほうがいいと判断した史郎は、説得を打ち切った。診察室に戻った史郎に滝川が言う。

「朋子さん、ああ言ってましたけど面会には頻繁に来るんですよ。今日も面会に来たついでに寄ってもらいました。佐々原との父子関係が切れたわけではないと思うんです」

「引受人になる芽がまだあると？」

滝川は腕を組んで唸った。

「とにかく、もう少し説得は続けます」

結局、史郎が出席しても朋子の答えは変わらなかった。自分が出席すれば状況が変わるかもしれない、という想像は、単なる思い上がりに過ぎなかった。

帰路、自宅マンションが見えると憂鬱な気分になる。

万引きの件があってからというもの、帰宅するのが怖い。家に帰って母がいなかったらどうしよう、という不安が常に付きまとう。散歩しているだけならいい。またどこかの店で同じことをやらかしたり、通行人に暴言や暴力で迷惑をかけていたら、そのときは史郎が頭を下げなければならない。

重い足取りで自宅の扉を開ける。

まず確認するのは靴脱ぎ場だ。博子の靴も、サンダルもある。外出の形跡はない。

博子は部屋で横たわり、テレビを見ていた。いつものニュース番組だ。帰宅して博子が家にいると、ひとまず安心する。

「ただいま」

声をかけたが、博子は身じろぎもせず一言も発しない。

史郎は夕食の支度をはじめたが、野菜を切っている途中に郵便受けの確認を忘れていたことを思い出す。昨日ネットで注文した総合診療のテキストが届いているかもしれない。調理の手を止め、サンダルをつっかけて外廊下へ出る。郵便受けにはダイレクトメールしか入っていなかった。

部屋に戻ると、台所のほうから規則正しい音が聞こえてきた。とん、とん、とん、とまな板に包丁が当たる音。台所では、いつの間にか寝床から抜け出した母が包丁を握っていた。切りかけだったキャベツの葉を刻んでいる。慣れた手つきで、野菜はどんどん細かくなっていく。

「何やってるんだよ。危ないだろう」

史郎はとっさに責めていた。博子に刃物を持たせるのは危険だ。だが、当の博子はそれには答えず手を動かし続ける。

「野菜炒めかい」

「うん。冷蔵庫にあるもので。なあ、俺がやるからいいよ」

「あんたが作ると味が薄いんだよ」

　それは認知症から生じる味覚障害のせいだと思われるが、史郎は黙っていた。無理に包丁を取り上げようとすればまた激昂しかねない。しばらく別の作業をしながら、様子を見ることにした。

　片手鍋に粉末のだしを入れ、ポットの湯を注ぐ。しめじを手で割いて入れ、乾燥わかめを投入する。野菜炒めのためにフライパンを出し、サラダ油を注いで熱する。細切れの豚肉を炒める。脂が焼ける香ばしい匂いが充満し、換気扇をつける。

　期せずして、母と子は一緒に台所に立っていた。

「野菜、入れるよ」

　博子に言われてフライパンの前を空ける。刻んだキャベツとタマネギが入れられる。博子は菜箸で肉と野菜をかき混ぜる。史郎は片手鍋に味噌を溶かし、味噌汁を椀に注ぐ。

　しんなりしてきた炒め物に、博子は塩、コショウと醬油、オイスターソースをかける。昔からよく作ってくれた、中華風炒めだ。できあがった炒め物を大皿に盛る。史郎は冷凍していた白飯を電子レンジで温める。

二人は向き合ってテーブルについた。質素だが、温かい食卓だった。

「いただきます」

史郎は手を合わせ、味噌汁をすする。野菜炒めを口に運ぶ。しゃきしゃきとした野菜の食感。肉の脂がにじみ、濃厚な味付けとからむ。懐かしい味だった。母の作る野菜炒めを食べるのは、数年ぶりだった。

わけもなく泣きそうになった。

久しぶりに博子と一緒に料理をして、母の手料理を味わっている。母の手伝いは小学生のときからしている。最初は簡単な作業からだった。ピーマンの種をとったり、キャベツの葉を剝いたりした。少しずつ包丁を握るようになり、コンロも扱うようになった。そしていつの間にか、史郎は一人で台所に立つようになった。

炒め物と一緒に嗚咽を吞みこむ。止まった箸を動かして、史郎は食事を再開した。

博子は何食わぬ顔で、黙々と野菜炒めを咀嚼（そしゃく）していた。

＊

地下通路から地上に出た史郎は、吹き付ける秋風に首をすくめた。

今夜もすすきのの喧騒は健在だ。警察の目を盗んで、客引きたちは営業にいそしんでいる。史郎は何人かの客引きを無視して、目当てのビルの階段を地下へと降りた。迷わず入口の引き戸を開ける。

『ピリカ』のカウンター席では、小柄な男と細身の女の二人組が飲んでいた。

「今日の財布係がやっと来た」

史郎の顔を見るなり、奥側に座った井口が言った。ハイボールのグラスを傾けている。童顔の井口が持っていると、グラスの中身もサイダーに見えてくる。

「遅かったじゃない。トラブル？」

手前の席の有島が尋ねる。すでに飲んでいるはずだが顔色は涼しげだ。

「母親がデイサービス嫌がって。連れて行くのが大変だった」

この飲み会に合わせて、夜は泊まりのデイサービスを頼んでいた。四時で仕事を終え、六時には千歳を出発する予定だったが、博子がなかなか家から出ようとしなかった。理由を訊いても、「知らないよ」と言うばかりだった。力ずくで連れて行くようなことはしたくなかった。

職員の手を借り、一時間ほど遅れてようやく施設に預けることができた。別れ際、ベテラン職員は諭すような口調で言った。

「そろそろホームも考えたほうがいいですよ」

その選択肢は、博子の介護をはじめてからずっと頭の片隅にあった。

五十代の博子が入居できる施設は限られるが、ないわけではない。特別養護老人ホーム（特養）では、要介護認定を受けていれば、六十五歳以下でも入所することができるのが特徴だ。在宅で不十分な介護を受けるより、介護職員のサポートを受けながら生活したほうが本人のためかもしれないとも思う。

職員は市内にある特養のパンフレットを渡してくれた。

「ここの特養、今なら空きがあるそうですから」

「特養は要介護3以上でしょう？」

「特例が認められれば、入れてもらえますよ」

すすきのに向かう電車のなかで、立ち話の内容を反芻した。

博子を預けて外出するときは、常に罪悪感が付きまとう。美波とのデートでも、友人たちとの飲み会でもそうだ。時おり、母親を施設に預けて遊んでいる自分が、とんでもない親不孝をしているように思えてくる。いずれ、ホームのことは真剣に考えなければならない。

「なに突っ立ってんの。座りなよ」

ぼうっとしていた史郎は有島に促され、隣の席に座った。奥から井口、有島、史郎という並びになる。カウンターの内側から、オヤジさんが無言で突き出しのポテトサラダを出してくれた。いつもと同じ、紺の作務衣に白の鉢巻きだ。視線だけで史郎に飲み物を尋ねる。

「生中で」

一つうなずいて、オヤジさんは奥の厨房へ消えた。ビールを待ちきれず、ポテトサラダに箸を入れる。栗色をしたキタアカリが、口のなかでホロホロと崩れる。

「今夜は史郎が奢ってくれる会、ってことでいいんだよね？」

井口が氷だけになったグラスを掲げる。

「ああ。奢る、奢る。一人三千円までな」

すかさず有島が「それ奢ったうちに入んない」と口を挟む。

「せめて上限一万円に設定してくれないと、まともに酔えないから」

「どんだけ飲む気だよ」

この二人には千歳刑務所で働きはじめてから何度も助けてもらっている。もう一人、野久保も誘っていたが今夜は欠席していた。

「しかし野久保が来ないなんてね。どれだけ忙しくても、飲み会は来てたのに」

井口が首をひねる。学生時代、酒好きの野久保は誘えば必ずと言っていいほど来ていたが、実家で働く今はそうもいかないのだろう。北広島に脳神経外科クリニックを開業したのは、野久保の父親だ。二代目になるため、多忙な修業の日々を送っていると推察できる。

「でもみんな、忙しいでしょ。特に有島は。年に三本も論文書いてるんだから」

「慣れたけど。昔からこんな生活だし」

有島は事もなげに答えて、猪口の中身を口に運んだ。井口の顔の赤さから察するに、史郎が来るまでにも相当飲んでいるはずだが、有島はけろりとしている。

「三時間しか寝ないで、よく普通に生活できるよ。羨ましい」

さほど羨ましくもなさそうに言う井口に、史郎は話を振る。

「そっちも忙しいだろ」

「まあ、大学病院で忙しくないわけないよね。麻酔科は年中、人手不足だし。史郎も刑務所での仕事辞めて、行くところなかったら麻酔科においでよ。科を挙げて歓迎するから」

その口調はまんざら冗談でもなさそうだ。

「でも史郎も、意外と今の職場気に入ってるんじゃない？」

有島が茶々を入れると、井口は意外そうに目を見開いた。

「へえ、そうなの。熱心だとは思ったけど」

史郎は静かにビールを飲んだ。否定はしない。働く前に比べれば、この仕事に対する印象が変化したのは事実だ。もう少し続けてもいいとは思っているが、一生の仕事にすべきかどうかはまだ見えない。

それからは、互いの仕事の話で盛り上がった。だいたいは人間関係か、トラブル絡みの話だ。馴染みの居酒屋という気安さもあり、酒の勢いで男女の話も飛び出す。日本酒に切り替えるとさらに酔いが深まった。コンプライアンスはギリギリ外れていなかったはずだと、史郎自身は思っている。

二時間ほど飲んだところで、井口がはっとした顔で腕時計を見た。

「やばい。そろそろ帰らないと」

「もう帰るの？　一番近いくせに」

「約束があるんだよ」

すでに午後九時を回っている。こんな時間から約束する相手は、おのずと限られる。井口は自分の話をしたがらないが、特定の相手がいることを史郎は何となく悟っていた。

「お幸せに」

有島のひやかしを無視して、井口は『ピリカ』を後にした。

カウンターには史郎と有島が残される。しばらく、黙ったまま冷酒を飲む。

「史郎はいいの」

「あと一時間」

終電まではまだ時間がある。次は友人たちといつ会えるかわからない。せっかくの機会をもう少しだけ楽しみたかった。

「井口、いつの間に相手見つけたんだ」

「年上らしいよ。さっき二人で飲んでたときに言ってた」

「そうか。有島は、仕事が恋人か」

言ってからセクハラだと怒られるかと思ったが、意外にも有島は寂しそうな顔をした。その表情を見ているのが、なぜかつらかった。まだ飲んでいない銘柄を冷やで注文して、史郎は逃げるようにトイレに立った。

用を足してから、スマートフォンをカウンターに置いてきたことに気づいた。そろそろ美波から電話がかかってくるかもしれない。二日に一度は美波から電話がかかってくる。昨夜はなかったから、今夜は連絡がありそうだ。飲み会だと伝えてはいるが、史郎の予定は基本的に考慮されない。

　カウンターに戻ると、有島がスマートフォンを手にしていた。席について、思わず彼女の手元をまじまじと見た。それは史郎のスマートフォンだった。

「いや、何してんの」

「返す。大丈夫、通話しただけだから」

　何が大丈夫なのか。なぜ他人の携帯で通話しているのか。まったく意味がわからない。混乱する史郎に、有島は平然と言い放つ。

「内田美波さんから電話がかかってきたから、出といた」

　史郎は数秒、ぽかんと口を開けて有島の横顔を見ていた。顔色は来たときと変わらない。酔っているように見えないが、実は相当に酩酊しているのではなかろうか。

「なんで出たの。普通、出ないだろ」

「前から史郎のカノジョと話してみたかったから。どんな人なのか気になるし」

　確固とした口ぶりに言葉を失う。まるで、大騒ぎしている自分のほうがおかしいような気さえしてくる。通話履歴を見ると、確かに美波との記録が残っていた。

「何話したんだよ」

「誰ですかって訊かれたから、友達ですって」

「それだけ?」

「今何してるんですかって訊かれたから、二人で飲んでますって言ったけど。そうしたら絶句して、切れちゃった。結構かわいい声だね」

史郎は頭を抱えた。伸ばしっぱなしの髪が指に絡まる。

間違いなく、美波は誤解しているだろう。少なくとも嬉しい気分にはならない。

「最悪」

「別にいいでしょ。嘘じゃないんだし。友達だって言ったし」

そういう問題ではない。史郎は慌てて美波にかけ直したが、コール音が虚しく鳴り響くだけだった。じきに留守電に切り替わる。

「あ、もしもし。えっと、さっきのは違って、男がもう一人いたんだけど帰っちゃって。その流れで有島と飲むことになったんだけど。あ、流れっていうとおかしいんだけど」

そこで録音は途切れた。

困惑したまま顔を上げると、オヤジさんが同情的な目つきをしていた。

「なあ、わざとやっただろ」

有島はしれっと冷酒を口に含む。ショートカットの毛先が涼しげに揺れる。彼女自身が以前言っていた。そういうことを気にする人もいる、と。史郎が横顔をにらんでいると、有島は唐突に振り向いた。

「……わざとやったとしたら？」

気のせいか、切れ長の両目に涙が溜まっている。白い顔は真剣な表情をしていた。

「どういう意味？」

史郎が問うと、有島は醒めた顔になって、ふん、と鼻で笑う。

「バカじゃないの」

お会計して、と尖った声で有島が言う。オヤジさんはいたたまれないような顔でうなずいた。どこか白けた空気が漂う。

——俺、対応間違えたか？

どれだけ考えても、史郎には何が正しい対応かわからない。有島は当然のように、さっさと夜の街へと出て行った。いつもはアルバイトの店員がレジを叩くのだが、この日はオヤジさんみずから会計をしてくれた。レシートを受け取ると、最後に頼んだ冷酒が入っていなかった。

「あの……」

「いいから」

何も言うな、とばかりにオヤジさんは手のひらを向けて、カウンターの内側へ移った。これも、オヤジさんなりの気遣いなのだろうか。

店を出ると、有島は「別の店で飲んでいくから」と言い残し、さっさとどこかへ消えた。様子がおかしいような気がしたが、よくわからない。勉強はできるほうだという自負があったが、女性への対応に関してはさっぱりだった。腑に落ちない気持ちを抱えつつ、史郎は帰路に就く。

すすきの駅に到着するまで、歩きながら美波に電話をかけたが出なかった。千歳に着くまでの約一時間、言い訳のメッセージを送り続けたが反応はない。空いた車内で史郎はぼそりとつぶやいた。

「……最悪」

その夜も、翌朝も、美波からの連絡はなかった。

回診のため史郎が病室に足を踏み入れると、すでに佐々原はベッドの上で半身を起こしていた。今朝は調子がいいらしい。レビー小体型認知症は、特に好不調の差が激しい。話すなら今日だと史郎は判断した。

「おはようございます。体調はどうですか」

「おかげさまで……作業もやらずに寝かしてもらって、申し訳ないです」

顔には微笑すら浮かんでいる。不調なときは返答がなかったり怒り出したりするが、今朝の佐々原はまるで別人だった。史郎は型通りの質問をしながら、同室の受刑者たちの様子をうかがった。興味のないそぶりをしているが、聞き耳を立てているのは間違いない。史郎は佐々原の耳元に顔を寄せ、小声でつぶやいた。

「先日、面会に来られたときに娘さんと話しました」

「そうですか。失礼はなかったですか」

顔に浮かんだ微笑が薄れる。

「娘さんは、佐々原さん自身が刑務所から出ることを望んでいないと言っていました」

佐々原は横目で史郎を見る。微笑は完全に消えていた。

「佐々原さんは、どう思われていますか」

「はあ。まあ、娘の言う通りです。出たところで、行く場所もないので」

「ここは矯正施設です。刑期が終わったら出てもらわなければいけない。仮釈放はそのための練習のようなものです。いきなり出所となれば、ご家族も戸惑います。それは理解できますか」

「……わかっています」

中期以降の認知症患者にとって、この社会はあまりに生きにくい。それを承知のうえで、史郎は佐々原の仮釈放を促している。矯正職員の一人として。

心苦しさを感じる一方、朋子への苛立ちもあった。彼女が受け入れさえすれば、解決する問題なのだ。

「出所後のことは娘さんと話していますか」

「まだ何も」

「私たちから、仮釈放の身元引受人になってもらうよう説得しています。佐々原さん自身も、娘さんに頼んでみてはどうですか」

佐々原は戸惑ったように眉根を寄せるばかりだった。

「娘さんと一緒に暮らす気はない？」

言葉を重ねると、佐々原はようやく重い口を開いた。

「出所しても、家族に合わせる顔なんてありません。仮釈放はやめにしてください」

その発言は一見従順だが、どこか腑に落ちない。合わせる顔がないと言いながらも、朋子の面会には応じている。朋子の発言も引っかかる。父は私に介護されたくないと言っていたが、佐々原はそんなことをいっさい口にしていない。父子の言動にはちぐはぐしたものを感じた。

「あなたたちは、まだ本音を話していないんじゃないですか。大事な何かを。気になることがあるなら言ってください」

史郎はつい、声を潜めるのも忘れていた。その苛立ちは、佐々原父子が自分と母の関係を想起させるせいだった。

「私が悪いんです。私が放火なんかしたせいで、子どもに迷惑をかけたんです」

紋切り型の、反省の弁。それを聞いて史郎は確信した。

――この父子は何かを隠している。

多くの家族は、受刑者を支えようと前向きに考えるか、あるいは受刑者とすっぱり縁を切りたがるか、どちらかだ。佐々原父子のケースはどちらにも当てはまらない。厳しいことを言いながら、本心では父も娘も、出所後は一緒に暮らしたいと思っているように見える。しかし何かがそれを阻んでいた。彼らの隠している何か。その障害を除けば、彼らはきっと一緒に生きることができる。

史郎は佐々原の枕元を離れた。保健助手は無言で後ろをついてくる。こんなとき、滝川ならどう言うだろう。いつからか、滝川のアドバイスを頼りにしている自分に気がついた。

憂鬱を押し殺し、正面に座る男へ問いかける。卑屈な笑みをできるだけ視界に入れないようにする。

*

「何か変わったことはありませんか」

松木はにやつきながら「ないな」と答えた。背を丸め、椅子に両手をついている。行儀がいいとは言えない姿勢だ。松木の背後に滝川が立っていなければ、舌打ちの一つでもしていたかもしれない。

血圧のモニタリングは今のところ異常がない。病的な領域まで上がっていた血圧は正常高値にまで下がっている。改めて、なぜ自分が松木の健康維持に尽くさなければならないのか、その因果にため息が出る。

「最近博子はどうなんだ」

カルテにペンを走らせている最中、だしぬけに松木が訊いてきた。当然無視する。

「あいつ、もうボケて何年くらいになる」

ペンが止まった。松木とは十数年前から音信不通のはずだ。博子が認知症に罹ったことは知らないはずだった。その反応を楽しむように、ぷっ、と松木が噴き出す。

「二、三年前に金が入り用で電話したんだよ。そうしたら俺のこと、お前と勘違いしてたぞ。ものすごい勢いで怒ってたな。すぐわかったよ。こいつボケてんなって。ボケ老人の見分け方には自信あんだよ。長いこと、それで飯食ってきたからな」

指先がぶるぶると震える。史郎は暴発しそうになる怒りを抑えこんだ。

「しかし早すぎだろ。五十代でボケるのは。まあ、もともとちょっと弱かったからな。頭が悪いやつはボケるのも早いんだろ」

「黙ってろ」

滝川が一喝したが、松木は振り向こうともしない。

「またこの間みたいに、独房でも何でも入れろや。その代わりな、刑務所出たらすぐに弁護士会に駆けこむぞ。医者の判断で、不条理に独房に入れられました、ってな。実の息子が逆恨みで俺に虐待したって話してもいいんだぞ」

数か月前、中田という受刑者との喧嘩で松木は懲罰を食らった。受刑者の懲罰は特段変わったことでもない。保護室が不足していることもあって、数日で共同室に戻されたせいか、松木はまったく意に介していないようだった。それどころか懲罰を逆手にとってこちらを脅迫しようとしている。

その図太さに、史郎は気持ちが沈んでいくのを感じる。しかし滝川は脅しに屈するそぶりすら見せない。いつもは穏やかな目元が、ここぞとばかりに鋭く吊り上がる。

「黙ってろと言っただろう。私語はやめろ」

滝川の眼光に、松木は口をつぐんだ。一見おとなしくなったように思える松木だが、史郎はその両手が不自然に動いていることに気づいた。右手の人差し指と中指を立て、唇の横へ持っていく。左手の指は何かをこするような動き。まるでライターで火をつけるかのような……

そのジェスチャーが意味するところを、史郎は敏感に察知した。煙草だ。幼いころさんざん買いに行かされた史郎にはわかった。ショートホープの図柄が脳裏にひらめく。紺色の弓矢。

滝川に促され、立ち上がった松木は一瞬だけ史郎に顔を寄せた。

「頼むわ」

耳元でささやくと、松木は診察室を後にした。取り残された史郎はしばし呆然とする。粘つく唾液を呑みくだした。最近覚えたばかりの言葉が頭をよぎる。

——ハトになれっていうのか。

ハト行為とは、矯正職員が受刑者のために外部から品物を運ぶ行為を指す。職員が伝書鳩のように使われることから、その名がついた。当然ながら違反行為であり、発覚すれば厳重処分は免れない。

最後に「頼むわ」と言った、その意味は明白だ。受刑者である松木のもとへ煙草を持ってくるよう要求したのである。

できるはずがない。ハト行為がばれれば、間違いなく矯正医官はクビになる。実の父親だからというだけの理由で、本当に特別扱いをしてもらえると思っているのだろうか。だとしたら救いがたい。そもそも、松木は煙草を手に入れたところでどうやって吸うつもりなのか。この敷地内に、受刑者が堂々と煙草を吸える場所などない。監視の目は至るところにある。

史郎はこの件を忘れることに決めた。考えるだけ時間の無駄だ。松木へのハト行為には、何のメリットもない。無視すればいい。

しかし。

忘れようとするほど、先ほどのジェスチャーがフラッシュバックする。二本指を立て、ライターをこする仕草。松木がその仕草をするたび、近所の煙草屋まで何度もショートホープを買いに行った。その店の店主は、相手が子どもでも平気で煙草を売った。横断歩道の手前にある小さい店。

銘柄や個数を間違えると、手ひどく痛めつけられた。張り手や拳骨は日常茶飯事だ。ヘッドロックや跳び蹴りをされることもあった。プロレスだ、と松木は言った。決まって、博子の不在を狙って暴力はふるわれた。思いつく限りの謝罪を口にしても、吹き荒れる嵐は止まなかった。

背筋に走る悪寒を自覚した。とっくに癒えたはずの傷が痛み出す。史郎は頭を掻きむしった。爪に引っかかった毛髪が抜けて、指の間に挟まる。植えつけられた本能が語りかけてくる。

無視してはいけない。父の指示には従わなければならない。

「先生」

男の声だった。はっと顔を上げると、かたわらに滝川が立っていた。

「大丈夫ですか。顔色が」

史郎は頬に触れた。指先が冷たい。きっと自分の顔は紙のように白くなっているだろう。

「すみません。もう大丈夫です」

「松木のことですか」

肯定も否定もせず、史郎はうつむいた。滝川は続ける。

「さっき煙草を吸うような仕草をしていましたね。私も見ましたよ。おそらく先生への要求のつもりでしょう。刑務官の目の前でハトを指示するなんて、まったく愚かしいことです。訴訟をちらつかせた脅迫もちゃちだ。浅はかな行動が目立つ」

滝川は史郎の内心を代弁するかのように、憤っている。そのおかげで史郎は徐々に落ち着きを取り戻した。一瞬でもハト行為に傾きかけた己を恥じ、史郎は頭を下げた。

「ご心配おかけしました」

「お気になさらず。そのうち松木は移送されるでしょうから。もう少しの辛抱です」

受刑者へ向ける毅然とした表情とは打って変わって、滝川の微笑は穏やかだった。

『ピリカ』の座敷は物々しい空気に包まれていた。

史郎は美波と差し向かいで座っている。掘りごたつに入れた足は温かい。しかしテーブルの上の雰囲気は冷えきっている。

美波は目の前にいる史郎のことを気にも留めず、メニューに見入っている。口だけが動いて、剣呑（けんのん）な声が出る。

「ねえ。刺身三種盛りって、有島さんと食べた？」

「どうだったかな……」

美波の瞳がじろりと動き、史郎に向けられる。本当に覚えていなかったが、「食べた、かも」と史郎は答えた。

「じゃあそれも注文する」

史郎は店員を呼び、美波が指定した食事と冷酒を注文した。記憶の限り、有島と飲んでいたときと同じメニューを揃えた。

美波から連絡が来たのは、有島との一件があったちょうど一週間後の夜だった。眠りに就こうとしていた史郎は、スマートフォンの震動で目が覚めた。美波の名前を見て、反射的に受話ボタンを押す。通話はつながった。だが、しばらく美波は無言だった。

「久しぶり……ですね」

緊張に耐えかねて史郎が言ったが、美波はそれを無視した。

「この間、どこで飲んでたの」

「……えっと、すすきの」

「なんて店?」

そこからは怒濤(どとう)の勢いで質問が続いた。すすきのの『ピリカ』で飲んでいたこと、男友達と三人だったが途中から二人になったこと、一緒に飲んでいた女が有島紗枝という名前であること、医学部の同期であり仕事でも助けてもらったこと、などなど。史郎は留守電に残したメッセージを復唱した。

「じゃあ今度、そこ連れてってよ」

「『ピリカ』に？」

「決まってるでしょ」

「いつ？」

「できるだけ早く」

いつものデートとは比べ物にならない緊迫感が漂っていた。注文の品を待つ間も会話はない。史郎はしきりに美波の顔色を伺うが、仏頂面が崩れる気配はなかった。

先に沈黙を破ったのは、美波だった。

「有島さんの写真、ある？」

「ああ、たぶんどこかには」

史郎がスマートフォンの画像を探しはじめると、美波が「あるんだ」とつぶやいた。

「集合写真。同期の集合写真だから」

言い訳をしながら、史郎は同期の結婚式で撮影した写真を見せる。美波がスマートフォンを奪い取る。「もてそう」とひと言こぼして、史郎に突き返す。実際もてるよ、とはとても言えない。

冷酒が運ばれてくる。美波が日本酒を飲んでいるところは見たことがない。飲めるの、という質問はするだけ愚かだと悟り、史郎は口をつぐんだ。猪口に酒を注ぐと、美波は乾杯もせずに杯を傾けた。史郎の不安は募る。

「その人、私に喧嘩売ってるよね」

強い語気に、内心で震え上がる。

「相手が恋人だってわかってたのに、勝手に男の携帯に出て、しかも仲いいようなこと匂わせて。絶対確信犯。その人、史郎くんのこと狙ってるよね」

「それはないって」

あえて笑いながら言ったが、美波の真剣な表情を見て口元を引き締める。

「そうじゃなかったら、私たちをダシにして遊んでるんだよ。どっちにしろ、あんまり性格良くない」

美波が人のことを辛辣に言うのは珍しい。やはり今日の美波はいつもと違う。

「勘違いしないでほしいんだけど。別に史郎くんが浮気しようとしたとか、そう疑って怒ってるんじゃないからね。まあ、まったく怒ってないかと言われると微妙だけど」

　喜んでいいのか。いや、ここで喜んではいけない気がする。

「それよりも、その有島って女にいいようにからかわれてることが腹立つの」

　美波は猪口を勢いよくテーブルに叩きつけた。底に残っていた酒がニットの袖にかかるが、気にする素振りすら見せない。

「史郎くんは、その有島さんにはお世話になってるわけ？」

「何回か、仕事で助けてもらった」

「そういうときは、まず私に相談してほしいの」

　かん、と猪口が叩きつけられる。二度目。

「いや、わかってるよ。私はドクターじゃないから、本当の意味で史郎くんの力にはなれない。調剤薬局で薬分けてるだけの薬剤師だよ。でもね、誰よりも一生懸命にやるよ。資格が役に立たなかったら、応援するから。祈るから。だから最初の相談相手は、私がいい」

　美波の味わっている疎外感が、わずかながら史郎にも伝わってきた。言っても伝わらないと諦められ、心を開いてくれない恋人。それが美波にとっての自分なのだと。

「それと、お母さんのこと遠慮してるんだったらもうやめて」

話題が飛んだ。この際、言いたいことはすべて言うことにしたらしい。

「史郎くん、その話になるといつも濁すでしょう。これから二人で生活していくなら、お母さんの介護だって一緒にやっていけばいいじゃない。遠慮しないで」

簡単に言うなよ、と史郎は思う。心情が口からこぼれ出た。

「そう言うけど、介護ってそんなに楽なもんじゃないよ」

「わかってるから。見下さないで。ちゃんと私を見て。対等に接して」

はっとした。美波は口を真一文字に結び、しっかりと正面を見据えている。史郎は座敷についてからずっと、美波の視線の強さから逃げていた。彼女が本気だと知っていながら、そこから逃げた。

向き合うのが嫌だった。重苦しい現実とも、不確かな将来とも。

どんなに苦いものでも、日常の雑事に溶かしこんでしまえば味はしなくなる。史郎はそういうやり方で、見たくないものから目を背けていた。そろそろ、色々なことに決着をつけなければならない。母とも、父とも。佐々原父子だけではない。隠し事があるという点では史郎も同じだった。

「史郎くんは一人じゃないんだから」

怒ったような顔で見ている美波に、史郎は頭を下げた。

「ありがとう」

　美波の強い視線が、うつむいた史郎の顔を前に向けてくれた。目の前の彼女はどう応じるべきか迷っているらしく、生真面目な表情を崩さずに「うん」と言った。

　やがて、続々と食事が運ばれてきた。皿が一つ増えるたび、美波の表情がほどけていく。最後に刺身の三種盛りが来て、テーブルの上は料理で一杯になった。美波はニットの袖をまくりあげる。

「有島さんとの思い出は、全部私との思い出で上書きしてやるから」

　史郎と美波は同時に刺身の三種盛りへ箸を伸ばした。思わず顔を見合わせ、くすりと笑った。『ピリカ』の刺身は外れがないので、北洋大の医学生にはよく知られている。美波も真っ先に旨そうだと直感したらしい。

　刺身には小さい紙札が差し込まれている。それぞれサンマ、サケ、ハッカクと筆書きされていた。二人は黙々と箸を動かし、口に運ぶ。

　根室産の秋サンマは脂乗りが上々で、舌の上で柔らかな身がなめらかにほぐれていく。羅臼で獲れた秋鮭はいったん凍らせ、半解凍している。ルイベと呼ばれるもので、普通の刺身とは違うサクサクとした食感に、臭みのないすっきりとした旨みが特徴である。釧路で揚がったハッカクは底魚の一種で、その名の通り角張った見た目をしている。半透明の身は歯ごたえがあり、嚙むほどに甘みが湧き出してくる。

しばし黙って刺身を食べ、酒を飲む。三種とも異なる味わいがあり、いやがうえにも酒は捗る。美波の空の猪口に酒を注ごうとしたら、いつの間にか徳利の中身がなくなっていた。すかさず美波が言う。

「次、頼んで」

「その勢いで飲んだらやばいって」

「有島さんに飲めて、私に飲めないはずがない！」

よくわからない言い分に、思わず史郎は苦笑した。

美波は常にまっとうだ。そのまっとうさが、いつも史郎の背中を押してくれる。うつむき、どこまでも深みにはまりこんでいこうとする史郎を引き上げてくれる。

運ばれてきた冷酒は、有島と飲んだときとは違う味がした。

*

ベッドに横たわった佐々原は、ガラス玉のような虚ろな目で史郎を見ている。

「体調はどうですか」

声をかけても反応はない。指先は震えているが、何かを伝えようとしているわけではなく、パーキンソン症状によるものと思われた。

今日も、佐々原と会話はできそうにない。反応のない状態が五日続いているが、調子が上向く気配はなかった。仮釈放の期日は近づいているが、本人と会話ができないことには話が進まない。史郎は同席していた滝川に目配せをして、別の病床へ移った。

それから十五分ほど経ち、別の部屋で回診をしている最中だった。別の保健助手が小走りで史郎のもとへやってきた。

「先生。佐々原が」

その一言で言わんとすることを察した史郎は、佐々原の病床へ取って返した。滝川が枕元にしゃがみこんで、声をかけている。

「佐々原さん。聞こえますか」

唇が一定のリズムとともに動いている。わずかだが、佐々原自身の意思で何かを伝えようとしているのは明らかだった。史郎は滝川の隣にしゃがみ、触れそうなほど耳を近づける。喉の奥から痰の絡んだ声が聞こえた。

「……こ」

「こ、なんですか。もう少しだけ頑張ってください」

佐々原はいったん発話を止め、息を吸いこんでから一息で言った。

「子どもがいる」

史郎はその発言を明確に聞き取った。佐々原はベッドの足元側を凝視している。反射的に病床の周りを見渡すが、当然子どもはいない。滝川と顔を見合わせた。

——幻視か。

幻視はレビー小体型認知症の一般的症状だ。佐々原も事件前から幻視があったということは知っていたし、子どもが見えることがあると朋子も言っていた。仮釈放についてまともに会話できる状況ではないが、発話できるようになっただけましだ。

「どんな子どもですか」

史郎は続けて質問した。ここで発話の意欲を途切れさせてはならないという一心だった。

「……と」

また最初の一語だけが聞こえた。史郎は聴覚に意識を集中し、「もう一度お願いします」と促す。佐々原はまた息を吸い、かすれた声で「朋子」と言う。

「娘さんですね。幼い娘さん」

声かけに首が少しだけ動いた。これでわかった。佐々原が幻視しているのは、子どものころの朋子だ。

「何歳くらいですか」

その質問には反応がなかったが、佐々原は右手をシーツから持ち上げた。右手は比較的パーキンソン症状が軽い。何かをつかむように曲げられた右手を佐々原は小刻みに動かしている。幼い娘を手招きしているようにも見えた。

〈さあ、やってくれー〉

史郎はもう声をかけなかった。固唾(かたず)を呑んで、佐々原の言動を見守った。切れ切れに呼吸をしながら、佐々原は幻の朋子に語り続けている。

「がんがんのなかみ、あけてくれ」

すぐには理解できなかった。その言葉の意味を頭のなかで変換したとき、史郎は我慢できず問いかけていた。

「今、ガンガンの中身、空けてくれと言いましたか？」

尋ねると同時に、佐々原はぴたりと口をつぐんだ。何度か問い直すが、もう何も語ろうとしない。ただ、視線は足元に注がれたままだった。ガンガンとは、北海道弁で金属製の一斗缶のことだ。例えば、醤油や調理油を入れる容器として使われる。佐々原に料理人の過去はない。発言の意味は、わかりそうでよくわからなかった。

滝川も発言の意図をつかみかねている。

「記憶が混濁しているのかもしれません」

深い意味はなく、そう考えるのが自然なのかもしれない。他の保健助手に促され、史郎は無言で横たわる佐々原のもとを離れた。彼は決して、足元に立つ娘の幻影から視線を外そうとしなかった。

病室の窓に張り付いた落葉が、風に吹かれて地面へと落ちていった。


休日の早朝、史郎は玄関の扉に補助錠を取り付けていた。

ホームセンターで買ってきたダイヤルタイプの補助錠は、工事不要というのが売りだった。取り付けはものの十五分で終わった。内側と外側の両方に取り付けるタイプで、史郎の在不在にかかわらず、勝手な外出を防止できる。解錠番号は博子にわからないよう、ランダムな数字にした。

――母さんを守るためだ。

そう言い聞かせながら作業を進めた。こうしなければ、博子はまた万引きのような犯罪に手を染めてしまうかもしれない。犯罪に巻きこまれ、被害者になる可能性だってあるのだ。家のなかへ閉じこめることにはなるが、背に腹は替えられない。何かが起きてからでは遅い。

　取り付けを終えた史郎は、穏やかに息を吐いた。三千円の補助錠は予想以上の安堵をもたらしてくれた。迷っていないで、もっと早くこうすればよかった。素直にそう思った。

　その日の昼食後、キッチンで食器を洗っていた史郎は博子の怒声を聞いた。

「ああっ！　おい！」

　乱暴な口ぶりにうんざりしながら声のするほうへ向かう。博子は裸足(はだし)で靴脱ぎに降り、玄関扉の前で顔を真っ赤にしていた。

「なんだ、これ。鍵が開かないだろう！」

　博子は補助錠を握りしめていた。力ずくで金具から外そうとしているせいで、がちゃがちゃと耳障りな音がする。史郎は努めて穏やかに語りかけた。

「どこか行きたいのか」

「散歩に行きたいだけだよ。開けろ！」

「じゃあ、後で俺と一緒に行こう」

「あんたとなんか、恥ずかしくて表歩けないよ。これを開ければいいんだよ」

　補助錠を無理に引き抜こうとするが、非力な博子にそんなことができるはずもない。

うーっ、と唸りながら何度も何度も鍵を壊そうとする。

「無理だって」

意図せず、冷たい声が出た。その声音がまた博子の反感を買った。

「あんたがやったんだろう！　今まで育ててもらっておいて、母親を監禁するような真似して。人間じゃないよ。この恩知らず！」

博子は罵声を浴びせながら、闇雲に史郎の腕や胸を殴った。抑制の利かない博子の拳は、たまたま史郎の頬に当たった。頬骨の痛みに顔をしかめた史郎は、思わず怒鳴った。

「うるさいな！　誰のためだと思ってんだよ！」

言ってからすぐに後悔した。

――やってしまった。

一方、博子はひるむ様子もなく「なんだよ」と応じた。

「私は何も悪いことなんかしてない。どうしてこんな、閉じこめるようなことされなきゃいけないんだよ！　バカ！」

そう。博子は悪くない。博子の口を借りて悪態を言わせているのは、認知症という病だ。前頭側頭型認知症の患者は性格が変化しうる。

教科書で読むのと、実際に患者と対面するのとはまったく別次元の経験だ。それも患者が母親であれば、その変化になおさら戸惑う。距離感を間違えそうになる。憎むべきは脳を蝕む病だ。

けれども――病を癒せないときは、どうすればいい？

博子の罵倒を一方的に受けながら、史郎は頭を掻いた。それは、どうしようもなく行き詰まったときに見せる癖だった。

＊

朋子は二週間前と同じ服装をしていた。

「お気持ちは変わりませんか」

史郎の問いかけに反応はない。いたたまれないような顔で、膝の上で握りしめたハンカチを見つめている。前回の発言を恥じるように、今日の彼女はいっさい語ろうとしない。同席している滝川もお手上げのようだった。

「じゃあ、少しだけ私の話をしましょうか」

朋子は頑なにうつむいている。今日は顔を上げないと決めているかのようだった。

「先日、玄関の鍵に補助錠をつけました。ダイヤルキーで、番号は私しか知りません」

史郎は意に介さず、話を進める。

「母が勝手に外出するのを防ぐためです。前回話した通り、私の母は認知症です。以前、母は私の不在中にスーパーへ行って、万引きをしたことがありました。怪しい男からの電話を受けて、鍵を開けてしまったこともありました。そういうことが重なったので補助錠をつけたんです。家に閉じこめるようなことはしたくなかったんですが、母を守るためには仕方ありませんでした」

朋子は顔を上げないが、話を聞いている気配は伝わる。

「現実の世界には完璧な介護なんて存在しないと思っています。介護する側がまともであるほど、葛藤を強いられます。どうしてちゃんとできないんだろう、どうして苛立ってしまうんだろう、と悩むのが普通です」

滝川は黙って、史郎の話に耳を傾けている。あらかじめ打ち合わせをしているわけではないが、史郎の邪魔をしないよう心得ているようだった。

「だからといって、被介護者を刑務所に入れることまでもが仕方ないとは思いません。刑務所は、人間としての自由を奪われる場所です。自由に外出することも、人と会うことも、食事を選ぶこともできない。大切な人に指一本触れることさえできません」

朋子が拳を握りしめ、ハンカチにいびつな皺が寄った。

「……やめてください」

とうとう口を開いた。しかし史郎は止めない。

「不完全でいいんです」

破れそうなほどの強さで、朋子はハンカチを握りしめている。

「介護では人と人とが接する。完全はあり得ない。不完全な介護を、それでも私たちは続けていくしかないんじゃないですか。ご飯をあげるのが遅れることだってありますよ。おしっこさせるのを失敗することもありますよ。あって当然です。だって私たちも人間ですから。補助錠だろうがデイサービスだろうが、必要だと思えば躊躇しなくていいんです。抱えこまないでください」

朋子は固く両目をつぶり、首を左右に振っている。史郎の言葉を聞くまいとするかのように。

「お父様が見ている幻視は、幼少期の朋子さんです。ご存知でしたか」

これには小さく「はい」と返ってきた。

「先日、お父様は幻視の最中に『ガンガンの中身、空けてくれ』と言っていました」

朋子の顔色が急変した。緊張がみなぎり、鼻頭に皺が寄っている。ふっくらとした輪郭の顔がたちまち青白くなる。どんなに鈍感な医師でも、見逃さないだろう変化だった。

佐々原父子の隠し事の鍵は、ここにある。

「思い当たることがあるんですね」

「ありません」

「動揺しているように見えますが」

「何が訊きたいんですか。あなたたちは刑務所の職員だから、私を身元引受人にさせたいだけでしょう。仮釈放になればその分職員の負担が減りますよね」

滝川が何か言いかけたが、史郎はそっと手のひらを向けてそれを制した。

「佐々原さん。私たちは、無理に押し付けたいわけではありません。お父様との間にわだかまりがあるのなら解消したい。それだけです」

朋子はまだ鼻息荒く憤慨していた。興奮は、図星を指されたせいだろう。

「あくまで個人的な感想ですが、朋子さんはお父様を迎え入れること自体が嫌なのではなく、別の事情があって引受人になることを拒否しているように見えます。障壁があるのなら、話してもらえませんか。一緒に考えられることがあるかもしれません」

沈黙。互いに弾切れであることを確認するような沈黙だった。

史郎は念じるような気持ちで返答を待った。駆け引きも何もない。今の会話がどう響いたのか見当もつかないが、ともかく手札はすべて出した。史郎の想いは伝えた。

朋子のこめかみに脂汗がにじんでいる。

「お話しは、できません。家族のことですから」

史郎が肩を落とすのと、朋子が続く言葉を口にするのは同時だった。

「ただ、さっきの先生のお言葉は響きました。不完全でも前に進むしかないって。だから身元引受人の件は、考え直してみようかと思います」

「……検討していただけますか」

はい、と答える朋子の声は、心なしか頼もしく聞こえた。

「前向きに考えていただけるなら、無理に話していただかなくても結構です」

朋子はいまだうつむいているが、眼差しには覚悟のようなものが見えた。

本来の目的は佐々原父子の隠し事を暴くことではなく、仮釈放を実現させることだ。もっと早く、史郎自身の考えをぶつけていけばよかった。解決してみれば、意外にあっけないものだ。

「ありがとうございます、先生」

滝川が小声で言う。史郎は目で応じて、会議室から出た。

まばらに降る雪のなかを、史郎は医務棟へと戻っていく。今冬の初雪だった。黒灰色の空から白い結晶が絶えず降る。新雪の被膜に、史郎は浅い足跡を残していく。

——まあ、いいか。

腑に落ちないものが残っているのも事実だった。だが、史郎の仕事は家庭の秘密を暴露することではない。史郎がかかわるのは、受刑者の仮釈放を手助けするところまでだ。あとのことは本人たちに任せるしかない。

凍えるような風が吹いた。間もなく、本格的な冬が来る。

翌週、朋子から佐々原勝彦の身元引受人になる旨の連絡を受けた。

史郎は診察室から友人のもとへ外線をかけた。電話を取ったのは、以前と同じく受付担当の女性だった。

「はい。のくぼ脳神経外科クリニックです」

史郎が名乗ると、ほとんど待たずに野久保へ替わった。

「またＭＲＩのご注文か」

「いや、患者の引き継ぎをしておこうと思って」

放火事件のあった場所が北広島だという時点で気づいてもよかった。認知症を扱う病院はそう多くない。佐々原父子の住所は、事件前から今でも変わらず北広島にある。朋子に確認したところ、案の定、佐々原は野久保のクリニックに通院していた。

野久保には、ある受刑者が近く仮釈放されること、その患者は以前から通院していた患者であることを伝えた。佐々原を特定するにはこれで十分だろう。余計な個人情報は言わないに越したことはない。それから詳しい病状をいくつか伝達する。

「待ってくれ、メモ取るから」

史郎の説明を、野久保は反復しながら記録する。その生真面目さは、二代目院長としての自覚を少しだけ感じさせた。

「わかった。わざわざありがとう」

用件が済むと、野久保は急にくだけた口調になった。

「そう言えば、この間は悪かったな。『ピリカ』行けなくて」

「本当だよ。野久保がいないせいで、えらい目に遭った」

「俺のせい？」

「今度話すから」

子機を置くと、薬を切り分けていた滝川が史郎に声をかけた。

「佐々原の娘、よっぽど是永先生の言葉に感動したらしいですよ。身元引受人になるって連絡をしてきたときも、もう一度先生と話したいと言っていました。佐々原の容体についてもっと聞きたそうでしたよ」

「……そうですか」

もしかしたら、朋子が知りたがっているのは佐々原の容体より、あの発言かもしれない。彼女は佐々原が発した一言に顔色を変えた。

――ガンガンの中身、空けてくれ。

面会ではその意味がまったく理解できなかった。しかし今、史郎には一つの仮説がある。一斗缶に入れるのは食品だけとは限らない。そして佐々原が幻視のなかで話しかけていた相手は、朋子だった。

史郎はそこからある仮説を立てていた。ただしその仮説を立証する術はない。おそらくこの先も、佐々原父子の秘密が暴かれることはないだろう。

史郎はただ、親子が穏やかに生きていけることを祈った。

＊

メンソールの煙が換気扇に吸いこまれていく。

換気扇の下で煙草を吸うのはもともと父の癖だったが、いつの間にか癖がうつってしまった。認知症がわかってから、父には煙草を与えていない。本人も吸いたいと言うことはなくなった。

生まれた端から消えていく煙を見ながら、蜃気楼のようなここ数年を思い返した。

事件からそれなりの年月が経って理解したのは、私には最初から歩みたい人生なんてなかったということだ。

三十代後半は、父の介護で棒に振った。介護のせいで本当にやりたかったことができず、理想の人生からかけ離れた場所にいた。

とてつもない喪失感のきっかけは、婚約を破棄されたことだった。彼は婚約の解消を告げたとき、「お父さんの介護とか大変だろうから」と言った。その一言は、心をえぐるには鋭すぎた。

結婚できないのも、やりたい仕事ができないのも、父のせいだ。父の介護のせいだ。

何の迷いもなくそう思った。

しかし、いざ父が刑務所に入って介護から解放されても、何をすればいいのかわからなかった。コーヒー工場の包装ラインで週に五日働いて、残りの時間はすべて一人で過ごした。休みの日はコンビニで一日分の食事と酒と煙草を買ってきて、あとは自宅から一歩も出ずに過ごした。

会いたい人も、やりたいこともなかった。介護から解放された私に残されたのは、膨大な時間だけだった。

だからといって、また父の介護がしたいとまでは言えなかった。あれはあれで、地獄には違いない。

賽の河原というのは、親より先に亡くなった子が行く場所らしい。そこで、子どもたちは功徳のために石を積む。しかし積み上げた石は片端から地獄の番人たちに崩される。また一から積み直しだ。子どもたちはそれを永遠に続ける。

父の介護をする日々は、賽の河原で石を積むようなものだった。

食事の支度をしても投げ捨てられ、居間で放尿をはじめる。怒っても泣いても反応はなく、同じことを繰り返される。たちの悪いことに、父の症状には波がある。調子がいい日になると、父は必死で自分の行いを謝る。迷惑をかけてすまない、と涙を流す。だから見捨てることもできない。いっそ憎むことができれば、と何度も思った。

父が刑務所に入ったことで、ようやく地獄のループから抜けることができた。しかし仮釈放になれば、間もなくその日々が再開する。

私が父の身元引受人になったのは、あの是永という医師の説教に感銘を受けたからではない。確かに感じるところはあったが、彼の言ったことは綺麗事でしかない。どういう背景があるのか知らないが、マザコン男の個人的な介護話を聞かされたところで、しょせんは他人事に過ぎない。

決心の引き金になったのは、父が口走ったという一言だ。

『ガンガンの中身、空けてくれ』

それは、あの夜父が言ったのと同じ台詞だった。

このまま刑務所に置いておけば、次は何を口にするかわかったものではない。身元引受人になることを決めたのは、父自身に秘密を暴露されないためだ。本当は一日でも長く刑務所にいてもらいたいが、自白だけは避けなければならない。

あの夜のことは、父と私以外知っていてはいけないのだから。

四年前。私たちは限界まで追いこまれていた。

居間には乾いた米粒や割れた食器が散乱し、ひっくり返った汁椀の下に、海藻スープの蒸発した跡が残っていた。重ねられた着用済みの靴下や下着が異臭を放っている。壁に染みついた尿臭は、何度こすってもこびりついたまま落とせない。

父が中古で買った北広島の一軒家は、心象を反映するように荒れていた。

私は毛玉だらけのセーターに、汗の匂いがするジーンズを穿いていた。もう何日連続で着ているのかわからない。父は自室のベッドで呆けている。

何をする意欲も湧かない。けだるさに全身を縛られている。まずは目の前の汚れた部屋を片付けなければならないと思いながら、手も足も動かない。人形のように力なく椅子に身体を預けて、私はゆっくりと朽ちていく我が身を思った。

一対一の介護生活は限界に達していた。特にここ数日の父の様子は異常だった。無言でたたずんでいたかと思えば、突然手づかみで納豆を食べはじめる。食事中にいきなり食器を叩き割り、畳んでいた洗濯物はすべて引っ張り出されていた。挙句、紙おむつを勝手に脱いで居間で用を足す。我に返った父の落ちこみようは目も当てられなかった。悪いのは父ではない。認知症という病だ。

そもそも私は要領の悪い、能力のない人間だ。それでも仕事をしながら父の面倒を見てきた。だが、それも今日までだ。

すべてを投げ出すしかない。

父を殺して、私も死ぬ。

ここから逃げ出すには、それしか手は残されていない。父は少し前からパーキンソン症状が出て、身体は動かしにくくなっている。抵抗しても、押さえつけるくらいはできるはずだ。父の首を絞めて、私自身も首を吊る。長めのタオルを使えば十分だろう。

それで楽になる。全部終わる。

しかし決心は容易につかなかった。間の悪いことに、灯油ヒーターは燃料切れを起こしている。真冬の室温は見る間に下がっていく。よく晴れた夜だった。

こんな状況でも、年の瀬の寒さには耐えきれなかった。

仕方なく、ブーツを履いてコンビニへ行った。近所のコンビニでは灯油を売っていて、その場で持参した容器に移し替える。灯油を注ぐための空の一斗缶を載せて、車で三分のコンビニへ向かった。

晴れた冬の夜、ダウンコートを着て、雪上で一斗缶に灯油を満たす。軍手に冷たい灯油が染みてくる。ひどく孤独な作業だった。このままどこかへ逃げ出してしまおうかと思った。しかし、どこへ？

そのとき、ひらめいた。神様が私に、とっておきの計画を与えてくれた。

思いつくともう我慢できなかった。一刻も早く実行に移さなければならない。今夜は晴天だ。決行するにはうってつけだった。

自宅に戻った私は、車のエンジンをかけたまま父の部屋に入った。虚ろな目で天井を見ている父は、私に目もくれない。

「ちょっと、出かけようか」

返事はないが、構わない。私は父をベッドから立たせ、杖を持たせた。身体は不自由だが、動くことはできそうだ。冬物の寝巻きの上に分厚いオーバーを羽織らせる。

玄関まで誘導すると、父は靴脱ぎにしゃがみこもうとしてバランスを崩した。左側に転倒した父を助け起こす。転倒防止のため、底にゴムを貼り付けた靴を履かせる。当然、感謝の言葉一つない。

私はダウンコートをひっかけ、煙草とライターをポケットに突っこんだ。さっき灯油を満たしたばかりの一斗缶は、後部座席に積んだままにしてある。

父を助手席に乗せ、私は運転席に座る。二人で外出するときはいつもこうだ。

晴れた冬の空は黒く透き通り、いくつもの星が輝いていた。月は明々と地上を照らしている。静かな田舎道を、私たちは会話もなく走った。

車は住宅街を離れ、寂しい地区へと入っていく。まばらな建物はここ数年手入れがされていないようなものばかりで、まだ夜も浅いというのにほとんどの窓からは照明が漏れていない。このあたりは特に住民が少なく、空き家が多い。人魂でも飛び出しそうな雰囲気だった。計画を実行するにはうってつけだ。

私は打ち捨てられた空き家の前で車を停めた。車内灯をつけて父をまじまじと観察する。ベッドにいたときと同じ、呆けたような表情をしていた。運転席から降り、肩を貸して父を降車させる。

廃屋は木造で、閉ざされた雨戸は叩けば割れそうだった。コンクリート塀で囲まれているため、隣家へ燃え移る危険はなさそうだ。住人は間違いなくいない。死人も怪我人も出ない。燃え移る危険もない。

左手で車内に常備している懐中電灯を握り、右肩を父に貸しながら、塀と建家の間の細い道を、裏庭へと歩いていく。こうするしかない。そう言い聞かせながら。

父が刑務所へ入ってくれれば、私はこの地獄から解放される。どうせ父は混濁した意識のなかで生きている。自宅で暮らそうが、塀のなかで暮らそうが、父にとってはさしたる違いではないはずだ。

なぜか、ぼろぼろと涙がこぼれ出した。嗚咽が漏れないよう歯を食いしばる。

ぐちゃぐちゃに荒れた家のなかを思い出す。

娘から見ても、父はまともな大人の男だった。母と離婚してからも、豊かではないがそれなりの暮らしをさせてくれた。規律にも厳しい人だった。その父が、自分が食事をひっくり返し、排泄物を撒き散らしたと知ったとき何を思っただろう。

どうして私たちばかりが、こんな目に遭わなければならないのだろう。今までまっとうに生きてきたつもりだった。なのに、なぜここまで苦しまなくてはいけないのか。

塀と廃屋の間を抜け、裏庭に出る。縁側の下にいくつかの段ボール箱が押しこまれていた。風雨にさらされているせいで、マジックペンで書かれた文字が消えている。

父を裏庭に置いて、すぐに車へ戻る。今度は一斗缶を運ばなければならない。

軍手や手袋は持ってきていなかった。素手で一斗缶を持ちあげ、引きずるようにして裏手へと運ぶ。積雪の厚さから推測するに、少なくともここ数か月は誰も立ち入っていない。寒風が吹き付けるたび指がかじかむ。

父はおとなしく、裏庭で待っていた。やるからには早々にやらなければいけない。一斗缶を地面に立て、冷たくなった指で蓋を開けた。灯油の強烈な臭いが鼻腔を刺す。両手を吐息で温め直し、缶の側面を持ち上げると、氷のように冷たかった。

その冷たさが、私を正気にした。

その場にしゃがみこみ、両腕で膝を抱いて、顔をうずめた。耐え切れず、大声でしゃくりあげる。忘れ去られた寂しい裏庭の雪を、涙が溶かしていった。

本当に、こんなことが許されるのだろうか。

私は父を捨てようとしている。男手一つで育ててくれた実の父を。

やはり、こんなことはできない。

「朋子」

背後から低い声がした。父が暗闇のなかで私を見下ろしていた。

「ガンガンの中身、空けてくれ」

私は悟った。父はすべてを理解している。私が何をしようとしているかも、ガンガン——一斗缶に何が入っているのかも。そのうえで、父は私の背中を押している。

「でも」

「早くしろ」

父の声を聞くと、またあのつらい日々がよみがえった。

ためらいを振り切るように、両目をつぶり、蓋を開けた一斗缶を傾けた。廃屋の雨戸や縁側に灯油がかかり、飛び散った滴がジーンズやシャツにかかる。すぐ近くに立つ父の寝巻きにも灯油はかかる。父はそれを避けるどころか、みずから近づいていった。

一斗缶の中身が空になった。あたりに灯油の匂いが立ちこめる。

いよいよだ。

父は覚悟を決めたようにそう言った。

「煙草、一本くれ」

やはり、これから起こることを父は正しく理解している。罪をかぶるつもりで、最後の一服を要求している。

箱からメンソールを一本つまみ出し、父にくわえさせる。安物のライターで火をつけると、父はゆっくりと煙を吸いこんだ。口の端から漏れた煙が空へ立ち昇っていく。煙を追って、そのまま星空を見上げた。

ついに私は、一線を越える。

父は煙草を半分ほど灰にしたところで、吸殻を雪上に捨てた。それが合図だった。ライターの火をつけ、灯油を浴びせた雨戸に近づける。石をこする指が熱い。炎は私の身体に合わせて震えていた。

触れそうなほど手を近づけたとき、突然、雨戸に火が燃え移った。指を焼かれ、痛みに悲鳴を上げたが、ライターは手放さなかった。指紋がついているライターを現場に残したくなかった。

　赤橙色の炎が瞬く間に燃え広がり、雨戸から縁側へと伝わっていく。小指ほどの大きさだった火は、じきに壁一面の炎へと成長した。湿った木の爆ぜる音が耳を突く。呆然と立ち尽くす父の姿が、煌々と照らし出されていた。

「逃げろ」

　父のしわがれた声で我に返った。足がすくんで動けない。

「早く逃げろ」

　よろけるように数歩踏み出す。縁側下の段ボールに炎が移り、ぱんっ、と爆竹の鳴るような音がした。その音に脅されるように、私は父に背を向け、コンクリート塀の隙間を一気に走り抜けた。表に停めていた軽に乗りこみ、がむしゃらにアクセルを踏む。野次馬はまだいない。逃げ去る私の姿を見た者はいないはずだった。

　対向車とも通行人とも遭遇せず、国道に出た。ライトをハイビームにして、床が抜けるほどの勢いでアクセルを踏む。一刻も早く現場から離れたかった。目の裏に焼き付いた燃える廃屋の光景を振り切るために。

　視界が水分でゆがんでくる。私は号泣しながらハンドルを切った。

　ガレージに車を入れて、家のなかへ飛びこむ。灯油の匂いが染み付いた衣類を脱ぎ捨て、「燃えるごみ」の袋に入れて口を縛る。新しい服に着替えてから、荒い呼吸で携帯電話から110番にかけた。応対した相手は落ちついた口調で、こちらの事情を尋ねてきた。

「一緒に住んでいる父がいないんです」

通話はすぐに終わった。

足腰の力が抜け、汚れた居間の真ん中に座りこむ。どっと疲労が押し寄せた。

自分の声がこだまする。仕方ない。仕方なかった。

私と父が生き延びるには、こうするしかなかった。

振り返ってみれば、杜撰(ずさん)もいいところだ。

それでも私が表立って事件への関与を疑われなかったのは、父が認知症だったからだ。火をつけた前後の記憶がないと言い張ることで、どうやって現場までたどりついたのか、灯油やライターがどこにあったのか、すべてが曖昧なまま父への有罪判決は下された。父の目論見通りに、事は進んだ。

ただ、判決が確定するまで私は生きた心地がしなかった。

灯油を撒いたのも、ライターで火をつけたのも、すべて私がやったことだ。この事実が知れれば、私が放火の実行犯だということが明るみに出てしまう。父子揃って刑務所へ送られる必要はない。

有罪と決まったら決まったで、今度は深い罪悪感に苛まれた。現場には二人いたにもかかわらず、自分一人が罰を免れた。それが目的だったとはいえ、父だけを刑務所に差し出すことには、想像を超える後ろめたさがあった。

介護から解放された私には、代償として罪の意識が付きまとった。

他にやることも思いつかず、父が収容される千歳刑務所に通った。月に二度は面会し、大した会話もせず、ほとんどの時間を沈黙して過ごした。話すべきことなどないが、父の顔を見ずにはいられなかった。

すでに収容されて三年が経つ。父の症状は着実に進行している。激昂することは少なくなったようだが、体力が落ち、自力ではほとんど動けないらしい。事件前とは異なる意味で、過酷な毎日が待っているに違いない。今から憂鬱だ。

ただ、父の介護のほかにやるべきこともない。このまま腐った人間として朽ちていくよりは、心に巣くう罪悪感をわずかでも軽くしてから逝ったほうが、ましな人生だったと思えるかもしれない。

父は再び私に介護されることを、どう思っているだろう。結局こうなるのか、とつぶやくかもしれない。私はその発言にうんざりするかもしれない。

それでも私は父を看取るしかない。それしか道は残っていない。あの医師の言葉を借りるのは癪だが、不完全でも前に進むしかない。

父は幻視のとき、いつも子どものころの私を見ている。現実の私はとっくに四十を過ぎたというのに。父はいつまでも幼いままの娘と一緒に、残りの人生を歩んでいく。そのほうが父にとっては幸せなのかもしれない。

叶うものなら、私だって子どもに戻りたい。

不完全でも、未来を信じることができたころへ。

＊

史郎の顔を、淀んだ二つの眼球がのぞきこんでくる。

「俺の余命、どれくらいだと思う？」

降圧剤の効果を確認するため、松木は定期的に診察室へ呼んでいる。顔を合わせれば必ず余計な会話をふっかけてくるため、できるだけ顔を合わせたくはない。ただ、相手は手を出したり暴れるわけではない。矯正医官という仕事を全うしようとすれば、面談は避けられない。依然、他の刑務所に移送される気配もない。

松木の顔を見ず、質問に答えた。

「そんなもの、わかりませんよ」

「医者ならわかんだろ、だいたい。血圧高いんだよな。二〇〇超えてたら、具体的にどんくらいやばいんだ。あと何年生きられんだよ。十年か？　五年か？」

滝川は険しい顔つきで会話を見守っている。松木が妙な行動を取ればすぐに押さえつけるつもりだ。

「だいたい血圧が高いとどういう病気になんだよ。あ、これはあくまで俺の健康に関する質問だから。無駄な私語じゃないよな。なあ史郎」

松木がわざとらしく横目で背後を見ると、滝川は不快そうに唇をゆがめた。史郎は教科書的な答えに徹することにした。少しでも気を緩めれば、相手はその隙間に入りこんでこようとする。油断はできない。

「血圧が高いと心臓に負荷がかかり、心不全等を起こしやすくなります。また高血圧が続くと血管が張りつめ、動脈硬化が起こります。そのため心筋梗塞や脳梗塞の可能性が高くなります」

脳梗塞。研修医時代の、刑務所から送られてきた脳梗塞患者の姿を思い出す。あの患者が着ていた舎房衣と、目の前の松木の舎房衣が重なる。松木はまだ五十代だが、重度の高血圧であり、動脈硬化は相当に進んでいる。今は血圧コントロールがうまくいっているが、目を離せばいつ重大な病につながってもおかしくない。

「要するに、心臓か脳みそが詰まって死ぬんだな」

「高血圧から亡くなる可能性を考えるなら、遠からず、そうでしょうね」

腕組みをした松木の顔は真剣だった。未来に待つ死を見通そうとするかのように、目を細めている。視線はあさっての方向に向けられていた。何を考えているのか見当もつかず、史郎はため息をついた。

「松木さん。もう結構ですよ」

「案外」

松木は口をはさむ。その腕をつかもうとしていた滝川が動きを止めた。

「俺を看取るのはお前かもしれんな」

史郎が息を呑む音が、診察室に響いた。松木と滝川が退室しても、しばらく史郎は身動きを取ることができなかった。

松木は懲役八年。仮釈放は早くとも五、六年後といったところか。没年が還暦前後というのは日本人の平均寿命を踏まえれば早いが、年季の入った高血圧患者の場合はあながち大げさとも言えない。

若年から血圧が高い患者は、それだけ余命が短くなると言われる。ある調査によれば、男性の場合、三十五歳で高血圧なら余命二十五年。平均して六十歳で亡くなる計算だ。

不摂生を繰り返してきた松木の余命は、統計学的に考えれば平均より短い。ただし、統計と個々のケースはまったく別物として考えなければならないのが、臨床の難しいところでもある。乱れた生活でも長寿な人間はいる。

結局、その人間がいつ死ぬかを予測することなど不可能だ。

――何が起こるかは、起こってみないとわからない。

母はともかく、父を看取る可能性があるとは夢にも思わなかった。息子として松木の死に立ち会う義理は、さらさらない。ただし矯正医官としては、そのときが訪れれば向き合わないわけにはいかない。

今になって、夢遊病について尋ねるのを忘れていたことに気づく。同室の受刑者が不満を漏らしていた件だ。放置すれば、より大きなトラブルに発展するかもしれない。夢遊病の治療にはデパスなどを使うが、今のところ松木には睡眠薬の類は出していない。

松木に殺されかけた夜が想起される。月明かりを反射する三徳包丁の光。暗い瞳。爪を立てた太ももの痛み。一つ一つが鮮明に再現される。ぶっ殺してやろうか、と確かに松木は言った。

そのとき、かすかな違和感を覚えた。

包丁の刃に映っていたのは史郎ではなく、松木自身の横顔ではなかったか。〈ぶっ殺してやる〉相手は、自分自身を意味していたのではないか。

これは史郎の妄想に過ぎない。客観的に状況を見れば、殺されかけたのは史郎だ。しかし松木が自死を企てていなかったとする証拠も、またない。

仮にそうだとすれば、あの夜、松木は自死する道を捨てたのだ。どれだけ汚い手段を使っても、どれだけ罪を犯しても、意地汚く生きることを選んだ。

その選択は、医師としては正しいと言える。しかし息子としての本音が許されるなら、松木には死んでほしかった。血のつながりなど、巨大な憎しみの前では無意味だ。

松木は博子と史郎を見捨て、詐欺で巻き上げた金でのうのうと暮らしてきた。その事実を前にすれば、倫理や常識は危うく吹き飛ばされそうになる。貧しい生活、差別的な視線、強烈な自己嫌悪。償うことができないなら、せめてこの世から消えてほしい。

失われていい人命などない。そんなことは理解している。だが、史郎の手にあの夜の包丁が握られていたら、そして目の前に松木が眠っているとしたら。包丁を振りかぶらずにいられる自信は、史郎にはない。

第四章　白い世界

視界は真っ黒に塗りつぶされている。
私はいつまでも明けない夜のなかを歩いている。
きっと事切れるその瞬間まで、この夜から抜け出すことはできないのだろう。
己が間違ったことをしているという自覚はなかった。
どうすれば彼らを許すことができるのかと思い悩み、自分を責めた時期もあった。
しかし何度考えても、導かれるのは、悪いのは彼らのほうだという結論だった。
迷いがなくなってからは罪悪感に苦しむこともなくなり、心が楽になった。
憎しみがもたらした夜は、今も視界を覆っている。

＊

史郎の視界は白く塗りつぶされていた。

ワイパーはせわしなく動くが、降りしきる雪の勢いに追いつかず、フロントガラスに粉雪が張り付く。車内の空調はひっきりなしに温風を吐き出し、窓ガラスの氷雪を溶かそうとしている。年が明けて二月。千歳市内は白銀の雪に覆われていた。今冬は降雪量が多く、おまけに風が強い。今日は朝から吹雪(ふぶ)いている。

やっとの思いで千歳刑務所にたどりつき、駐車場に車を停める。診察室に出勤してすぐ、史郎は滝川から報告を受けた。

「昨夜、黒崎が札幌へ到着した、と連絡がありました」

「無事ですか」

「特に変わりないようです」

黒崎は昨日まで千歳刑務所に収容されていた受刑者である。五十七歳。服役前はアルコール依存症で肝臓を病み、三年前の入所時健診で肝硬変が判明した。

さらに先日、肝がんに罹っていることが明らかになった。

きっかけは、定期健診で肝機能にかかわる数値が軒並み悪化していたことだった。史郎の手に余るため、苦労して協力を取り付けた総合病院に診察を依頼して、ようやく肝がんが判明した。医療設備や人員の問題から、黒崎は札幌刑務所へ移送することになった。

「じゃあ、今日もはじめましょうか」

千歳刑務所で働きはじめて、間もなく一年が経つ。史郎にも所内の勝手がわかってきたし、患者の詐病を見抜くための勘所も心得た。仕事が生活の一部となった。同時に、矯正医官という仕事に染まりつつある自分に対して、ごくたまに疑問を感じることもあった。

例えば、金の問題である。刑務所医療にかけられる予算には上限がある。所内で行うことのできない検査や処置は多い。医薬品も自由に処方できるわけではない。当初はそのことに不便さや理不尽さを感じていたが、今の史郎はそれを当然のこととして受け止めている。無い袖は振れない。

しかし、ふとしたときに違和感を覚えるのだ。

――本当に、これでいいのだろうか。

扉の向こうから声がした。

「失礼します」

　滝川が連れてきたのは、千歳刑務所にいるもう一人の肝硬変患者だった。ふてぶてしい面構えで診察室を見回す態度。一八〇センチを優に超える巨軀を持て余しているように見える。黄色く濁った眼球がぎょろりと動いた。滝川はその一挙手一投足に目を光らせる。

　称呼番号一六五一番。井戸征夫。四十七歳。強姦致傷罪（現在の強制性交等致傷罪に相当）で懲役八年。

　彼もまた入所時健診で肝硬変が判明した。ただし井戸の場合、原因はアルコールではなくウイルスだった。B型肝炎ウイルス、通称HBV。性感染症ウイルスの一つである。

　井戸は若いころから、不特定多数の相手と性交渉を重ねてきた。しかも入所時健診までHBVに感染していること自体を認識していなかったため、いつ、誰との行為で感染したか推測することすらできない。

　成人してからのHBV感染で、キャリア化するのは一割程度である。さらに肝炎を発症し、肝硬変にまで進行する例は限られる。一方で、日本国内のキャリアは百万人を超えると見積もられている。受刑者たちのなかにもキャリアは多く、肝硬変まで進んでいるのが井戸だけ、というのはむしろ史郎には少なく感じられた。

「食欲はどうですか」

「……別に」

「体調は変化ありませんか」

「……少し、だるい」

史郎は定期健診の結果が印刷された紙を示した。

「このALTとかASTというのは、肝機能に関連する数値です。先日の健康診断で、井戸さんの検査値が悪化していることがわかりました」

井戸は手元の紙をのぞきこみ、黙ってうなずく。こちらの言葉を理解しているのか、心もとない。

「今日から少し薬を増やします。何か変わったことがあれば、申し出てください」

すでに肝機能を改善するウルソデオキシコール酸のほか、便秘薬、BCAA製剤などを出していたが、効果はほとんど見られない。かといって、ここではベムリディのような高価なB型肝炎治療薬は手に入らない。できることをやるしかなかった。

井戸や黒崎に限らず、肝臓を病む者は多い。多くの場合アルコールや生活習慣が原因のため、刑務所に入って質素な食生活を送ることで数値が改善する場合も少なくない。

井戸と同室の受刑者も、肝硬変には至らないが肝機能の衰えが見られ、やはり先日ウルソデオキシコール酸を処方したばかりだった。同じ共同室にウルソを服用する受刑者が二人も出るほど、千歳刑務所では肝臓に病変を持つ者が多い。

井戸は最後に腰を折り、形ばかりの礼を言って去っていった。

無人になった診察室で、史郎は改めて身上調査書に目を通した。そこには井戸の犯罪の概要が記載されている。

某年七月下旬の午後十時ごろ、井戸は旭川市内の路上で十代の女子大学生を押し倒して後ろから首を絞め、「抵抗すれば殺す」と脅したうえで草むらに連れこみ、一方的に姦淫した。理由について井戸は「酒に酔っていて性欲が高まっていた。相手は誰でもよかった」と供述している。

受刑者が犯した罪を読むたび、史郎はやるせない気分になる。とりわけ傷害や性犯罪といった他害行為は、医師としても虚しい気持ちにさせられる。

肉体的な傷はもちろん、強姦被害者の女性が負った心の傷は計り知れない。しかも井戸はＨＢＶキャリアだ。もし被害女性がＨＢＶをうつされていれば、彼女もまたキャリアになりかねない。史郎は被害者が感染していないことを祈りつつフォルダを閉じた。

滝川が次の受刑者を連れてきた。史郎は白衣の襟を正して、ふたたび患者と向き合う。


翌日、処遇部は朝から騒然としていた。

滝川に用があって処遇部の居室を訪れた史郎は、数名の刑務官が顔を付き合わせている場面に遭遇した。輪のなかには処遇部長もいる。滝川はデスクワークの最中だったが、彼らの会話が気になるのか、ちらちらと視線を送っている。

「どうかしたんですか」

不穏な気配を察した史郎が小声で尋ねると、滝川も同じくらい潜めた声で答えた。

「家具工場で、棚の下から禁止の私物が出てきたんです」

反射的に松木の暗い笑みが浮かぶ。家具工場といえば、松木が働いている作業場である。

「物は何ですか」

「煙草です。しかも吸殻」

史郎は腕を組んだ。嗜好品である煙草は、刑務所への持ち込みが禁じられている。

しかも吸殻が見つかったということは、火をつける道具も所持している可能性が高い。むしろ煙草そのものより、厄介なのは火器のほうだ。脱走、自殺、そして火災は、矯正施設として最も避けるべき事態である。所内に火器を隠し持っている者がいるなら、必ず見つけ出さなければならない。

　昨秋、松木からハト行為を要求されたことを思い出す。松木はジェスチャーで史郎に煙草をせがんだ。史郎は過去の記憶に憑かれそうになったものの、滝川の助けもあってハト行為に与することはなかった。

「今、ＤＮＡ検査をすべきか、というところまで話が行っているんです」

　滝川は処遇部長たちのほうを見やった。吸殻には唾液が付着しているはずであり、ＤＮＡ検査のサンプルにもなり得る。ただし状態によってはＤＮＡ採取ができないこともあり、信頼性は高いが絶対というわけではない。

　史郎は松木の顔を思い浮かべながら訊いた。

「煙草の銘柄は？」

「実物を見せてもらいましたが、青い字でＨＯＰＥと印字されていました」

　ショートホープだ。忘れもしない、松木の好む銘柄。

　発見された工場と煙草の銘柄だけで、松木の仕業と決まったわけではない。しかし史郎は現に煙草を要求されている。他の職員に対しても同じことをしていた可能性はある。滝川は、考えこむ史郎を怪訝そうに見ていた。

午後、さっそく滝川を通じて松木を呼び出した。前回顔を合わせてからさほど間が空いていないが、細かいことは気にしていられない。血圧よりも確認しなければならないことがある。

灰色の舎房衣を着た松木が診察室へやってきた。笑うとニコチンで染まった黄色い歯が見える。会うたび、過去の汚点と直面するようで憂鬱になる。できることなら、死ぬまでこの男とは会わずに済ませたい。

「血圧の測定結果ですが」

言いながら呼気に鼻を近づけるが、煙草の匂いはしない。史郎は血圧の測定値と松木の顔を見比べた。

「経過は問題ありません。アムロジピンの服用を継続してください」

「……今日は、それが目的か？」

「は？」

「他に訊きたいことがあるんじゃないか」

先手を打ったのは松木のほうだった。史郎は思わず目を見開く。

これは挑発だろうか。史郎が松木を怪しんでいることを、松木自身も把握しているということか。そもそも工場で吸殻が発見されたこと自体、受刑者たちには知らされていないはずだ。いったい、どうやってそれを知ったのか。下卑た笑い顔が視界一杯に広がる。

そのとき、松木の背後に立つ滝川と目が合った。動じるな、と一喝されたような気がした。はっとする。まだ松木が事情を知っていると決まったわけではない。単に鎌をかけているだけかもしれないのだ。相手の性格を考えれば、むしろその可能性が高い。変則的なタイミングで呼ばれた理由を探るための質問だと考えるのが妥当だ。

目が覚めたような思いで、改めて松木の顔をまじまじと観察する。今度は向こうが勘ぐる番だった。上体を引いて離れようとする。

「何だ、気持ち悪い。ふざけてるのか」

「手を出してください」

松木は珍妙な動物を見るような視線を送りつつ、両手を差し出す。史郎は鼻先を近づけた。呼気からも、指先からも、煙草の匂いはしない。これだけで無関係とは言えないが、ひとまず、最近煙草を吸った形跡は認められなかった。「結構です」と言い渡すと、松木は不思議そうに両手を揉んだ。

「お前、何か調べてるな。父親にも言えないことか」

悪知恵の働く松木は何かを感じ取っていたが、史郎はぼろが出ないよう無視する。相手が何も答えないと見るや、松木は史郎に向かって人差し指をひょいひょいと曲げてみせる。

「いいこと教えてやるよ。耳貸せ」

「私語はやめろ」

すかさず滝川が叱責する。史郎がつい振り向くと、松木は例の笑みを浮かべていた。唇が動いている。吸い寄せられるように、史郎は耳を近づけた。

「俺の取調べの記録、見てみろ。面白いことがわかる」

なぜだかそのときだけは、松木の声が甘く聞こえた。胃がむかつくような口臭を伴う、甘美なささやき。取調べの記録はないが公判記録なら手に入る。史郎は表面上、興味のなさそうなふりをした。

「もう結構です。お帰りください」

そっけなく告げると、松木は滝川に立たされて診察室を出て行った。松木は最後まで嫌な笑い顔のままだった。いっそ、吸殻の持ち主として突き出してやろうかと思った。いくつかの状況証拠は、確かにあの吸殻が松木のものだと示している。だが、犯人と決め付けるには根拠が薄弱すぎるのも確かだった。

その後、吸殻はDNA検査にかけられることに決まった。発見された吸殻は医務課にまわされ、保健助手たちが外部の分析機関へ委託した。結果が判明するのはおよそ二週間後。その間も犯人探しは続けられる予定だった。

史郎は別の保健助手から松木の公判記録を手に入れたが、流し読みする限りでは何も〈面白いこと〉は載っていなかった。口からでまかせだったか、一目でわかる内容ではないのか。しかし熟読している暇はなかった。

日常の雑務に追われて、じきに松木の発言も忘れてしまった。

＊

午前の作業が開始して間もなく、所内全域にブザーが鳴り響いた。

ブザー音は緊急事態を意味する。刑務官が鳴らしたのだろう。多いのは受刑者が暴れ出したか、受刑者同士の喧嘩か。もしくは急激な体調の悪化。

史郎は保健助手と一緒に、病床の受刑者たちを見回っているところだった。医務棟からもブザーは聞こえた。保健助手が「工場ですね」とつぶやく。ブザーが鳴れば、ひとまず史郎は診察室へ戻ることになっている。

回診を中断して診察室へ戻ると、机上の内線が鳴っていた。受話器を取ると、刑務官の声が鼓膜に飛びこんでくる。

「家具工場で受刑者が意識を失って倒れました。至急お願いします！」

「倒れたのは誰ですか」

「井戸征夫です！」

ＨＢＶキャリアの肝硬変患者。嫌な予感がよぎる。

──肝性脳症か。

肝性脳症は、肝硬変の代表的な合併症の一つだ。肝臓を病むことで血中アンモニア濃度が高くなり、アンモニアが脳に達することで引き起こされる。軽度の状態では気づきにくく、重症化すると昏睡状態に陥る。

史郎は保健助手を伴い、現場に急いだ。

井戸は家具工場の隅に身体を横たえられていた。ついたてで仕切られ、受刑者たちには見えないようになっている。史郎はそのかたわらにしゃがみこみ、声をかけた。

「大丈夫ですか。聞こえますか」

井戸はかすかに目を開けた。唇は動くが、何も言葉が出てこない。

刑務官が素早く状況を説明する。起床時から倦怠感を訴えていた井戸は、朝食もほとんど手をつけなかったという。そのまま作業に出たが、すぐに体調不良で動けなくなったため、工場の隅で休ませていた。じきに、井戸は眠りこんだように意識を失った。

担架で井戸を工場の別室に移す。受刑者たちは例外なくその姿に視線を注いでいる。

「救急要請しましょう」

とっさの判断で刑務官に救急車を呼ばせた。仮に肝性脳症だとすれば、刑務所の診察室にある設備ではとても処置できない。受刑者を外に出すため、刑務官の付き添いは必要になるが致し方ない。他に手だては考えられなかった。

せめて勇気づけるため、史郎は井戸のそばで声をかけ続けた。

「間もなく救急車が来ます。もう少し頑張りましょう！」

青白い顔をした井戸は、かすかに唇を震わせた。みずからの意思とは無関係に、身体が勝手に動いているようだった。診察時の不遜な気配はすっかりなりを潜めている。

救急車が到着したのはおよそ十分後。史郎から井戸の病状や倒れた状況を説明し、あとは任せることにした。同乗したところでできることがあるとは思えないし、史郎は史郎でやるべきことがある。救命士たちは井戸を手早く救急車に乗せ、慌ただしく刑務所から去った。

　送り出してしまえば、先ほどまでの騒がしさが嘘のように、平常と変わらない千歳刑務所が待っていた。工場ではいつもと変わらず受刑者たちが淡々と働き、刑務官たちはどこか安堵したような風情で見回っている。

　史郎の回診もじきにはじまった。最初に連れられてきた受刑者は診察もそこそこに、好奇心を丸出しにして尋ねた。

「あいつ、なんで倒れたんですか」

　なれなれしい物言いに、保健助手が「おい」と短く叱責する。史郎には「まだわかりません」と答えるしかなかった。肝性脳症かどうかは未確認だし、そうだとしても他の受刑者にべらべら語っていいはずがない。しかし、いったん刺激された受刑者たちの好奇心はそう簡単に抑えられない。何とかして井戸の病状を訊き出そうとする患者たちは相次ぎ、史郎は閉口した。

　加えて、史郎に対して挑発的な態度をとる受刑者の多さが気になった。質問に答えるのを拒否すると、あからさまに舌打ちをしたり、「なんでだよ」と凄んだりする。矯正医官になって一年近くが経ち、最近は受刑者とも信頼関係を築けていると思っていただけに、逆戻りするような反応はこたえた。

午後、搬送先の市民病院から史郎のもとへ連絡が来た。普通、病状を知らされるのは運ばれた人間の家族だが今回は事情が事情だ。庶務に電話をかけてきた医師は、癖なのか早口でまくしたてる。

「ええとですね、昏睡度Ⅳの肝性脳症ですね」

「原因は肝硬変ということですね」

「いや、それがね。肝硬変だけが原因とも思えないんですよ」

「えっ?」

「AST、ALTが高すぎるんです。二〇〇〇を超えています。おそらく劇症肝炎ですよ」

二か月前の定期健診ではAST、ALTとも三〇〇前後だった。基準値よりは高いが、二〇〇〇となると桁が違う。そこまで高値になったのは劇症肝炎のせいだと考えるのが妥当だが、HBVが原因だと考えると辻褄が合わない。

「ウイルス性肝硬変から、突発的に劇症肝炎になりますかね」

「いやあ、ちょっと考えにくいと思いますがね。だって感染したのはもう何年も前なんでしょう? ないとは言い切れないけど、どうかな」

通常、HBVによる劇症肝炎は感染から数か月後に発症する。井戸の場合、HBV

に感染したのは遅くとも三年以上前だと思われる。しかも収容されたときにはすでに肝硬変にまで進行していたため、今さら劇症肝炎が起こるとも考えにくい。

「何か別の原因は考えられないんですか。食事で生魚が出たとか」

肝炎は生魚や生肉から感染することもある。しかし衛生面から、千歳刑務所では受刑者の食事には生魚も生肉も出ない。

「とにかくそういう状況なんでね。もうしばらくかかると思いますよ」

医師は話すべきことを話すと、通話を切った。外線を切った史郎は診察室の椅子で足を組み、もう一つの可能性について考えた。あえて口にはしなかったが、劇症肝炎には別の主要な原因がある。

——薬物性肝障害。

医薬品などが原因となって発症する、肝臓の炎症だ。

薬物性肝障害には二つの分類がある。体質的にアレルギーを発症する特異体質性と、化合物やその代謝産物の毒性が原因となる中毒性の二つ。井戸に与えていた医薬品の種類はこの一年ほど変更していないから、特異体質性の可能性は低い。また劇症肝炎が疑われるような医薬品は使っていないから、中毒性とも考えにくい。

しかし、その前提を覆す仮説が一つだけある。

仮に、井戸が何らかの方法で外部から薬を入手して密かに服用していた場合だ。史郎が管理していない化合物を摂取していたとすれば、それが劇症肝炎を引き起こすことはあり得るだろう。

もちろん、受刑者が職員に隠れて外部から医薬品を入手することは禁じられている。やろうとして簡単にできることでもない。外部に協力者がいたとしても、刑務所の外へ出られない受刑者に品を渡すのは至難の業だろう。

現実的にはあり得ない。

――まさか、な。

史郎は思いつきを打ち消し、診察に戻ることにした。

その日は作田良平の診察があった。多発性硬化症とよく似た神経難病のＮＩＮＪＡを患う受刑者だ。ひと月ぶりに顔を合わせる作田は、どこか浮き足立っていた。

「もうすぐ、仮釈放の面接なんです」

作田はすでに刑期の半分以上を終え、仮釈放の準備をはじめている。受刑態度は良好で、懲罰の経験もないため、無事に事前審査を通過したらしい。作業中、痛みが堪えきれずに中断することはあったが、史郎が処遇部に事情を説明したため減点対象にはなっていない。仮釈放の面接は仮面接と本面接の二度あり、作田がこれから受けるのは一度目の仮面接のほうだった。

「引受人はどうされますか」

「保護会が受けてくれるそうなので」

作田のようなケースは幸運だ。親族や知人に引受人を断られた場合は保護会などの施設に依頼することができるが、同様の受刑者が非常に多いため、保護会からも断られることが少なくなかった。保護会もすべて受け入れられるわけではない。

「先生には、本当にお世話になりました。これからも大変だと思いますけど、お仕事頑張ってください」

「さすがに気が早いですよ」

「はは、すみません……でも最近、是永先生の嫌な噂が流れてるんです。本当に注意したほうがいいかもしれません」

かたわらに立つ保健助手の表情が陰り、「余計な私語は慎め」と叱責が飛んだ。その反応は、むしろ作田の言う〈是永先生の嫌な噂〉が事実であることを裏づけていた。

史郎も、悪評を知ったところでいいことなどないとわかっている。しかし、矯正医官に対する信頼は受刑者の治療にも直結する。対処できることなら、しておいたほうがいい。それに、自分に関する噂が気になるというのも本音だった。

「どんな噂ですか。治療にかかわることなので、ぜひ教えてください」

作田は刑務官に叱られたことで萎縮していたが、それでもおずおずと語り出した。

「あんまり詳しくは知らないですけど……受刑者のなかに先生の父親がいるんですよね？　その人に、先生がえこひいきしているというか」

「どういう内容の？」

「例えば食べ物とか、煙草とか差し入れしていると。本人が言いふらしてるだけかもしれないんですけど。でも、それを信じちゃってる人も結構いて。そういう人たちは、刑務官の先生方に直接抗議してるそうです」

「あり得ないですよ、そんなこと」

つい、反論を口に出していた。他愛のない噂話だ。史郎と松木の過去を知っている者なら、まず信じないだろう。くだらない、と思いつつ、苛立ちは拭えなかった。作田はまだ話すことがあるらしく、口を開閉させている。

「あと、是永先生の母親が、体調がよくないとか。それも先生の父親が言ってるんだと思いますけど。何というか、ちょっと、ボケてるというか……」

「いい加減にしろ」

保健助手に怒鳴られ、作田は肩をすくめる。

怒りを通り越して、史郎は呆れていた。刑務所のなかですら、他人を貶めて優位に立とうとする卑劣さは、理解の範疇を超えている。訊いたことを後悔しながら、作田を診察室から帰した。

いまだ、松木が他の刑務所へ移送される気配はない。

真昼の小樽運河がゆるやかに流れている。運河の対岸に立つ倉庫群の外壁にはところどころ蔦が茂り、ここに流れてきた時の長さを思い知らされる。空の青さが映りこんだ水面は、微風でゆらめいていた。

行き交う通行人たちは、凍った路面を平気な顔で歩いている。頭上にはぱらぱらと粉雪が降り、路傍には泥混じりの雪が積み上げられていた。

史郎は石造りの堤防のそばで、ぼんやりと河面を眺めている。

「お昼ごはん、どこにしようか」

美波から言い出すときは、たいていすでに食べたいものが決まっている。腕時計を見ると午後一時を過ぎていた。

「何がいい？」

「海鮮がいいな。お寿司じゃなくて、ドンって感じの海鮮丼」

「ドンって感じ、ね」

冬晴れの下、史郎と美波は海鮮丼を出す店を探して歩き出した。

前回小樽に来たのも冬だった。雪の積もった運河の街は美しく、冴えた空気のなかで見る運河やレンガ造りの建物は澄んでいた。

スマートフォンでさんざん調べた挙句、たまたま見つけた一軒の食堂に入った。こぢんまりとした店構えだが、店内は盛況で、ちょうど一組分だけテーブル席が空いていた。雪を叩（はた）き落として店内に入る。向かい合わせに腰を下ろし、海鮮丼を二つ注文した。

「うわ、おいしそう」

美波は隣の客が食べている海鮮丼を見て、小声で言った。きらきらと光る白飯の上に、こぼれそうなほどイクラとウニが盛られ、その周りを海老やマグロが囲んでいる。

確かにうまそうだ。

しかし、じきに運ばれてきたのは赤一色のイクラ丼だった。ぼんやりしている史郎を尻目に、美波はすかさず店員に尋ねた。

「これ、違いません？」

まだ大学生くらいの若い店員は伝票を見直すと、あわてて「失礼しました」と言い、イクラ丼を盆に載せ直して厨房へと去っていった。美波はその後ろ姿をじっと見ている。楽しみにしていた海鮮丼を間違われて怒っているのかと思った史郎は、それとなくとりなした。

「しょうがない、混んでるから。若いからまだバイトはじめたばっかりかも……」

「違うの。怒ってるんじゃなくて。今ので変なこと思い出した」

前に向き直った美波はグラスの水を飲んで語りはじめた。

「この間、うちの薬局に保健所の立ち入り検査があったの」

美波の勤め先は、北洋大学の近くにある調剤薬局だ。

「何かやらかした?」

「うちはやらかしてないよ。でも、別の薬局がやらかした」

美波が言うには、道内のある薬局が調剤ミスで患者に間違った薬を出したらしい。そのせいで患者は緊急入院する事態に陥った。海鮮丼とイクラ丼の間違いは見ればわかるが、薬剤の取り違えは気づきにくい。

「テレビでニュースにもなったよ。知らない?」

「ほとんど見てないから」

その調剤ミスがきっかけで、道内全域の薬局で立ち入り検査が行われているという。

薬剤師たちにとってはいい迷惑だそうだ。

「調剤薬局の薬剤師って、間違えないことが当たり前じゃない？　ミスしたらとんでもないことになるけど、うまくやり遂げても誰も褒めてくれない」

そこまで話したところで海鮮丼が二つ運ばれてきた。きらびやかな具材がこれでもかと載せられている。途端に美波の声が弾んだ。

「そうそう、これこれ」

手を合わせて食べはじめる。一緒に運ばれた潮汁にはカニの殻が入っていた。すすると、凝縮されたカニのエキスが舌の上に広がる。磯の香りが食欲をそそる。

丼に醬油を回しかけ、ウニとイクラを同時にすくいあげて口に運ぶ。なめらかなウニが旨みと甘みをまき散らしながらほどけていく。イクラを嚙むとぷちりと弾け、濃厚な魚卵の塩気に口のなかが浸される。

「あー、おいしい」

史郎も、満足げにつぶやく美波と同じ意見だった。

すすきのの『ピリカ』で美波と二人で飲んでから、ぎくしゃくしかけた関係は少しずつ元に戻っている。いまだに有島の名前は美波の前では出せないが。

食事を終えた二人は食堂を出て、再び運河沿いを歩いた。小樽駅と逆方向へ進んでいく。立ち並ぶ土産物店や飲食店を通り過ぎ、オルゴール専門店で足を止めた。美波に手を引かれ、店内へ入る。大小さまざまなオルゴールが、軽やかな音色を奏でていた。

美波は小さいオルゴールを手のひらに載せ、ぜんまいを回した。可憐な音で『星に願いを』が流れはじめる。

「そろそろ、史郎くんのお母さんに挨拶したほうがいいよね」

美波が独り言のようにつぶやいたので、史郎は聞き逃しそうになった。

「挨拶って言った？」

「うん。史郎くんのお母さんに会いたい」

史郎はすぐには答えられなかった。父親がいないことも、博子の認知症のことも、美波はすでに知っている。そのうえで会いたいと言ってくれている。それでも史郎は気が進まなかった。性格の変わってしまった博子は、美波に何をするかわからない。美波だって、博子と会えば史郎との交際を躊躇するかもしれない。美波には何でも相談すると決めたはずだったが、踏み切れなかった。

「考えとく」

史郎は曖昧な返事で濁した。

――俺はいつもこうだな。

美波は『星に願いを』が鳴りやむまで、じっとオルゴールを見つめていた。

＊

吸殻のＤＮＡ検査結果を耳にした史郎は、思わず訊き返した。

「松木じゃないんですか」

「家具工場で働く受刑者のＤＮＡと照合したところ、井戸と一致したと」

吸殻に付着した唾液のＤＮＡは、井戸征夫のものと一致した。あの吸殻が発見されたのは井戸が入院する直前だ。一応、辻褄は合う。

夕刻。すでに本日分の診察は終わっている。滝川は深刻そうな顔で語る。

「井戸は何らかの方法で外部から煙草を入手したのかもしれません」

「何らかの方法、とは？」

思わず史郎は尋ねていた。当然、念頭にはハト行為のことがある。仮に井戸がハト行為の恩恵を受けていたとすれば、薬物性肝障害にも説明がつく。外から運ばれてくるものは煙草など嗜好品とは限らない。例えば、医薬品。

滝川はその質問には答えず話を続けた。

「今は入院中のため取調べはできませんが、後日、戻ってくれば問い詰める予定です」

劇症肝炎を発症した井戸の入院は、搬送から十日が経った今も依然として続いている。発症の原因はいまだはっきりしていない。

「先生。取調べのためではありませんが、そろそろ入院を打ち切る頃合いではないですか。現場はそろそろ限界です」

それはここ数日、史郎を悩ませている案件でもある。

井戸の入院にあたっては、二十四時間体制で刑務官が監視についている。万が一、逃走するようなことがあってはならない。しかし通常の勤務に加えて、病院での監視に人員を割くことで刑務官たちに負担を強いていることも理解している。このまま漫然と入院させ続ければ、今度は刑務官の側が倒れかねない。

「私も昨日、行きました。医師とも話しましたが、緩やかにではあるものの、回復傾向にあるとも聞きました。もちろん先方とご相談のうえで結構ですが、退院を考えてもよいと思いませんか。あまり悠長に待ってもいられません」

滝川の主張は筋が通っている。病状が回復しているなら退院させるべきだし、吸殻が井戸のものであるなら、彼が火器を所内に持ちこんでいる可能性もある。至急、取調べを行って確認すべきだろう。

井戸の入院を打ち切るとなれば、千歳刑務所に戻ることになる。病状の深刻さから考えれば札幌刑務所へ移るのが妥当にも思えたが、あちらはあちらで手一杯だ。

「わかりました。検討します」

「よろしくお願いします」

滝川は丁寧に腰を折って頭を下げた。それから、夕食の前後で受刑者に与える医薬品の準備をはじめた。

診察室には二人しかいない。デスクで記録をつける史郎と、薬を切り分ける滝川。静かな診察室にはペンが走る音と、鋏がシートを切る音だけが響いた。史郎はカルテのフォルダを閉じた。

気まずい話題だが、滝川には確認しておきたい。史郎は単刀直入に訊いた。

「井戸は、ハト行為をしていたと思いますか」

「……わかりません」

滝川は作業を続けながら、険しい表情で答えた。刑務官という立場を考えれば、容易に肯定はできないだろう。しかし史郎はやめなかった。

「やはり、井戸の劇症肝炎は納得がいかないんです」

「HBVによるものではないということですか」

「肝生検は薬物性肝障害を支持しています」

肝生検と呼ばれる検査で、zone3という部位に帯状壊死が起こっていることがわかった。これは薬物性肝障害に多く見られる組織所見である。

「服用薬は、井戸がずっと飲んできたものでしょう。今更アレルギーを発症することはないんじゃないですか」

「仮に井戸が何らかの手段で、我々の知らない薬を服用していたとしたらどうですか。その薬がアレルギーを引き起こしたのかもしれない。煙草を手に入れるルートがあるなら、薬を手に入れるルートがあってもおかしくない」

珍しく、滝川は不愉快そうに顔をしかめた。

「はっきりとおっしゃったらどうですか。職員がハトになっていると。先生は疑っているんでしょう。刑務官の誰かが受刑者の井戸に協力して、煙草や医薬品を渡していると」

「可能性はゼロとは言えないでしょう」

「だとしたら、理由は何ですか。むやみにハト行為を疑えば、先生は職員からも受刑者からも信用を失うことになります。保健助手としてそれはお勧めできません」

滝川の言い分はもっともだ。史郎も強硬に主張することはできなかった。声を荒げているわけではないが、滝川の言葉の端々から抑えきれない激情がにじみ出ている。

「不愉快にさせてしまったのなら、謝ります」

「謝罪するようなことではありません。ただ、先生の立場を悪くするようなことは慎まれたほうがいいと思ったまでです」

そこまで言い、ようやく滝川は作業に戻った。気まずい沈黙が落ちる。ちょうど終業時刻になった。史郎は滝川の横顔に「お疲れ様です」と声をかけて診察室を後にした。更衣室へと向かう道のりで一人反省する。

――逆鱗に触れちゃったな。

史郎は反省する一方で、極端な怒り方が気にかかっていた。本当にハト行為に心当たりがないなら、むきになることはなかったのではないか。会話の余韻を引きずったまま更衣室に入ると、山田所長と鉢合わせした。

「所長もお帰りですか」

「今日は子どもの誕生日でね。早く帰らないと怒られる」

そう言いながら、制服を脱ぐ山田の手つきはのんびりしている。

「先生の顔色はなんだか浮かないですね。仕事をやりながらの介護は大変だと思いますが、ちゃんと休まれてますか」

「いえ、ちょっとね。滝川さんを怒らせてしまって」

史郎は先ほどの会話をかいつまんで説明した。山田は肉付きのいい顔に苦笑を浮かべる。

「過去にそういう事件があったことは確かですがね。でもハト行為を疑われて、気分のいい刑務官はいないでしょうね」

「申し訳ないことをしました」

「もちろんそんなことはあり得ないという前提ですが……刑務官のなかでも特に滝川さんは、絶対にハト行為とは無縁だと思いますよ」

史郎は問いかける代わりに山田の顔を見た。山田は口を開きかけ、更衣室の入口のほうに視線を移す。一瞬で真顔になり、そのまま史郎に顔を向けた。

「ちょっとだけ時間をもらえますか」

私服に着替えた山田は、駐車場の桜を見上げていた。節くれだった枝には雪が積もっている。黒く艶やかな樹は、巨大な老人のように史郎たちを見下ろしていた。雪は降っていないが、夕刻の駐車場は暗く寒い。

「車に入りましょうか」

「いや、ここで結構。すぐに終わります」

山田は両手を後ろに組み、史郎の顔に視線を据えた。吐く息が白い。

「滝川さんは何年か前に奥さんを亡くしています。十数年に亘る闘病生活を送られていたそうです。ご存知でしたか」

史郎には初耳だった。首を横に振ると、山田は重い口調で続けた。

「ここから先は、本人から直接聞いたわけではないですがね。滝川さんの奥さんが罹っていた病気というのは、B型肝炎ウイルスによる肝硬変だったという話です」

冷たい風が吹いた。夜の気配を帯びた風が史郎の首筋を冷やす。

「奥さんは、発症前にある事件の被害者となっていた」

やめてくれ、と言いたくなる。この話の先を聞かなければならないのに、耳を塞ぎたくてたまらない。しかし史郎は歯を食いしばって耐えた。悲劇の予感に備えた。

「強姦事件です」

滝川の暗く冷たい瞳。すべての他者を拒絶するような陰鬱さ。そういった負の印象はすべて、彼の過去に源があるのかもしれない。

滝川が山田の経歴を知っていたように、山田も滝川の過去を聞き及んでいるのだろう。山田は「あまり詳しいことは知りません」と言い、事件の詳細については語らなかった。

「ただ、奥さんが犯罪被害に遭われた滝川さんが、受刑者のハト行為に加担することは考えにくいでしょう。ましてや井戸は強姦致傷で収容されている。滝川さんが井戸に手を貸すということはまずあり得ないと思いますよ」

山田の言うことはもっともだ。確かにハト行為があったとして、滝川が協力者ということは考えにくい。

「わざわざ、教えてくださってありがとうございます」

「いえ。先生も、知っておいたほうがいいでしょうから」

山田の口ぶりは妙に歯切れが悪い。

「滝川さんは、その……仕事はできるし、いい人であるんですが、どこか危ういものを感じるというか。うまく言えないんですけどね。普段は理性で押さえつけているものが、いつか暴発してしまうような気がするんですよ。だから、普段から接している是永先生の耳には入れておこうと思って」

言わんとすることは史郎にも理解できた。

滝川は一見、過剰なほどまっとうな人間だ。生真面目で正義感も強い。しかし見方を変えれば、悪意よりも正義感のほうがよほど恐ろしい。

悪の自覚がある人間は、自分の罪の重さを承知している。しかし正義に酔いしれた人間には、自分が犯した罪状さえ見えていない。視界に映っているのは正義一色だ。だから罪を自覚することもできず、行動に歯止めが利かない。

史郎にできるのは、もしも滝川の針が振り切れてしまったなら、できる限り早くその針を安全な場所まで戻すよう諭すことだけだ。

「くれぐれも、私が話したことは内密に」

私服の山田は、そう言い残して駐車場を去った。これから宿舎に戻り、子どもの誕生日を祝うのだろう。

──誕生日ね。

史郎の誕生日は二月だ。母から最後に誕生日を祝ってもらったのはいつだろう。運転席に座り、ハンドルを握りながら思い返してみる。プレゼントをもらったのは、おそらく高校三年が最後だ。

ちょうど、国立大学の前期試験に向けて追い込みをかけている真っ最中だった。史郎は前後期とも北洋大学の医学部を受け、落ちればなりふり構わず就職先を探すつもりだった。高校の教師は合格の太鼓判を捺してくれたが、合否を決めるのは教師ではない。どれだけ勉強しても不安で、眠れぬ夜が続いていた。

誕生日は試験の二日前だった。さすがにその日が誕生日であることは忘れなかったが、だからといって特別なことをしてもらおうという期待はなかった。仕事で遅くなった博子を待たずに夕食を済ませ、四畳半の自室にこもって勉強をしていた。

帰宅した博子と顔を合わせたのは、風呂に入ろうと部屋を出たときだった。仕事用のスーツを着たまま、二片のケーキを紙箱から皿に移しているところだった。立ち止まった史郎に声をかける。

「あら。ちょうど呼ぼうと思ってた」

「……ケーキ？」

「見ればわかるでしょ。食べましょう。紅茶入れて」

有無を言わせない調子だ。史郎は二杯のマグカップに紅茶を入れて、テーブルについた。

「ショートケーキとチョコレートケーキ、どっちがいい？」

「どっちでも」

「じゃあチョコあげる。好きでしょう」

史郎は素直にチョコレートケーキの載った皿を受け取る。百円ショップで買ったフォークはスポンジの内部へすんなりと沈んでいく。口に運ぶと、濃厚な甘みが広がる。

「誕生日、覚えてたんだ」

「当たり前でしょう。ほら、これ」

博子は使いこんで擦り切れた鞄から、小さな包みを取り出した。水色の包装紙に同系色のリボンがついている。誕生日プレゼント。ありがとう、というのが気恥ずかしく、「うん」とだけ言って受け取った。

その場で包装紙を破ると、黒地に金の箔押しをした箱が出てきた。史郎の知らないブランド名だ。箱のなかにはパスケースが入っていた。

「大学生になったら電車通学でしょ。定期券使うと思って」

「まだ受かってないのに？」

「受かるよ」

博子は真顔でショートケーキを頰張った。

史郎は両手でパスケースをつまんだ。しげしげと眺めているうちになぜか涙腺が緩んできた。今までずっと、目の前の問題を解くことに没頭してきた。大学生になったらどんな生活を送るかなんて、考えてもいなかった。

「風呂」

泣きそうな顔を見られないよう、慌ててパスケースをテーブルに置いて浴室へ行く。博子は「食べかけじゃない」と言ったが、無視した。

史郎は服を着たまま、急いで蛇口をひねった。シャワーヘッドから放たれた湯が浴槽に当たり、ざーっ、と音がする。狭い浴室で、史郎はしゃがみこんで泣いた。シャワーの水音が嗚咽をかき消してくれる。

自分のことなんて、誰も見ていないと思っていた。たった一人で闘っているつもりだった。だが、博子はずっと見ていたのだ。息子が合格することをかけらほども疑わず、大学生になると信じて。

かつて松木にゲーム機をもらったときは嬉しかった。しかしあのときは、ゲームができることが嬉しかったのであって、松木の気持ちなどけし粒ほども感じなかった。しかしあのパスケースには、博子が史郎を見守ってきた年月が込められている。史郎が受け取ったのは物である以上に、そこに詰まった想いだった。

刑務所から自宅への道のりを走りながら、史郎は過去に浸っていた。永遠に戻らない過去。博子が自分を見失った今、完全に失われた過去。もはや博子は史郎の誕生日も覚えていないだろう。覚えていたとして、今の彼女に何ができるだろうか。

史郎は寝不足の目をこすりながら、診察室へ歩いていた。

このところ、夜遅くまで道内の老人ホームを見比べている。今すぐに博子を入居させるつもりはないが、いずれはそれも検討しなければならない。美波との将来を考えるほど、博子の存在が大きくなる。

診察室にはすでに保健助手がいた。史郎と同年配の刑務官で、保健助手のなかでは最も若い。

「おはようございます」

挨拶すると、保健助手も丁寧に腰を折った。

史郎はデスクにつき、回診前に診察記録の整理を済ませることにした。最初に手をつけたのは井戸征夫の記録だ。二日後、井戸は千歳刑務所へ戻ってくる手はずになっている。しばらくは舎房ではなく、医務棟の病床で寝起きすることになるだろう。受け入れの手はずを整えておく必要があった。

「是永先生。よろしいですか」

ペンを走らせていると、保健助手が横合いから声をかけた。

「どうしました」

「昨夜、黒崎が亡くなったそうです」

黒崎といえば、肝がんで札幌刑務所へ移送されたばかりの受刑者だ。

「肝がんですか」

「いえ。それが……劇症肝炎とのことです」

「はっ？」

史郎は思わず素っ頓狂な声を上げた。保健助手も困惑している。

「確か、先日井戸が倒れたのも劇症肝炎でしたよね。自分はよくわからないんですが、肝硬変患者ではたびたび発症するものなんでしょうか？」

史郎はデスクに開かれたままの、井戸の診察記録に目を落とした。かたやウイルス性の肝硬変。かたやアルコール性の肝硬変。肝硬変を患っていた二人の受刑者が、揃って劇症肝炎に陥った。これは単なる偶然か。いや、何かがおかしい。

「黒崎さんの身上調査書をお願いできますか」

保健助手はすぐにファイルを手に戻ってきた。黒崎の身上調査書を開く。五十七歳。男性。懲役七年。罪名は――強姦致傷罪。

井戸と黒崎の、もう一つの共通点。

小樽で美波から聞いた話を思い出す。道内の薬局で起こった調剤ミス。本来処方するものとは違う薬を出したせいで、患者は重体に陥った。

　史郎の頭のなかで、いくつかのキーワードがある形を成した。それは、ほくそ笑む悪魔の表情をしていた。

「嘘だろ」

　誰にも聞こえないような、かすかな声で史郎はつぶやいた。信じがたい仮説だが、検証する余地は十分にありそうだった。何より、その仮説が事実だとすれば、この刑務所で前代未聞の事態が起こっている。どんなに可能性が小さくても看過できない仮説だった。

「先生。そろそろ回診の時間です」

　保健助手が控えめに声をかける。ああ、とどこか現実感のない心持ちで史郎は立ち上がった。保健助手と目が合ったとき、史郎はある方法をひらめいた。姑息な手段だが、検証のためには仕方ないと己に言い聞かせる。

「ちょっといいですか。頼み事があるんですが」

　振り返った保健助手に耳打ちすると、彼は怪訝そうな顔をした。

「理由をうかがってもいいですか」

「抜き打ち検査です。私も上からの指示で。すみませんが協力してください」

うまいとは言えない嘘だったが、それでも保健助手は「わかりました」と応じた。矯正医官という立場を利用したことに後ろめたさを感じる。

史郎は自分の立てた仮説が間違っていることを祈りながら、回診へ出発した。

三日後。史郎の手のなかには目当てのものがあった。チャック付きのナイロン袋には白い錠剤が二粒入っている。表面はつるりとして、傷一つない。

残念ながら、手に入れた錠剤は史郎の仮説を支持していた。しかしこれだけではまだ不十分だ。駐車場に停めた車のなかで、しばし錠剤を見つめながら思案する。こういうときに頼れるのは、やはり彼女しかいない。

史郎はスマートフォンで有島に電話をかけた。電話口に出た有島に、単刀直入に尋ねる。

「どこか、融通の利きそうな分析機関に知り合いいないか」

「今度は何よ」

有島は面倒くさそうに応じる。話すのは、秋に『ピリカ』で会って以来だった。心なしか、あのときの不機嫌を引きずっている感じがする。

「錠剤の分析を頼みたい。できるだけ、色んな成分を一斉分析できるところがいい。

農薬とか、カビ毒とか分析できるところ。そうだ、どこか公立の衛生研究所！　微生物も扱うから、有島なら一人くらい顔の利く人いるんじゃないか」

「そっちで探せばいいじゃない」

「時間がない。一日でも早く結果を知りたいんだ。サンプル数も少ない」

「あんたのカノジョ、薬剤師でしょ」

「調剤薬局だ。分析はやってない」

有島はまだ何かぶつぶつとこぼしていたが、「ちょっと待って」と言い残して通話を保留した。数分後に通話が再開すると、有島は言った。

「札幌市の衛生研究所なら知ってる人いるけど。前、一緒に仕事したことあるから。融通が利くかは知らないけど、紹介だけはしてあげる」

「本当か。助かる」

有島は嘆息した後で、やや声を低めて尋ねた。

「あのさ。前にも訊こうと思ったんだけど、何でそんなに熱心なの。あんた、なりたくて刑務所の医者になったわけじゃないのに。むしろ、嫌々もいいところだったでしょう。いつの間にそんな仕事熱心になったの」

それは、自分でもよくわからなかった。

医師としての目標は、神経内科医として、認知症の専門家になることだった。専門性の低い矯正医官になることは、頭脳の浪費だとすら思っていた。しかし今、史郎は有島が言う通り、この仕事に入れ込んでいる。

おそるおそる、史郎は口を開いた。

「怖いんだよ」

「怖い？　刑務所の患者たちが怖いってこと？」

「違う。受刑者を見てると、あり得たかもしれない、もう一人の自分を見てるみたいで、怖いんだよ。今までの人生で何か一つ違っていたら、俺は診察する側じゃなくて、される側だったかもしれない。千歳刑務所の受刑者は、ある意味で全員、俺と同じなんだよ。だからどうしても、無視できない。適当に済ませられない」

史郎は話しながら考えていた。話したときの感触で、自分の本心がどこにあるかを探しているようだった。

「そう。まあ、いいや。続きはまた『ピリカ』で聞くから」

有島の反応はあっさりしたものだった。衛生研究所の連絡先はメールで送るから、と言い残して電話は切れた。

重い疲労感が両肩にのしかかる。とうとう来るところまで来た。知ってしまった以上後には引けない。近いうち、これを表に出さなければならない。決して楽しいひときにはならないだろう。想像するだけで気重だった。

しかし、やらないわけにはいかない。更なる被害を出させるわけにはいかなかった。

＊

夕刻の診察室に、真冬の日が差しこんでいる。橙色の光が薬品棚のガラス戸に反射して、室内を照らしていた。

受刑者を送ってきた滝川が、一人で戻ってきた。

「お疲れさまでした。今日の診察は終わりです」

史郎が告げると、滝川は小さく頭を下げた。いつもと同じ慇懃な態度。

「では、処遇部に戻ります」

「待ってください。確認したいことがあります」

手招きする史郎に応じて、滝川はデスクの横に立つ。患者用の丸椅子を勧めると、ようやく腰を下ろした。史郎は正面から向き合う。

「確認したいのは、滝川さんのある行為についてです」

ここから先の展開は読めない。証拠は揃っているし、言い逃れはできないはずだ。しかし滝川が抵抗しないとも限らない。暴力に訴えてくるかもしれない。何かあったときのことを考えて、博子は一泊のショートステイを頼んだ。

言いよどむ史郎に、滝川は先手を打った。悲しげに眉をひそめる。

「私は先生のことを尊敬しているつもりです。これ以上、私のことを疑われるようなら考え方を改めないといけなくなります」

史郎が証拠集めに動いていたことは、滝川も察しているだろう。だからこそ悠長にやっている余裕はない。

妙な居心地の悪さがあった。これから滝川を追い詰めるはずなのに、なぜか彼の手のひらの上で踊らされているような気がしてならない。まるで、いつか史郎が言い出すことを予測していたかのようだった。

「滝川さん」

迷った挙句、史郎は単刀直入に切り出した。

「あなたは井戸さんや黒崎さんに、本来の処方薬とは異なるものを故意に与えた。その結果、二人は劇症肝炎を発症した。そうですね」

橙色の日のなかで、滝川の顔色は変わらない。

「どうやって?」

「受刑者に薬を与えるのは保健助手の役目です。あなたはその立場を利用した。医薬品は一回分ずつ、ここで取り分けてから受刑者のもとへ運ぶ。その際に滝川さんは本来与える薬と、あらかじめ用意していた別のものをすり替えていた。違いますか」

史郎の主張を認めるように、滝川は微笑した。ただし、冷たい瞳のままで。

「なぜそう思うんですか。状況証拠だけで言っているわけじゃないでしょうね」

「残念なことに、証拠は揃っています」

滝川の瞳に初めて動揺が映った。

史郎は白衣から取り出したチャック付きのナイロン袋をかざした。入っている錠剤は一粒に減っている。もう一粒はすでに分析に供していた。

「これは先日、井戸さんが飲む予定だった薬です。私はウルソデオキシコール酸を処方しました。しかし実際に、ウルソとして滝川さんが用意したのはこの錠剤だった。これがウルソでないことは一目でわかります。なぜだかわかりますね」

別の保健助手に頼んで、滝川が与えることになっていた薬をすり替えた。史郎が呼んでいるからと理由をつけ、直前で投薬係を交代したのだ。その保健助手には、抜き打ち検査のためと嘘をついた。

「……あの日か」

心当たりがあるのか、滝川はそうつぶやいた。

「この錠剤には刻印がない」

史郎の手にした錠剤には、識別コードと呼ばれる刻印がなかった。取り違えを防ぐため、錠剤やカプセル剤の多くには識別コードが記されている。史郎が井戸に投与した医薬品には、すべて識別コードがあるはずだった。

「しかし、薬の知識がない大半の受刑者は騙せるでしょうね。そもそも保健助手から飲めと言われれば、それを飲むしかありませんから」

追い詰めているのは史郎のはずなのに、脂汗が止まらない。声は上ずる。一方の滝川は落ち着いた態度を崩さない。丸椅子の上で姿勢を正し、温度の感じられない声で言う。

「しかし先生。これでは、私が薬を間違えたことの証明にしかなりません。この錠剤が劇症肝炎の原因だという証拠はどこにあるんですか」

滝川の声には揺らぎがない。静かな湖面のように、波立つところがない。わかるはずがないと踏んでいるのか。それとも、事実を暴かれることが恐ろしくないのか。

「この錠剤と劇症肝炎との関連が見つからなければ、私はいくらでも言い逃れができる。どうですか。まだ物証がありますか」

史郎は下腹に力を込めて言った。

「N-ニトロソ-フェンフルラミン」

滝川の表情が明確に揺れた。ほんのわずかに口元がこわばり、動揺が走る。

白衣のなかから折りたたまれたコピー用紙を抜き取り、眼前で開いてみせる。札幌市の衛生研究所から送られたばかりの分析結果だった。そこには、史郎が告げた化合物の名前が記されている。

「錠剤に含まれていた化合物です。この名前に聞き覚えがありますね」

滝川は答えず、頭上を仰いだ。染みのついた天井を見つめている。

「札幌市の衛生研究所に無理を言って、分析してもらいました。結果、この錠剤からウルソは検出されず、代わりに検出されたのがN-ニトロソ-フェンフルラミンです。説明するまでもないでしょうが、N-ニトロソ-フェンフルラミンは医薬品成分でもなく、食品成分でもない。これは人工的につくられた毒性物質です」

ヒントがない状況での分析は容易ではなかった。唯一の手がかりは、劇症肝炎の原因になるという点。しかもサンプルは限られている。古株の分析担当者がこの化合物を思いつかなければ、迷宮入りしていたかもしれない。

まだ返答はない。史郎は一方的に語り続ける。

「二〇〇〇年代、海外から輸入したまがいものの漢方薬が原因で、多くの健康被害が発生しました。特に肝障害が多く、その原因が一部の製品に集中することも判明しました。それら特定の製品に含まれていたのが、N‐ニトロソ‐フェンフルラミンです」

海外で食欲抑制剤として使われるフェンフルラミンを修飾した化合物だが、その後の研究によって、実際には食欲抑制効果がないことがわかった。しかも、作り手が意図したかどうかはともかく、この化合物は肝毒性が著しく高い代物だった。多くの使用者が劇症肝炎を起こし、死亡者も出る事態となった。

「井戸さんや黒崎さんにウルソを投与する前に、N‐ニトロソ‐フェンフルラミンを含む錠剤とすり替えていた。二人が劇症肝炎を発症したのはそのせいです。どんなに危険な成分か、あなたは知っていたんでしょう。それとも、偶然にもウルソと毒性物質が入った錠剤を間違えた、とでも言うつもりですか」

滝川はようやく視線を下ろし、今度はうなだれた。首を横に振る。

「もう、言い逃れはできません」

夕刻の光が、胸ポケットの留具をきらめかせた。まばゆい夕日を浴びながら、滝川はなお平静なままだった。

「是永先生のことだから、証拠は揃えているだろうと思っていました。しかし、大したものです。作田が神経難病だと見抜いたとき、今までの矯正医官とはどこか違うと思った。大江の死因を突き止めたとき、予感は確信に変わりました。佐々原に仮釈放を認めさせたときも。そして今回の一件。先生ほど優秀な人を私は知らない」

史郎は唇を嚙んだ。言いようのない悔しさで胸が詰まる。

その言葉を、犯罪に手を染めていない滝川の口から聞きたかった。

「あの吸殻も、滝川さんの仕業ですね」

家具工場で発見されたショートホープの吸殻だ。滝川は否定しなかった。

「吸殻が見つかる少し前に、私は井戸と同室の受刑者にもウルソを処方しました。仮に二人がお互いの薬を見比べたら、錠剤の外見が違うことが発覚してしまう。一方には識別コードがあって、もう一方にはないんですから。これでは、途中で気づかれてしまうかもしれない。だから滝川さんは井戸を保護室へ移そうとした。一人部屋の保護室なら、薬を見比べる相手はいませんからね」

滝川は井戸に懲罰を受けさせるため、井戸の唾液が付着した吸殻を用意した。唾液はおそらく箸やスプーンから採取したのだろう。滝川の目論見通り、吸殻のＤＮＡ検査が行われ、そこから井戸のＤＮＡが検出された。ただし、検査結果が出るより先に井戸が劇症肝炎で入院したのは予想外だったろう。

「ショートホープを選んだのは、私と松木の会話を聞いていたからですか」

「正直に言って、煙草なら何でもよかったんですがね。どれがポピュラーな銘柄か知らないので参考にはさせてもらいました。煙草は吸ったことがないので」

滝川は居住まいを崩すことなく答えた。憑きものが落ちたように、せいせいした表情をしている。

「動機は性犯罪ですか」

井戸と黒崎はどちらも強姦致傷罪を犯している。妻が性犯罪に遭った滝川は、犯罪者を深く憎んでいる。とりわけ性犯罪者に対する憎しみは格別だろう。

「私はすべての性犯罪者を憎んでいます」

興奮することなく、滝川は淡々と語る。

「性欲に駆られて相手の尊厳を踏みにじるような連中に、普通の生活を営む権利はない。しかし懲役刑を食らっても、数年経てばやつらはまた一般社会に戻っていきます。そして同じことを繰り返す。それが我慢ならないんですよ。だから私が処罰するしかない」

平板な語り口が、一層恐ろしさを増している。己の行為に対する後悔や疑念が、かけらも感じられなかった。サイコパスとは違う。彼の行動理由は正義だ。際限のない、歯止めの利かない正義。

史郎は苛立ちを露わにした。

「犯罪者のために、犯罪者になってどうするんですか」

「これは犯罪ではありません。正しい罰を下しているまでです」

「……何を言ってるんですか」

「死刑囚を殺しても、殺人罪には問われない。同じことです。罪に見合った罰を与えることは、犯罪には相当しません。強姦致傷に七、八年の懲役というのは軽すぎる。これくらいの罰は受けて当然です」

この国で、私刑が堂々と許されるはずがない。平然と語る滝川には、その平然さゆえに異様な凄みがあった。史郎はその圧力に負けないよう拳を握りしめる。

「どんな理由があれ、受刑者に毒を飲ませたんですよ。しかも二人も」

「二人？　今回が初めてだと思っているんですか」

嘲りではなく、怒りでもない。滝川の顔には素直な驚きが浮かんでいた。

「まさか……」

「さっき、先生が自分でおっしゃったじゃないですか。その偽物の薬の健康被害が報告されたのは二〇〇〇年代初頭。今回使った錠剤は、そのころに入手した切り札です。さすがに識別コードまでは刻印できなかったですが」

まさかそのころから、身勝手な判断で受刑者を重症に追いやってきたというのか。外部と隔絶したこの空間で。いったいどれほどの被害者を出してきたのか。

「証拠を突きつけられるまでは続けるつもりでした。ただ、捕まれば余罪はすべて打ち明けます。そうすればすべての性犯罪者への見せしめになりますから。刑務所に来たら、ただ懲役を食らうだけではなく、私のような人間から処罰される。そういう前例を見せつけてやらないといけません」

この男は自分の正義を信じきっている。史郎は吐き気を覚えた。

「どうかしていると思いますか」

滝川は姿勢を崩さず、史郎を見据えている。受刑者たちに私刑を下し続けた男の目は、ひどく哀しげだった。どれだけの人間に罰を下そうが、満たされることのない瞳。

「是永先生は、大切な人が強姦されて死に至る病を感染させられたとしても、平常心でいられる自信がありますか」

考えたくないと思うほど、美波の顔が浮かぶ。

やめてくれ。そんな仮定は無意味だ。加害者側の言い訳に過ぎない。そう反論したかったが、ひと言も声が出ない。

「私には、罰を下す権利があるんです」

そう言うと、滝川は静かに語りはじめた。彼の犯罪者としての来し方を。


妻と出会ったのは、三十年近く前のことです。

私は就職して六年目でした。当時は帯広(おびひろ)の刑務所で働いていました。休日にすることもなく、駅前で映画を見て、自宅に帰ろうとしたときです。映画館のロビーで、同じ時間帯に別の映画を見ていたらしい女性から声をかけられたんです。「今の映画、面白かったですか」と。まあまあです、と答えたら、まあまあならやめておきます、と彼女は答えました。

何となく二人で一緒に映画館を出ました。「そっちは面白かったんですか」と質問したら、「まあまあ」と答えが返ってきました。「どっちもまあまあなら、どっちのほうが面白かったか、話し合いましょう」と提案すると、彼女は乗ってきて、二人で近くにあったカレー屋に入りました。そのときの女性が妻です。

妻は一歳下で、道庁の職員でした。札幌の大学を出て国家Ⅱ種に合格して、帯広に配属されたばかりで知り合いもいなくて、寂しかったと言っていました。知らない人に声をかけるのは初めてで、それ以後も二度となかったそうです。

何度か会って、付き合いはじめて、すぐに結婚を意識しました。途中で私が八王子に行ったせいもあって遅くなりましたが、三十歳で入籍しました。

ちょうどその時期、札幌に異動になりました。妻はすっぱり仕事を辞めて、札幌の民間企業に転職しました。別居という選択肢もありましたが、私の異動に付いてきてくれたんです。保健助手はやりがいもありますし、仕事にもかなり慣れてきて、自分なりに刑務官という仕事に使命感を抱くようになったころでした。

妻は帰宅途中、男に襲われて強姦されました。

その男は二度目の犯行でした。すでに実刑を食らって、それでもなお罪を犯した。救いがたい人間です。

妻の精神的ダメージは計り知れないものでした。仕事はおろか、家事も、食事や排泄すらもままならない状態が続きました。私は何もできなかった。妻が札幌の実家に引きこもり、衰弱していくのを見ていることしかできなかった。

さらに悲しかったのは、妻がB型肝炎ウイルスに感染したことです。その直前に妻が性病検査をしたときは陰性でした。検査をしたのは、そろそろ私たちの子どもが欲しいと考えていたからです。もちろん私も検査をして、キャリアではなかった。どう考えても、襲われたときに男から感染したとしか思えませんでした。

B型肝炎の病態は、説明するまでもありませんね。妻は急性肝炎のピークが過ぎてもウイルスを排出できず、キャリアとなり、慢性肝炎を発症しました。

事件後は何度もこの仕事を辞めようと思いました。来る日も来る日も罪を犯した連中と向き合うのは生き地獄でした。特に性犯罪者を見ると、殺意が湧きました。今でもそうです。そのうち、受刑者全員の顔が裁判で見た犯人の男と重なるようになりました。こいつらを全員殺して、自分も死のうと思ったこともありました。

でも、ある日気づいたんです。受刑者が生きるための面倒を見ているということは、裏を返せば、受刑者の命をどう扱うかは私の心ひとつで決められるのだと。彼らは与えられる薬を何の疑いもなく飲みこむ。たとえそれが毒だったとしてもです。

手はじめに、強制わいせつの再犯者を狙いました。そいつは重度の高血圧で、欠かさず降圧剤を服用していましたが、薬が変わったと嘘をついて、代わりに市販のカフェイン錠剤を大量に与えました。カフェインに血圧を上げる作用があることはご存知の通りです。

一週間経っても、二週間経っても、気づく様子がない。血圧コントロールが上手くいっていないということで、医師は薬を変えましたが、当然私はカフェインを与え続けます。そんなことを一年ほど続けたあたりで、男は脳出血で右片麻痺になりました。その後男は出所しましたが、まともに生活するのは難しいと思います。もう女性を襲うこともできないでしょう。

その一件があって、ようやく刑務官であることに感謝しました。妻のために、犯罪者たちへ復讐をしろという神託だと思いました。

罪を犯した人間に、これほど直接的に罰を下すことができる仕事はない！

仕事へのモチベーションは変化しました。ただひたすら、犯罪者を正しく罰することだけを目的として、受刑者と接してきました。派手にやれば露見しますから、絶対に許せないと思った性犯罪者だけを標的にしました。

効果はまちまちでしたが、てきめんに有効な場合もありました。睡眠剤の代わりにカフェインというのは、地味ですが効きましたね。あまりに眠れないせいで、そいつはちょっと正気を保てなくなりました。下剤はかなり役立ちましたが、脱水症状になっても一過性なのが難点でしたね。やるからには、二度とまともな生活を送れなくしてやりたいと思っていましたから。

ニセ漢方薬の報道を聞いたときは、とっさに使えると思いました。健康被害が明らかになった直後は、まだ個人輸入で買うことができました。肝臓を病んだ受刑者に与

える と、二週間ほどで劇症肝炎を発症しました。都合のいいことに、劇症肝炎は多くの場合原因がはっきりしません。そのときも原因不明で処理され、私の行為は露見する気配もなかった。

発覚しない限り、私刑をやめるつもりはなかった。

結局、妻との生活を取り戻すことはできませんでした。彼女は実家の自分の部屋と、病院とを行き来する暮らしを死ぬまで続けました。私が話しかけても、最後までろくに反応はありませんでした。

私は繰り返し、出会ったときに見た映画の話をしました。まあまあ面白かった、あの映画。何度も何度も、一生懸命に感想を述べました。あの俳優は雰囲気があるけど、演技はいまいちだ。台詞は現実離れしていたけど、話の展開は面白かった。妻に感想を伝えるために、ＤＶＤを買って何度も見直しました。台詞はすべて暗記してしまいました。でも何を伝えても、何を言っても、妻は反応を返してくれませんでした。

もし、妻があの夜道を歩いていなかったら。

もし、妻が札幌に移り住んでいなかったら。

もし、妻が私と結婚していなかったら。

もし、妻があの日、映画館に行っていなかったら。

こんな不幸な出来事は起こらなかったのかもしれない。そう思えば、彼女が私と口を利かない理由も理解できます。

収入の大半は、今も彼女の年老いた両親に手渡しています。見返りは期待していません。他に使い道がないだけです。

妻は肝硬変になり、長い入院生活の末に亡くなりました。もちろん原因はB型肝炎ウイルスです。まだ四十七歳でした。

私の妻は、犯人に二度殺されました。

一度目は強姦で精神が殺されたとき。

二度目はB型肝炎で肉体が殺されたとき。

それでも犯人は、きっと今も生きている。人殺しとして裁かれることもなく、この国のどこかにある刑務所でのうのうと生きている。私たち刑務官は、そんな受刑者が生きていくための世話をしてやらなければならない。これ以上の矛盾がこの世にありますか。

死に至る性病をばら撒いた人間が、なぜ殺人者として裁かれないのでしょう。それはもはや、殺人と同じではないですか。ＨＩＶや肝炎ウイルスを感染させた人間には、殺人の罪を問うべきではありませんか。

そう思いませんか……

語り終えた滝川は両膝に手をついた。真っ赤に充血した目が史郎を見つめている。何も言うことができなかった。底の見えない絶望をのぞいた史郎は、答えにふさわしい言葉を見つけることができなかった。

滝川の問いは室内の空気に溶けて、霧散した。彼は赤い眼を史郎から外さない。

「本当の殺意というのは、かーっと熱くなるものじゃないんですよ。頭の芯が冷たくなるんです。こいつを殺すことが自分の使命だ、と冷静に思うんです。冷静な殺意というのは、いつまで経っても消えません……先生は殺意を覚えたことなどないでしょうね」

──ありますよ。

喉元まで出かかった言葉を呑みこむ。実の父に対して、殺してやりたいと思ったことは数えきれないほどある。しかし、ここで同調してはいけない。自分までもが、底無しの絶望へと引きずりこまれる。

「これから、あなたを警察に引き渡します」

滝川は無言でうなずき、「お手数おかけします」と言った。

史郎は所長室へ内線をかける。呼び出し音を聞いている間も吐き気は消えなかった。滝川は重大な罪を犯した。それは事実だ。ただ、彼に刑を下すことで、いったい何が変わるというのだろう。果てしない絶望の穴に落ちた彼は、そこから這い出すことができるだろうか。きっと無理だろう。それでも史郎は、罪の判断を司法に委ねなければならない。

史郎はこのまま、永遠に呼び出し音が続くことを祈った。

それからの数日間についてはほとんど記憶にない。
ただ、瞼を閉じるたびに滝川の穏やかな微笑が浮かんで、消えなかった。

＊

その夜は、日没から暴風雪が続いていた。
史郎は車のワイパーを最速で作動させ、フロントガラスに張り付く雪つぶてを払いながら自宅への帰路を運転した。雪粒によって可視化された風は、白い壁となって立ちはだかる。交通量の少ない道だが、速度を落として慎重に車を走らせる。

夕食は石狩鍋にするつもりだった。博子が食べやすい豆腐や麩を入れて、鮭やニンジンは舌でつぶせるくらいまで柔らかく煮る。味噌とバターで味付けした煮汁をすすると、冷えた身体がよく温まる。もとは博子から教わった料理だった。

手袋を脱ぎ、素手で玄関扉の補助錠を開けてから、本来の鍵を解錠する。二種類の鍵を開けるのは手間だが、博子のためにはやむを得ない。

「ただいま」

家のなかは暗いが、玄関脇の博子の部屋からは照明が漏れている。玄関灯をつけ、身体についた雪を払いながら、靴脱ぎ場にふと視線を落とす。

いつもあるはずの母の靴が、そこにはなかった。

「母さん？」

史郎は鞄を放り出し、コートに残った雪が廊下に落ちるのもかまわず、博子の部屋の引き戸を勢いよく開けた。綺麗に整えられたベッドの上に、博子の姿はなかった。テレビの電源は切られている。ハンガーに掛けられていた、博子の赤いダウンジャケットがない。

史郎は家中の照明をつけて回り、博子の姿を探した。リビングにも、トイレにも、浴室にも、史郎の部屋にも、物置きにも、博子はいなかった。

「母さん。どこにいるんだよ。おい。返事してくれ」

万引きの件が頭をよぎる。家の外へ出ていれば、また同じようなことをしているかもしれない。それよりも、今夜は暴風雪だ。五十代の女性が外を歩くには厳しすぎる天候だった。冗談ではなく、街中で行き倒れることだってあり得る。

史郎は両手で頭を掻きむしった。毛髪が何本か抜けて、床に落ちる。

――落ち着け。

混乱を鎮めるため、史郎はいったんリビングテーブルに手をついた。鍵も補助錠も、確かにかかっていた。補助錠の番号は母には推測できないはずだ。玄関から外に出られるはずがない。

大窓に史郎の姿が映りこんでいた。黒い夜を背景に、焦りと苛立ちで歯を食いしばる自分自身。ガラス窓の奥には雪の積もったベランダがある。よく見れば、ベランダの手すりに積もった雪が、一部だけ不自然に払われている。大窓の鍵は外出前に施錠したはずなのに、なぜか解錠されたままになっている。

史郎は駆け寄り、大窓を開け放った。後から降った雪がうっすらと積もってはいるが、明らかに、手すりの中央だけ雪が払われている。ベランダを注視すると、大窓から手すりに至るまでの雪上に、点々と浅い穴が空いている。穴はちょうど、博子の靴と同じくらいの大きさだった。

――嘘だろ。

博子は大窓からベランダに出て、手すりをよじのぼって外へ脱出した。状況からはそう考えるしかない。そうまでして、博子が外に出る理由が史郎にはわからなかった。ベランダから周囲を見渡してみたが、あたりに人影はない。

焦りで思考が散り散りになる。室内に戻ると、リビングテーブルの上にある冊子が目に入った。デイサービスの預け先でもらった特養のパンフレットだ。博子の目に触れないよう、史郎の部屋に置いていたはずだった。それがなぜ、ここにあるのか。

史郎の頭のなかで一つのストーリーができる。たまたま、史郎の部屋で特養のパンフレットを発見した博子は、史郎が自分を施設に入れようとしていると勘違いした。ショックを受けた博子は、息子の手を煩わせないよう、みずから施設へ足を運ぼうとした。あるいは、これ以上迷惑をかけられないと思い詰めた博子は……。

最悪のケースがよぎる。

警察に連絡するべきか、史郎は迷った。まだ、家の近くにいるということもあり得る。十分だけ周辺を探索することにした。それで見つからなければ通報する。

史郎は玄関から飛び出し、マンションの敷地内をくまなく探した。廊下、エントランス、裏庭、通路。すべての階を探したが博子はいない。降りたばかりの車に乗って、今度は周辺を探索する。博子の姿はおろか、通行人もろくにいない。この暴風雪だから当然だ。

十分はあっけなく経過した。

スーパーヨシダイの駐車場に車を停め、運転席から一一〇番にかけた。この半年で二度目の通報だ。思いつく限り、電話をかける。ケアマネージャーやデイサービスにも連絡したが、心当たりはないという。念のため特養にもかけてみたが、やはり手掛かりは見つからなかった。

史郎は運転席を降り、かすかな望みをかけてヨシダイの店員に声をかけた。

「井上店長、いますか」

すぐに奥から出てきた店長に、史郎は事情を説明する。目に見えて顔色が青ざめていく。話の途中で店長は言った。

「二、三時間前、ここに来ましたよ」

「本当ですか」

「ええ。今日はお客さんも少ないんで、すぐ気づきました。前のことがあったんで注意して見てたら、向こうから話しかけられて。千歳駅はどこだって訊かれたんで、店の前の道をまっすぐ行けばいい、と教えました」

「駅に行ったんですか」

「いやいや、まさかご家族が探しているとは思わなくて。今日は何も取っていなかったし、連絡するほどではないかと」

　母は数少ない記憶にある場所として、まずヨシダイに足を運んだのだろう。駅に向かったとしたら、特養を目指したという線は薄い。

「でも普通、わからないですよね。こっちは好意から駅の行き方を教えただけで、行方不明になる手助けをしたわけじゃないし、そうと知ってれば知らせたから……」

「もういいです。責任は問いませんから」

　言い訳を続ける店長は、母がどちらの方角へ向かったかは覚えていなかった。

　スーパーから駅までは、博子の足なら一時間はかかる。車に戻った史郎はまずＪＲ千歳駅の番号を調べて、電話をかけた。事情を説明すると、駅員たちに確認するため待つように言われたが、いてもたってもいられず駅へ向かった。

　暴風雪は相変わらずだ。明日の朝まで、石狩地方全域で雪と強風が続くらしい。もし博子が屋外をさまよっていれば、命の危険もある。高齢者と呼ぶには早いが、家のなかで生活を送っていた博子の体力は高齢者並みに低下している。

千歳駅はＪＲ北海道のターミナル駅であり、利用者数は多い。そこに博子が紛れていたとして、駅員が気づいている可能性は低いが、今はそれしか手掛かりがない。近くのパーキングに停車し、駅員室に駆けこむ。そこで待たされている間、再びケアマネージャーたちに電話をかけたが、新たな情報はなかった。

じりじりとした気持ちで待ち続け、ついにそれらしき乗客の応対をしたという駅員が現れた。若い男性の駅員で、まだ二十歳を過ぎたくらいに見えた。

「お探しの方かわかりませんが、一時間前に五、六十代の女性を切符売り場でご案内しました。ずいぶん怒ってらしたので、よく覚えてますよ。行きたいところがあるから、そこまでの切符を売ってほしい、と」

口にしたのは、札幌市営地下鉄の駅名だった。よく知っている。

そこには、かつて史郎が両親と一緒に暮らしていたアパートがある。

「そこに向かったんですね」

「さあ……ただ、札幌までの切符は一緒に買ったんで、札幌までは行ってるんじゃないかと思います。そこから先は、ちょっと」

一時間前に出発したとすれば、札幌にはとうに到着しているだろう。そろそろ目的の地下鉄駅に着いていてもおかしくないころだ。史郎は駅員室を出て、すぐさま改札を通った。数分後に小樽行きの『快速エアポート』が出る。それに乗れば札幌までは三十分ちょうど。

仮に、駅員に言っていた地下鉄駅へ向かったとして、そこから先の手掛かりはない。かつてのアパートへ向かうという保証はない。何とかして駅で博子を見つけたかった。

史郎は迷わず、ホームで電話をかけた。誰よりも最初に相談すべき相手に。

「史郎くん?」

受話口から美波の声が流れる。

「助けてほしいことがある」

「……わかった。落ち着いて、話して」

史郎の言葉に相槌を打つ美波の声は、いつもより頼もしく聞こえた。


千歳を出発してから一時間後、史郎は地下鉄を降りた。改札を抜けてすぐのところで、美波は待っていた。史郎を見つけるなり駆け寄ってくる。今まで見たことのない、赤いジャージの上下に白のダッフルコートを着ていた。顔はすっぴんで、髪はゴムバンドでまとめていた。着の身着のままで家を飛び出してきたのだろう。

「ごめんね。ここでずっと待ってたんだけど。でも、それっぽい人いなかった」

「そうか。ありがとう。どうやって来た?」

「タクシー。外で待たせてるから」

相当な時間待たせていたはずだが、運転手は嫌な顔一つしなかった。それもそのはずで、美波は待たせている間の料金も支払っていた。

「悪い、後で払うから」

「今はそんなことといいから。どこに行けばいいの」

後部座席に乗った史郎は、運転手にかつて住んでいたアパートの住所を告げた。タクシーはすぐに発進する。札幌市内も千歳と同じ天候だった。激しい雪と風は、車窓から見える夜の風景を白く染め上げていく。

アパートに到着するまでの間も、史郎と美波は左右の通行人に目を凝らした。赤のダウンジャケットを着た女性を探すが、目当ての人影はない。

「アパートにいなかったら、他に心当たりある?」

美波の問いは残酷に響く。史郎には他に行くあてがない。アパートで見つからなければ、周辺をしらみつぶしに探すしかなかった。

やがてタクシーは、史郎が告げた住所にたどりついた。

「ねえ、これ」

美波はそう言ったきり、絶句した。

かつてアパートがあった場所は、更地と化していた。一面に雪が積もっている。子どもの遊び場になっているのか、片隅には雪ダルマが放置されていた。今夜の暴風雪のせいで雪に埋もれ、輪郭を失いかけている。

「さっき言ってた住所なら、ここで合ってると思いますよ」

運転手が念を押した。どうすべきかわからないまま、史郎は後部座席から降りた。再びタクシーを待たせて、美波も後を追う。

「どうするの」

「あたりを探す」

「手分けしよう。私はあっちに行くから」

二手に分かれ、博子を探すことにした。史郎は徒歩で、美波はタクシーに乗って。

立ち並ぶ家々から漏れる暖かそうな灯が、雪の天幕を裏側から輝かせている。横殴りの暴風雪のなか、史郎は博子を呼んだ。

「母さん！　母さん！」

どれだけ声を張りあげようとも、風の吐息が史郎の叫びを吹き消す。喉が裂けるまで叫んでも、その声が母に届くことはない。そうと知りつつ、史郎は叫ばずにいられなかった。

冷たい雪が頭に、手の甲に、首に降る。刃のように鋭い風が頰を切る。皮膚は血を失ったかのように白くなり、電気を流されたように痺れてくる。睫毛にかかった雪のせいで視界が塞がれる。払っても、払っても、雪は尽きない。スノードームのなかに閉じこめられたかのように、永遠に雪は止まない。

母は今この瞬間も、この雪嵐のなかをさまよっている。あの細く小さな身体で。

――ダメかもしれない。

この土地で、博子は松木に別れを突きつけ、史郎と生きていくことを決めた。その博子に、自分はどこまで恩を返すことができただろうか。まだ何もしていないというのに、博子は逝ってしまうのか。凍てつく風に吹かれ、拍動を止めてしまうのか。

史郎は雪上に膝をついた。弾みで、頭に積もっていた雪が落ちる。雪が融けて水となり、顔を濡らす。まなじりから流れる熱い涙が、頰で雪と混じり合って流れ落ちる。

「母さん……」

泣いても事態は好転しないが、しばらくの間、史郎は動くことができなかった。降りしきる雪が史郎の身体を白く同化させようとする。家々の灯がひどく遠い。

史郎はスマートフォンの震動で我に返った。美波からの着信。

「早く来て！」

第一声で美波は叫んだ。彼女が告げた公園の名は、史郎の記憶にも残っていた。

おぼろげな記憶を頼りにたどりついた児童公園は、記憶よりも小さかった。住宅の隙間に設えられた長方形の土地に、片手で数えられるほどの遊具。地面も遊具も砂場も、雪に埋もれている。隅には小さな雪山がつくられていた。

三脚並んだベンチの一つに、赤いダウンジャケットを着た女性が座っていた。フードを頭にかぶり、背中を丸めてうつむいている。どれほど長い時間ここにいたのか、肩や膝には分厚い雪が積もっている。はいているズボンや靴は、紛れもなく博子のものだった。博子に違いない。史郎はこみあげてくる涙を堪えた。

博子のかたわらにしゃがみこんでいる、固い表情の美波と目が合う。史郎が深くうなずくと美波の顔に安堵が広がった。

「よかった」

「ありがとう」

史郎は大股でベンチへと近づいていく。「母さん」と声をかけたが反応はない。フードのせいで博子の表情は見えない。立ち上がった美波が言う。

「何訊いても答えてくれない」

史郎はベンチの雪を払い、隣に腰を下ろした。フードの中の顔をのぞく。街灯の下では表情はよく見えなかった。

「母さん。ここに来たのは、どうして」

答えはない。だが、史郎は辛抱強く待った。立たせようとすらしなかった。タクシーのなかに連れて行くのは簡単だ。だが、できることなら博子の意思でそうしてほしかった。

「車で待ってて」

美波は史郎の頼みに応じた。名残惜しそうに振り返りつつ、ダッフルコートの後ろ姿は公園から遠ざかっていく。

吹雪の歌を聴きながら、史郎は待った。耳が痛みを通り越し、感覚がなくなってきたころ、とうとう博子の紫色の唇が動いた。

「帰らないと、怒られる」

――そうか。

史郎には、博子がかつての居住地にやってきた理由がおぼろげながら見えてきた。

離婚前、松木が帰宅したときに博子が不在だと、決まって松木は不機嫌になった。亭主が帰ってきたのに遊び歩く自堕落な妻だ、と面罵した。離婚するまで、母は松木が帰宅すると聞けば、仕事だろうが中断してすぐさま家に帰った。

母の意識は過去に遡(さかのぼ)ってしまったのかもしれない。二十年以上前、まだ三人で暮らしていたころに。

「もう松木はいない。捕まったんだよ」

「捕まった？」

「そうだ。今は刑務所にいる。だから大丈夫だ」

博子が顔を上げた。雪がベンチの背もたれに落ちる。くすんだ白い顔は、老女のようにくたびれ果てていた。疲弊しきった目は赤く、混濁している。

「一緒に、家に帰ろう。もう怖いことはないから」

史郎は手を伸ばし、博子の背中を押そうとした。しかしその手は、意外なほど強い力で払いのけられた。博子の顔には怒りが表れている。認知症という病が生んだ、かりそめの感情に支配されているのだろう。

「なんで、あんたの家に帰らないといけないの」

史郎は払われた手を、もう一度差し伸べた。たちまち、数片の雪が手の甲に降りかかる。氷のなかに手を浸したような冷たさ。博子はその手に、汚物を見るような視線を浴びせた。

「実の息子でもないくせに」

その一言で、史郎の世界から音が消えた。

風音も、雪を踏む音も、自分の呼吸も耳に入らなくなった。博子の言っていることがよくわからない。

「何？」

「血もつながってないくせに、偉そうなこと言うなってんだよ」

ふいに松木の身上調査書に書かれていた一文を思い出す。

〈二度の離婚歴〉

――嘘だろ。嘘だよな。

松木は、取調べの記録に面白いことが記されていると言っていた。それは松木の起こした詐欺事件とは関係なく、史郎の生い立ちに関することだったのか。

博子の身体を借りた病は、なおも語り続ける。その声だけを耳は捉えた。

「私がどんな気持ちでお前を育ててるか、わかるのか。顔も知らない女が産んだ子を、自分の息子として育てるのがどんな気分か、お前にわかるのか」

「……黙ってたのか」

「黙ってやってたよ。あんたのために。でも、もういい」

ゆるやかに首を振る博子を、史郎は虚ろな目で見ていた。まだ信じられない。懸命に、母と血がつながっているという証拠を探す。しかし探せば探すほど、博子の実子ではないという確証だけが深まっていく。

史郎は自分の母子手帳を見たことがない。ワクチン接種の確認をするために博子に母子手帳を見せるよう頼んだときも、結局見せてくれなかった。博子が横着をしているのだと思っていたが、そうではなかった。

そこに母として、博子とは別人の名前が記されているからだ。

「あの男と籍を入れたのは一月だった。あんたは二歳になる直前だった」

博子は滑り台のほうへ視線を向けた。青く塗装された、真新しい遊具。史郎が子どものころには、まだこんな滑り台はなかった。記憶にあるのはもっと古い、錆(さ)びた緑色の滑り台だった。いつも鉄の匂いがして、滑ると尻が熱くなる。

徐々に思い出してきた。史郎は何十回、何百回とこの公園で遊んだことがある。遊具は違っていても、雪に覆われていても、その面影は残っている。

史郎はしばし、深い雪の下に埋もれていた記憶に浸った。

史郎の最も古い記憶は、あのアパートの一室だ。まだ五歳だった。小学校に上がる前、一月の雪の日だった。

何の変哲もない日曜の夜、仕事帰りの母はチョコレートケーキを買ってきた。普段ならあり得ない贅沢だ。理由を問うても母は答えず、「私には大事な日だから」と寂しげに言うだけだった。父は不在だった。家には父がいることのほうが少なかった。

ありあわせの皿に載せたケーキを、プラスチックのフォークで食べた。濃厚な甘みが口に広がり、あまりのおいしさに感激が走った。史郎がチョコレートケーキを好きになったのは、このときからだった。母は優しい目で史郎を見守っていた。

「今日はどこで遊んでたの」

「そこの公園」

史郎は近くにある児童公園の名前を出した。保育園が休みの日は家にいるか、そこで遊ぶしかない。遊具は少ないが、史郎の足で行ける範囲にある遊び場はそこしかない。お気に入りは滑り台だった。至る所、錆びた緑色の滑り台。勢いよく滑り降りる一瞬だけ、身体がふわりと浮くような感じがした。

「こんな雪なのに」

「他に行くところないし」

真冬の公園で、他に遊んでいる子どもはいない。史郎は凍てつく遊具を独占し、寒さに震えながら日没まで遊んだ。

見知らぬ家族が歩道を通り過ぎるたび、言いようのない寂しさに胸が締め付けられた。自分たちが多数派の家族とはどこか違うことを、史郎は幼いながらに感じ取っていた。父は週に一、二度家に帰ってくればいいほうだ。保険営業の仕事をする母は、土日も忙しく働いている。

物心ついたときから史郎は一人だった。

博子がなぜケーキを買ってきたのか、今ならわかる。粉雪が降る一月のあの日は、きっと博子と松木の入籍日――すなわち、史郎が博子の息子になった日だ。

児童公園のベンチに座る史郎と博子は、吹雪のなかにいる。降りしきる白銀の粒がきらめき、二人を取り囲んでいる。ずっと昔にも、こんなことがあったと史郎は思い出す。

まだ小学校の低学年だった。あの夜は重く湿った雪が降っていた。

ランドセルを背負った史郎は、足を滑らせないように注意しながら夜の通学路を歩いていた。

放課後は、毎日小学校の近くにある学童保育へ通っていた。そこで閉所になる七時まで友達と遊んだり、本を読んで過ごした。夜の雪道を歩くのは慣れていた。はらはらと舞う雪のなかを、うつむきぎみに進む。毛糸の帽子に雪が積もる。

家に帰っても、まず松木はいない。博子も残業や飲み会で帰宅が遅れる。そういう日は、用意してくれた夕食を一人で食べる。それだけで泣きたくなるわけではないが、胸が締め付けられるような寂しさを覚えることもあった。

その夜、通学路から脇道に入ったのは気まぐれだった。

帰宅しても史郎を心配してくれる人はいない。それなら、少しくらい寄り道をしてもいい。行きたい場所などなかったが、史郎はランドセルを背負ったまま、当てもなく近所を歩き回った。

徐々に見覚えのない風景が現れるのは、心細いが、胸が弾むことでもあった。三車線の道路では自動車がびゅんびゅん行き交っている。電柱のプレートに知らない町名が記されている。寒さも忘れて、史郎は見知らぬ地区へと進んだ。

疲れを覚えてふと後ろを振り向いたとき、そこにはまったく知らない風景があった。来たときと帰るときでは、見える風景が違うことに初めて史郎は気づいた。

急速に好奇心が萎え、寂しさが募った。おぼろげな記憶を頼りに、駆け足で来た道を戻った。しかし自分がどうやってここまで来たのかわからない。道を選び間違え、見当もつかない路地に出る。足跡はとっくに踏み消されている。冷たい雪は、史郎を埋もれさせるように降りしきる。ついに史郎は泣き出した。

泣きながら、明るいほうへと歩き続けた。もはやそれしか手掛かりがない。

「お母さん、お母さん」

叫びながら、疲れた足を無理に動かして地下鉄の駅へたどりついた。そこで駅員に泣きつき、名前を告げた。ランドセルのなかの連絡帳に書いていた電話番号に、駅員が電話をかけてくれた。史郎が学童保育を出てから三十分ちょっとしか経っていなかった。

すぐに、博子が迎えに来てくれた。泣いていたとばれるのが嫌で、涙の跡を拭い、しゃっくりをひっこめた。アパートへの帰路、史郎と博子は手をつないだ。

「電車に乗りたかったの？」

博子は、史郎が駅にいた理由をそう推測した。迷子になったというのが恥ずかしくて、史郎は「うん」と答えた。本当は電車に乗るのは別に好きではない。

「じゃあ、史郎が大きくなったらパスケースをプレゼントしてあげようかな」

「何それ」

「定期券を入れるもの」

「定期券って？」

「電車が乗り放題になる切符だよ」

「へえ、すごい」

心からの感想だった。電車は別に好きではないけれど、乗り放題になるなら少しくらいは乗ってもいいかもしれない。史郎は右手に母の手のぬくもりを感じながら、まだ見ぬパスケースというものを想像した。

雪の白さが二人を囲んでいた。この世に二人だけが取り残されたようだった。

博子の約束は、史郎の十八歳の誕生日に実現した。


雲の底が抜けたように、雪は降り続ける。

いくつもの思い出が、白銀のスクリーンに映っては消える。松木のプレゼントを拒絶した博子。離婚して二人で暮らすことになってからの日々。数えきれないほど食べたカレーライスの味。大学受験前の誕生日に食べたチョコレートケーキと、贈り物のパスケース。母との記憶の断片がひとひらの雪となり、二人の頭上へと無数に降りしきる。

やがて世界は思い出に埋め尽くされ、白一色になる。これまでに見たどの場所よりも、史郎にとって美しい光景だった。

純白の空間で、母と子は肩を寄せ合っていた。

「母さんにとっては、実の息子じゃないかもしれない」

音もなく降りそそぐ記憶のかけらに覆われながら、史郎はつぶやいた。

「でも俺にとって、母親はあなたしかいない。家族だからじゃない。母さんが、母さんである限り、俺はあなたに寄り添っていたい。たとえ認知症になっても、俺のことが嫌いになっても、それは変えられない。血がつながっていなくても、あなたは俺の母親だ」

博子は何も言わない。表情に変化も見られない。静かに瞼を閉じ、膝の上の手を組み合わせていた。それでいい。母に感動してもらうために言ったわけではない。これからも、史郎は独り言を口にし続ける。

史郎はベンチから立ち上がり、母の正面にしゃがみこんで冷たい手を取った。氷に触れているかのようだった。

「行こう」

今度は史郎が温める番だった。博子はゆっくりと目を開く。史郎は母の右側から腰を支え、ベンチから立たせた。左手で手を握り、右手で腰を支える。博子の歩幅に合わせて、少しずつ、前へと進む。白い世界を、母子は手をつないで歩く。

記憶のかけらが降るなか、二人は児童公園を離れた。

ヘッドライトを灯したタクシーへと近づく。助手席で待っていた美波が飛び出してきた。美波は「失礼します」と言うと、左側から博子の身体を支えた。

雪を払い、タクシーの後部座席に博子を座らせる。史郎は隣に座る。待っている間に買ったのか、美波が温かい緑茶のペットボトルを渡してくれた。博子に飲ませると、ああ、と言葉にならない嘆息が漏れた。その目には生気が宿っている。史郎は、病院に行く必要はないと判断した。

車は千歳に向かって出発する。博子は自力で緑茶を飲みはじめた。

「よかった」

助手席の美波が言う。

「……ありがとう、本当に」

史郎は疲弊しきった身体を座席に沈める。美波がいなければ、もしかしたら博子は見つからなかったかもしれない。

「私に相談してくれて嬉しかったよ」

「でも、とんだマザコンだろ」

ふっ、と美波が笑った。

案内標識に〈支笏湖方面〉という文字を見た。史郎は一度だけ支笏湖のほとりに立ったことがある。

大学一年の夏、史郎は運転免許を取った。家に金がないことは知っていたが、博子から「免許だけは取っておけ」と強く勧められた。教習所の費用もすべて用立ててくれた。

お礼のつもりで、最初のドライブに博子を乗せた。レンタカーの助手席に座った博子は、嬉しさより緊張が勝ったのか、不安そうに史郎のハンドルさばきを眺めていた。お世辞にも運動神経がいいほうとは言えない。無事、目的地の支笏湖畔に到着したときはあからさまに胸を撫でおろした。

「最初に助手席に乗せたのが母親だなんて、女の子には言わないほうがいいよ」

そう忠告したことを、博子は覚えているだろうか。史郎は今も、晴天の下で輝く湖面をはっきりと記憶している。鏡のような藍色の水面に、恵庭岳が逆さ映しになっている。天地が入れ替わっても等しい風景。実像と鏡像。今思えば、それはあたかも受刑者になった松木と、矯正医官になった己を表しているようだった。

博子と血のつながりはないかもしれない。しかしそんなものがなくても、親子であることには変わりない。史郎にとっては鏡像である松木より、ここにいて触れられる博子のほうがずっとかけがえのない存在だった。

博子は時おり温かい茶を口に含みながら、窓の外を流れる風景を見ている。霞のように薄くなった白髪が、後頭部にかぶさっている。雪化粧を施された懐かしい町並みを眺めながら、博子はつぶやいた。

「いくつになったんだっけ」

「えっ?」

史郎が訊き返すと、博子は扉の窓から前方に向き直った。

「今日、誕生日だろう」

助手席の美波が首だけで後ろを振り返った。その口元は微笑している。博子も、美波も、覚えていた。今日が史郎の二十七回目の誕生日だということを。

「おめでとう」

前を見たまま、博子ははっきりとそう言った。

史郎は両手で顔を覆った。そうしないと、熱い涙が座席を濡らしてしまいそうだった。手のひらに溜まった涙が、手首から肘へと流れていく。洟を拭った拍子に、大粒の涙が靴に付いた雪を融かした。

白く冷たい湖を掻き分けるように、タクシーは暴風雪のなかを走る。

行く手はほとんど見えない。かすかな光だけを頼りに、白で満たされた世界を進んでいく。誰にも未来は見えない。だが、現在から未来を想像することはできる。

史郎は雪景色の向こうに見た。

雲間から差す、黄金色の光を。

終章

「本当に、お世話になりました」

作田は額が膝にくっつきそうなほど、深く頭を下げた。着ているのは灰色の舎房衣ではない。保護会の職員が持ってきたジャージの上下だった。顔を上げた作田は晴れやかな顔をしている。心なしか涙ぐんでいるようにさえ見えた。

窓からは朝の光がさんさんと降り注いでいる。雪が融け、路上には水が流れ出している。

今日付けで作田良平は仮釈放になる。身内や知人に身元引受人は見つからなかったが、保護会への申請が通り、無事に出られることになった。

保健助手を通じて、作田には仮釈放の前に診察室へ立ち寄るよう伝えていた。普通、着替えてからわざわざ診察室へ顔を出す者はいない。しかし作田にはどうしても、最後に言っておきたいことがあった。

「北洋大学じゃなくてもいいから、病院には必ず行ってくださいね。ＮＩＮＪＡの論文は保護会に送ってありますから、それを持参してください。神経内科か、ペインクリニックを受診してください」

「先生は恩人です。必ず行きます」

作田は繰り返しそう言った。背後に立つ保健助手は、いつもの毅然とした表情から一変してにこやかに見守っている。診察室からの去り際、作田は最後にもう一度、深々と頭を下げた。

手元に用意していた作田のカルテを閉じる。

史郎にできるのはここまでだ。あとは作田を信じるしかない。十年以内の再入率は五割。かつて滝川はそう言った。作田が病院に足を運んでくれれば、その割合を少しでも減らすことができるかもしれない。

受刑者が仮釈放や満期出所で刑務所を離れるとき、史郎はいつも矛盾した感覚を抱く。患者が自分の手を離れたことによる解放感と、治療を中断せざるを得ない後ろめたさ。だからこそ、特に気になる患者とは出所前に会っておきたい。

レビー小体型認知症を患う佐々原勝彦も、先月仮釈放になった。身元引受人は娘の佐々原朋子。車いすに乗せられた佐々原は、出所前の面談で史郎に礼を言った。その日は調子の波がよかったのか、はっきりとした口調だった。

「おかげさまで、塀の外で死なせてもらえます」

重症の佐々原は在宅介護ではなく、施設へ入ることになった。出所後の佐々原を支えるため、朋子が奔走したと聞いている。事件の裏側は知るべくもないが、史郎は父子が穏やかな日々を過ごせるよう願った。

生きて刑務所を出られる者がいれば、所内で亡くなる者もいる。

所内の墓地には、感染性心内膜炎で急死した大江毅らが眠る。雪融け水に濡れた墓石は陽光を反射し、所内の片隅で輝いている。塀の外を見られずに亡くなった無縁仏を増やさないためにも、史郎はこれからも患者たちと真剣に向き合うつもりだった。

井戸征夫は経過措置として単独室に入っている。すでに劇症肝炎からは回復しているが、ウイルス性肝硬変であることには変わりない。それに、井戸は滝川が起こした事件の被害者である。共同室に戻すのは危険だと判断された。

滝川晋太郎(しんたろう)は二度の再逮捕を経て、今も警察で取調べ中である。

現職刑務官が起こした受刑者への意図的な誤投薬事件は、世間の耳目を集めた。千歳刑務所だけでなく、全国の矯正施設や法務省に、弁護士会やＮＰＯから猛烈な抗議が殺到した。事件は国会で取り上げられ、法務省は釈明と対策に追われた。同時に刑務官の過酷な労働条件や刑務所の実態も広く知られるようになり、刑務官への同情とも取れる意見もみられた。

とりわけ、滝川の犯行にいたる経緯は注目を集めた。彼の意見に同調する者が現れ、支援する会が結成された。史郎のもとにも参加の要請があったが、無視した。

事件は史郎の生活にも大きく影響した。しばらくは自宅や刑務所の周辺にマスコミ関係者が押し寄せ、コメントを取ろうとした。史郎は沈黙を貫いた。どこから漏れたのか、最初に滝川の犯行を突き止めたのが史郎だという情報も出回っていた。事件直後はかなり疲弊したが、一か月も我慢すると、潮が引いたように記者やカメラマンは消えた。

投薬の手順は大幅に見直されることになった。受刑者に医薬品を与える前は最低でも二人でチェックすることになり、刑務官の手間は大幅に増えた。医師である史郎は、より細かい診察記録をつけるよう命じられた。山田所長は東京の法務省本省へ異動となった。栄転か、左遷か、緊急措置か、は知る由もない。

――滝川の罪を暴いたことは本当に正しかったのだろうか。

その疑問が浮かびそうになるたび、史郎は必死で打ち消した。

診察室へ来た松木は、大儀そうに丸椅子へ腰を下ろして自分の肩を揉んだ。まるで自宅でくつろいでいるかのような不敵さだった。

「ずいぶん面白いことになってんな」

滝川の件を指しているのは明白だ。誰かが面会者から聞きでもしたのか、あるいは職員の会話を立ち聞きでもしたのか、すでにそのことは受刑者たちの間にも知れ渡っている。史郎はカルテに視線を落としたまま黙っていた。

「俺の薬も、本当はやばいやつなんじゃねぇのか。血圧とかなんとか言っているけど。囚人は刑務官の先生方から言われた通りに薬飲むしかないからな。仮釈放になったその足で弁護士会に行こうとしてるやつもいる。外に出るとき薬持って帰ろうとしてるやつもいるぞ。分析して、本当に処方通りだったか確かめるためにな」

医薬品の持ち出しなどできるはずがない。しかし、弁護士会へ足を向ける受刑者は確かにいるだろう。すでに、千歳刑務所に収容されていた元受刑者が裁判を起こしたという話は聞いた。刑務所というある種の密室空間で行われたことであるため、早くも泥沼の様相を呈しているという噂だ。

「お前も知らなかったはずないよな。医者なんだから」

たまりかねた刑務官が「静かにしろ」と叱責して、ようやく松木は口をつぐんだ。

松木の言葉は、世間の印象と同じだ。批判が寄せられているのは滝川だけではない。刑務所の監督責任はもちろんのこと、矯正医官の史郎までが非難されている。滝川の犯罪を暴いたのは史郎だが、それすらも自分だけは助かるための演技だとみなす意見もあった。

史郎は一度も反論しなかった。マイクを突き付けられても、挑発的な言辞を投げつけられても、無言で通した。摩耗するほど歯ぎしりをして悔しさを堪えた。

警察の捜査に影響するという理由だけではない。ここで反論をすれば、世間なる存在に騒ぎ立てる燃料を与えてしまう。したり顔の連中に飯の種をくれてやるのは御免だった。

「その件については話しません」

一方的に告げて、カルテから顔を上げる。ふてぶてしい松木の表情が視界に入る。この世で最も嫌いな人間。妻を捨て、息子を捨て、人を騙した金で食っていた屑。

「以前、質問したことがありましたね」

「あ？」

ぽかんと開かれた松木の口のなかに、赤黒い舌が横たわっている。

――お前、何のために医者になったの？

かつて松木はそう尋ねた。そのことを告げると相手は苦笑した。

「おう。そうだったな。それで？」

興味を失ったかのように、松木はあさっての方角を見ている。

「あなたのような人間と、真正面から向き合うためです」

それが現時点での結論だった。

史郎にとって、医学は他者と向き合うための術だった。史郎には自信がない。裸の自分のままぶつかっていくのが怖い。それでも他者を理解したかった。だから医学という道具を身につけた。そうして初めて、人と向き合うことができた。認知症の母と。さまざまな病を患った受刑者と。

そしていずれは、松木と。

すべての人間とわかり合えるとは思わない。大事なのは完全に理解することではなく、たとえ理解できなくても正面から向き合うことだと史郎は思う。そのために、医学は発達してきたのだから。

松木は黒目だけ動かして史郎を見た。卑屈さも狂暴さもない、無色の瞳孔だった。

「何言ってるのか、よくわかんねえ」

首をひねる松木を保健助手が立たせる。そのままおとなしく部屋を後にした。

その日、午後四時で仕事を終えた史郎は、博子をショートステイに預けて電車で札幌へ向かった。車を使わないのは酒を飲むためだ。

すすきのの『ピリカ』に到着すると、すでに三人が小上がりで卓を囲んでいた。

「おっ、来た来た。噂の男がちょうど来たぞ」

野久保が空になったビールジョッキのグラスを掲げた。

「カノジョ的に、今日大丈夫なの？　有島もいるけど」

井口が童顔に皮肉な笑みを浮かべて有島を指さす。

「私はタダで酒が飲めるなら、何でもいいんだけど」

有島はすまし顔で猪口の中身をすすった。テーブルには空の二合徳利が二つ。まだはじまって間もないはずだが、相当飲んでいる。史郎は空席に身体を押しこめた。

「そのことなら、有島が悪いんだって」

「人のせいにするんだ。いつから史郎は女泣かせになっちゃったの」

井口が茶々を入れる。

「あと今日は、有島と野久保は奢りだけど井口は普通に割り勘だから」

「なんで」

「この間奢っただろ」

「あのとき、有島にも奢ってたじゃん。ひいきだよ。やっぱり有島は特別扱いなんだ」

「違う違う。あの後、また別件で助けてもらったんだって」

「お嬢様に告げ口したほうがいいんじゃないか」

野久保が面白がるように言う。「勘弁してくれ」と言うと笑いが起こった。

改めてビールで乾杯し、オヤジさんが運んできたホッケの刺身を口に運ぶ。本州ではあまりお目にかかれない『ピリカ』の名物メニューの一つだ。淡白な食べ口だが、細かく脂が入っていて身が柔らかい。

有島はもうこの話に飽き飽きしているのか、野久保と井口の盛り上がりには加わらなかった。淡々と料理を口に運び、日本酒を飲む。その姿がさまになっていた。

「それで、是永先生はこれからどんな医者になっていきたいわけ？」

問いを発した有島は、ピスタチオをばりばりと噛んでいる。他の二人も黙って史郎の答えを待っている。心なしか、空気がぴりっと引き締まった。史郎はビールで舌を潤してから、ぽつりと言った。

「わからない」

それが正直な答えだった。

「だから考えていきたい。今いる場所で」

神経内科を学びたいという気持ちは変わらないが、矯正医官という仕事に特別な意味を感じてもいた。医学の価値は塀の内でも外でも変わらない。史郎は今、腰を据えて刑務所の医師として働いてみようと思いはじめている。受刑者と向き合うことで何かをつかみかけている。

「だから、これからもよろしく頼む」

史郎は軽く頭を下げた。「ＭＲＩなら撮ってやるよ」と野久保。「奢ってくれるならね」と井口。有島は黙って徳利から猪口に酒を注いでいる。その口元にはうっすらと笑みが浮かんでいた。

──史郎くんは一人じゃないんだから。

美波のかけてくれた言葉がよみがえった。

＊

総合病院のエントランスで美波と待ち合わせ、病室に向かう。

博子が入院しているのは定員四名の共用部屋だった。出入口に近い右手のベッドに横たわった博子は、テレビの健康情報番組を見ていた。右足には包帯を巻いている。史郎たちの姿を認めると、博子は横になったまま「あれ、来たのか」と言った。

「今日来るって言っただろ」

「ああ、そう。別に構わないけど。でも、わざわざ二人で来なくても」

憎まれ口は相変わらずだ。

「私が来たいって言ったんです」

美波が言うと、博子は「そう」とそっけなく応じてテレビに視線を戻した。史郎と美波は手分けして、衣類を交換したり、薬の減り方をチェックしたりする。

骨折した博子は、安静でいるよう医師から命じられている。

背骨を圧迫骨折したのは先週のことだった。骨粗鬆症で骨が弱っていたためだが、直接の原因は自宅での転倒だった。トイレから部屋に戻ろうとしたとき、仰向けに倒れた拍子に脊椎の一部が押しつぶされてしまった。

今のところ手術の必要はないと診断されているが、骨の癒合のため、博子はできるだけベッドの上で静かに毎日を過ごしている。歩くことはもちろん、起き上がることもできない。トイレに立つこともできないため、紙おむつをしている。

この数日、史郎は久々に博子の介護と無縁の日々を過ごしていた。残業をしても、飲みに出かけても、母のことを気にかける必要はない。気楽な一方で、一人きりの部屋に帰るのは寂しくもあった。

入院にあたって、史郎は博子の持ち物を整理した。クローゼットの奥にしまいこまれたクッキーの空き缶には、小児科の診察券や保育園の書類に混じって、史郎の母子手帳が入っていた。手帳を一瞥した史郎は、それを開くことなく空き缶のなかへ戻した。実の母の名前など知りたくもない。

「テレビカード、ここに置いとくから」

売店で買った新しいカードを枕元に置いていく。母にとって、テレビは退屈しのぎのためには不可欠だ。カードは切らさないようにしなければならない。

ねえ、と博子は枕元に立った史郎に声をかけた。

「特養ってのは、どんなところなの」

その一言に、史郎はなぜか後ろめたさを感じた。博子が札幌へ向かったあの日、特養のパンフレットがテーブルに出ていた。やはり、博子はあれを目にしたのだ。

「パンフレット、見たんだな」

「その辺に放ってあったからね。素人の半端な介護より、職員に世話してもらいたいね」

「何の話？」と美波が問う。史郎が施設名を答えると、美波は言った。

「そこ、私知ってるよ。訪問でたまに行くから」

特養には薬剤師の配置基準がないため、美波のような調剤薬局の薬剤師が定期的に訪問することがある。

「ちゃんとしてる施設ですよ。安心して入居できると思います」

特養の入居は原則、要介護3以上に限られる。これまで博子は要介護1だったが、皮肉なことに、今回の脊椎骨折で要介護度が上がるかもしれない。特養への入居が、急に現実味を帯びてきたのである。

「次に来るときは、あの冊子、持ってきてちょうだい」

博子が自分の意思でホーム入りを検討している事実をどう受け取ればいいのか、史郎は判断しかねた。立ち尽くす史郎に、博子は犬でも追い払うように手を振る。

「邪魔。テレビが見えない」

史郎は慌てて横に動く。

もしかしたら、これは博子なりに未来を考えている証拠だろうか。彼女もどこかで、自分が病んでいることを自覚している。博子は今、自分にふさわしい居場所を模索しはじめたのかもしれない。未来は健康な人間だけのものではない。認知症患者にも未来はある。

史郎は白い世界に立ち向かおうとしている母を、誇らしく思った。

その日は美波を自宅に送るため、再び札幌へ走った。一日に二往復すれば四時間は運転することになるが、旭川まで飛ばしたときのことを思えばさほど苦ではない。

「嬉しかったよ、あのとき。史郎くんが私に助けを求めてくれて」

助手席の美波が言う。博子が姿を消した日のことだ。

「美波がいなかったら、どうなってたかわからない」

「だったら、これからもちゃんと頼ってよね。史郎くんが賢いのは知ってるけど、誰だって、一人じゃどうにもならないときがあるんだから」

返事の代わりに、史郎は強くうなずいた。

振り返れば、矯正医官になってからというもの、史郎はいつも誰かに助けられてきた。現場で奮闘する矯正職員たち。有島、野久保、井口ら所外の専門家。そして美波。自分だけの力で解決できたことなど、一度たりともなかった。

「今でも、刑務所のドクターは嫌？」

一年前の史郎なら、当然、と答えていただろう。

働きはじめたときは、一刻も早くこの仕事を辞めたかった。史郎の目には、神経内科医になることしか見えていなかった。奨学金の返還さえ免除されれば、あとは私立病院や医局にでも戻るはずだった。だが、今はもう少しこの場所に留まってもいいかと思いはじめている。

「嫌、ではないな」

大げさに言えば、診察は患者の人生と向き合うことだ。時にはその重さに押しつぶされそうになることもあるし、答えが見えずにうろたえることもある。しかしそれは矯正医官に限ったことではない。矯正医官だけを特別視する必要はない。

異なる点があるとすれば、規則的な生活や刑務作業と同様、治療もまた矯正の一つということだった。もし医療を通じて犯罪の泥沼から立ち直らせることができるとすれば、それが矯正医官の使命なのかもしれない。最近の史郎は、そんなことを考えている。

信号待ちで停車したとき、美波が窓の外を見て言った。

「咲いてる」

視線の先を追うと、学校の校庭に植えられた桜の木々が花開いていた。

山田所長から聞いた、千歳刑務所の桜の逸話が思い出される。刑務官と受刑者が互いに信頼し合うため、共同で植えたという桜。あの薄桃色の花弁を、これまで幾人の矯正医官が見上げてきたのだろう。

美波を送って帰宅すると、郵便受けに一通の手紙が入っていた。質素な封筒に、几帳面な文字で宛名が綴(つづ)られている。

差し出し人は、滝川晋太郎。

心臓の鼓動が早まる。逸(はや)る気持ちを抑えて、滝川からの手紙を手に部屋へ入る。封筒の上辺を切り取り、便箋を抜き出す。そこには宛名と同じ筆跡で、丁寧に文章が記されていた。史郎は一字一字、じっくりと目を通す。

最後の一文まで読み終わると、自然と息を吐いていた。便箋に捺された桜の検印が吐息で揺れる。

史郎は何度も繰り返し、手紙を読んだ。滝川の声が文面を読み上げる。それは史郎をいたわるような、優しい声音だった。

窓から差す春の日が、史郎を暖かく包みこんでいた。

是永史郎様

突然のご無礼、ご容赦ください。

私の起こした事件について、先生にも大変なご迷惑をおかけしたことと思います。このような手紙を差し上げることで、改めてお手間を取らせるかもしれませんが、何卒お許しください。

取調べ室の窓から見える風景はずいぶん春めいてきました。雪は融けきり、緑が芽吹く季節になって参りました。

このようなことで世間の耳目を集めていることに、皆様への心苦しさを感じております。正直に言って、人から注目されるのは居心地が悪いものです。現役刑務官のころは、ヒラの看守を顧みる人など皆無でした。どんなにきつい仕事をこなしても、一般の方々から注目していただくことはありませんでした。事件が明るみに出てから色々と言われてもどうしようもありません。もっと早く言ってくれればよかったのに、と思うだけです。

先生に言っても仕方がないですね。失礼しました。

私は先生に看破されるまで、自分の行動に疑いを持ったことはありませんでした。法律の不備を補い、罪を正しく裁いていると確信さえしていました。率直に言えば、今でもその考えを捨てきることはできません。亡くなった妻の無念さを思えば、すべての性犯罪者にもっと重い罰を下す必要があるという気持ちも拭いきれません。

ただ、最近考え方が変わってきました。彼らに、そして私に、本当に必要なのは私的処罰ではなく、治療だったのかもしれません。

性犯罪者のなかには、そうした行為に取り憑かれている連中がいます。薬物やアルコールへの依存症と同じように、病的なまでに性犯罪に依存している者たちです。

彼らは鏡映しの存在でした。私は取調べで繰り返し自分の行いを聞かされるうち、ある意味では彼らと同じであることに気づかされたのです。異常なほど彼らへの復讐に執着し、それによって生かされていた事実。

私は、犯罪者への私刑に依存する自分にようやく思い至りました。復讐する側も、される側も病んでいた。実に長い間そのことに気づきませんでした。

二度と同じ罪を繰り返さないために、私が、彼らが、そして多くの受刑者が、治療を必要としています。先生は、それを私に教えてくれました。

先生に矯正いただいた一人として、己の治療に人生を捧げたいと思います。

振り返れば、先生はいつも病だけではなく、その奥にある罪を治療されていました。僭越ながら、受刑者たちに巣くう罪を治療することこそが、先生の考える矯正医官の在り方ではないかと拝察します。

最後になりましたが、先生の未来が晴れやかなものになるよう、微力ながら祈念申し上げます。

滝川晋太郎

主要参考資料

法務省 法務総合研究所編『平成28年版犯罪白書』

日向正光『塀の中の患者様』（祥伝社）

外山ひとみ『All Color ニッポンの刑務所30』（光文社）

一之瀬はち『刑務官が明かす刑務所の絶対言ってはいけない話』（竹書房）

中根憲一「矯正医療の現状と課題」（『レファレンス』二〇〇七、六八〇、九五―一〇六）

Daiki Takewaki, *et al.* Normal brain imaging accompanies neuroimmunologically justified, autoimmune encephalomyelitis. Neurology, Neuroimmunology & Neuroinflammation. 2018, 5, e456.

瀧口知浩ほか「Streptococcus agalactiae による感染性心内膜炎から完全房室ブロックをきたし突然死した1剖検例」（『心臓』二〇一四、四六、一一四―一一九）

村松太郎ほか「特集 認知症を取り巻く諸問題 2．認知症における犯罪と刑事責任能力」（『日本老年医学会雑誌』二〇一六、五三、二二一―二二六）

古賀裕之ほか「中国製ダイエット食品による劇症肝炎・亜急性型の1救命例」（『肝臓』二〇〇三、四四、一一七―一二二）

この作品は書き下ろしです。原稿枚数507枚（400字詰め）。

プリズン・ドクター

岩井圭也（いわいけいや）

令和2年4月10日　初版発行

発行人――石原正康
編集人――高部真人
発行所――株式会社幻冬舎
〒151-0051東京都渋谷区千駄ヶ谷4-9-7
電話　03(5411)6222(営業)
　　　03(5411)6211(編集)
振替00120-8-767643

印刷・製本―株式会社　光邦
装丁者――高橋雅之

幻冬舎文庫

ISBN978-4-344-42958-1　C0193　い-63-1

幻冬舎ホームページアドレス　https://www.gentosha.co.jp/
この本に関するご意見・ご感想をメールでお寄せいただく場合は、
comment@gentosha.co.jpまで。